Editora – Catia Mourão
Capa – Joice Dias
Diagramação – Catia Mourão
Revisão – Halice FRS

CIP-BRASIL. CATALOGAÇÃO NA PUBLICAÇÃO
SINDICATO NACIONAL DOS EDITORES DE LIVROS, RJ

P527f

Perla, Jana
Fortaleza de mármore / Jana Perla. - 1. ed. - Rio de Janeiro : Ler, 2023.
224 p. ; 23 cm. (Trilogia irmãos Mancini ; 2)

ISBN 978-65-86154-92-4

1. Romance brasileiro. I. Título. II. Série.

CDD: 869.3
23-83812 CDU: 82-31(81)

Meri Gleice Rodrigues de Souza - Bibliotecária - CRB-7/6439
04/05/2023 12/05/2023

Foi feito o depósito legal.
Direitos de edição:

Ler Editorial

Fortaleza de MÁRMORE

TRILOGIA IRMÃOS MANCINI 2

JANA PERLA

1ª edição
Rio de Janeiro – Brasil

Sumário

Minha vida louca demais
O Destino muda em dois tempos
Eu vou para onde o vento soprar
Você não pode domar uma rosa selvagem
Bem-vindo a minha vida louca

Mi vida Loca - Pam Tillis

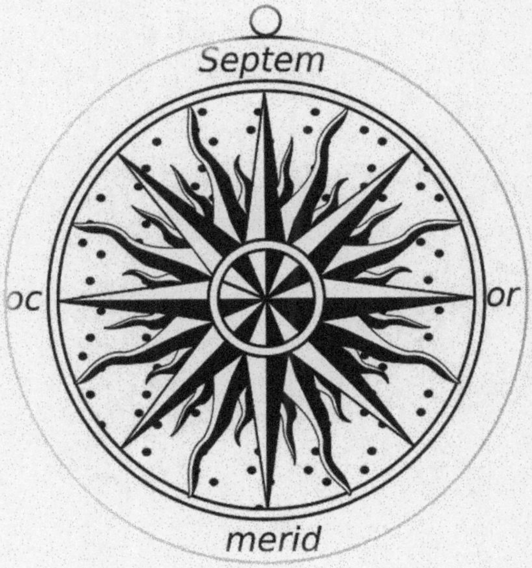

Dedico esse livro a mestre Rita Couto, a melhor professora de Teoria de Literatura do Mundo! Se hoje sou uma escritora que entendeu que a literatura tem como pano de fundo a vida, a realidade, devo isso a você, professora Rita.
Muito obrigada por existir!

Nota da autora

Amigas, leitoras e leitores antes que sigam com a história de Luigi e Estefania, sinto-me na obrigação de alertá-los sobre os gatilhos.

O livro contém trechos e relatos de uso de entorpecentes, violência contra a mulher, estupro, abuso e aborto espontâneo.

Para relatar tais assuntos, entrevistei pessoas que vivenciaram algumas das situações e estas permanecerão anônimas.

Em nenhum momento os abusos nesse livro foram relatados de qualquer outra forma que não seja a criminosa, torpe e que merece ser combatida.

Amor de verdade não traz dor, humilhação, medo ou vergonha.

Hey, você, amiga, amigo. Caso veja uma mulher sofrendo abusos, denuncie. Através do 190 você denuncia casos que estejam acontecendo no ato (flagrante)

Para denúncias anônimas, ligue 181.

Em caso de mulheres que sofrem abusos constantes, o número a ser acionado é o 180.

Por favor, não permitam que nossas mães, irmãs, amigas e mulheres sofram nenhum tipo de violência.

Diga a não à violência contra a mulher.

Diga não ao feminicídio!

Prólogo

Eu sempre quis tudo o que não pude ter
Como o amor que vem com a luz
Eu tinha inveja e eu odiava isso
Mas eu sobrevivi

Alive - Sia

Arizona, EUA

Estefania

Eu não sou uma boa pessoa.

Nunca fui.

Mesmo quando menina, dava trabalho aos meus pais. Era mais endemoniada do que um *ragazzo*.

Corria, destruía, quebrava, batia e machucava. Essa sempre foi minha natureza cruel, mesclada a um sorriso doce, olhos azuis como o lago Como e meu sempre longo cabelo loiro mel. Era filha única, logo era perdoada por todas as travessuras e maldades.

Ignazio, *o gordo*, meu primo por parte de mãe, sempre foi minha maior vítima. Adorava zombar da mania que ele tinha desde pequeno de cantar ópera e de seu excesso de peso. Porém, eu nunca precisei me preocupar com a balança, tinha os bons genes da família do meu pai. Pena que não herdei o caráter.

Meus pais sofreram muito a primeira vez quando fui internada em uma clínica por dependência química. Foi na época da faculdade. Torne-me viciada em LSD e ecstasy.

Curtia LSD para dar uma brisa, porém o ecstasy era a droga que eu mais consumia. Como estudante de Química, sabia o que cada substância provocava e fazia uso delas como queria, mas não me atentei ao fato de ficar dependente delas... para fazer absolutamente tudo.

Comer, controlar o apetite, acordar, dormir, trepar, tudo era motivo de consumir mais e mais drogas. E eu fui afundando...

Anos se passaram, depois de muita merda na qual estive envolvida, inclusive em sequestro, agora fazia parte da equipe, antes chefiada por Sam, Blanca e Fayed. Atualmente, somente Sam permanecia comandando o pessoal que saía em missão pelo mundo, combatendo gente criminosa.

Era como se fôssemos heróis, mas eu não me considerava uma heroína, estava bem longe disso, na verdade.

Tinha problemas com Sarah e Ilya, com aquele sonso do Amin e com Derek, que depois do casamento de Donna andava de um lado para o outro feito cão sem dono. E eu tinha muita raiva daquele *casalzinho 20*, Monica e Cage. Que porre aqueles dois! Sempre juntos, pareciam irmãos siameses, não se desgrudaram. Convivi pouco com Petrus, Dom, Maria e Malena. Dom e Maria estavam cuidando de seus próprios temas agora. Petrus e Malena estavam em missão no Oriente. Os únicos por quem eu não tinha rancinho eram Silas e Luigi.

Luigi...

Luigi. Como eu poderia não gostar dele, se foi quem me ajudou, apontou esse recomeço? Foi ele quem conversou com Sam, pedindo para me acolher na equipe, apresentou-me o pessoal, ensinou-me algumas coisas e assim, aos poucos, eu recebi meu treinamento.

Ele acreditou em mim, quando ninguém mais acreditava. Salvou-me, ajudou-me a entrar para equipe e de alguma forma, encontrar meu lugar ali.

E quando parecia que minha vida havia tomado um rumo, e eu estava me tornando gente, eu me vi presa em uma situação totalmente imprevisível.

O passado nunca nos deixa, ele sempre volta para nos assombrar, e agora eu estava diante de um dos meus maiores podres: Romano Lazarini Lombardo, sobrinho do Capo da Camorra, Leonida Lombardo.

Romano era um dos homens de confiança do tio. Eu sabia que Romano pertencia à máfia quando me envolvi com ele, entretanto, nunca imaginei que o Lombardo de quem ele era sobrinho fosse o mesmo Lombardo que planejou o atentado contra Marcelo, no qual, Donna Mancini foi atingida.

Logo que conheci Donna, queria cortar eu mesma aquele pescocinho delicado de gazela. Luigi só tinha olhos para aquela garota e eu não entendia o porquê, porém aquilo me irritava, muito.

Donna se casou com um Mancini. Não Luigi, claro, sim, com o irmão mais velho. Marcelo, um que tem um olhar de falcão, sempre observando tudo.

Agora já não queria arrancar o pescoço de Donna, considero-a, gosto dela e talvez ela seja o mais próximo de uma amiga que eu tenha no momento.

Fiquei preocupada quando Donna foi baleada e, quando estávamos no hospital que eu vi um homem saindo do seu quarto de forma suspeita, tive certeza de que ele era o alguém por trás do tiro que a atingiu.

Na noite da inauguração do escritório de Donna, Lombardo teve a audácia de aparecer sem ser convidado e foi então que eu tive certeza de que ele era o homem que invadiu o hospital em Miami e causou o mal-estar da esposa de Marcelo. O que eu não esperava, era que ele jogasse na cara de todos os Mancini o crime cometido e ainda os ameaçasse.

Dias depois, fiz minhas próprias investigações e descobri que de fato Romano era sobrinho e o braço direito do Capo da Camorra.

Romano era lindo, quente como o inferno e foi meu companheiro em muitas noitadas regadas a sexo e drogas. Fazia algum tempo que não nos víamos. O que ele queria? E por que ele me pediu para me encontrar com ele naquele lugar?

Detestava o Arizona.

Detestava Phoenix, aquele inferno de deserto, clima escaldante. Minha fronte suava, meu cabelo grudava na nuca e havia poeira impregnando toda minha pele, mesmo eu o aguardando dentro do carro. Parecia que estava, de novo, em missão na Síria. Aliás, detestei aquele lugar, onde estivemos caçando traficantes de mulheres. A única coisa que eu apreciei foi poder dar o fim que aqueles miseráveis mereciam.

Certo, recebi várias críticas da equipe por decepar os pênis dos traficantes e fazê-los engolir parte da própria genitália, no entanto, era o mínimo que eles mereciam por querer comercializar garotas de doze anos de idade. Eu não me arrependia do que fiz. Eles foram entregues à justiça e eu desejei que outros como eles, tivessem recebido a mensagem.

A parte que eu mais gostava de estar na equipe era poder fazer justiça com as próprias mãos.

Voltei à realidade de onde estava e o porquê no exato momento em que Romano desceu da sua moto e veio até mim. O caminhar letal, seus olhos azuis contrastavam com a pele bronzeada e o castanho médio de seu cabelo.

Eu costumava curtir a companhia dele em outros tempos. Foi com ele que eu *perdi* minha virgindade. Na verdade, não tive escolha, eu estava tão drogada que simplesmente não tive forças o suficiente para dizer *não*, então ele me tomou. Usou-me como queria, com força. Com Romano era sempre com força.

Depois de algum tempo, passei a não me importar mais e até curtir, porém na primeira vez, no dia seguinte, quando vi a mancha de sangue nos lençóis, pensei que um animal tivesse sido sacrificado, contudo era só minha virgindade sendo tomada por um bruto. Eu costumava chamá-lo de Marte, meu deus do conflito e da guerra. Ele sempre foi assim, prepotente, arrogante e sequioso de poder. Romano mal me esperou acordar para trepar de novo, fodendo-me e, é claro, oferecendo minha dose diária de ectasy. A maior parte das vezes que transávamos, eu estava sempre sob efeito de drogas. Algumas vezes eu cheguei a curtir o sexo que rolava entre nós, mas foram poucas.

Conheci Romano na faculdade, éramos da mesma turma de Química. Foi ele que me colocou naquela vida, além de saquear minha virgindade, tornou-me parte do que eu sou, e juntos vivemos uma vida de vícios. Só nos afastamos quando meus pais, que já não aguentavam lidar com a filha drogada, me internaram na clínica de recuperação para dependentes químicos.

Ele abriu a porta do meu carro e foi me agarrando para um beijo que outrora teria despertado minha libido viciada naquele tipo sujo de desejo, não mais.

— Você já foi melhor nisso, *cara mia* — disse zombando de mim, enquanto eu colocava distância entre nós.

— Você também, Romano. Antigamente seu pau estava tão duro que dava para ver de longe. Que pena você não ter mais a mesma vitalidade, não é mesmo?

— E você continua a mesma putinha depravada, né?

— O que você quer afinal? Por que me chamou aqui? — inquiri, direta.

— Tenho informações de que você e Luigi Mancini são... amigos.

— E o que tem isso?

— Preciso de um favor seu, em nome dos velhos tempos.

— O que quer?

— Eu quero que você fique atenta a todos os passos e movimentos dele e me avise.

— Qual seu interesse em Luigi Mancini? — Segui interrogando-o.

— Quero a cabeça dele.

— Por quê?

— Meu tio deseja e é isso.

— Nossa! Você já foi mais divertido, Romano. Que foi? Virou pau mandado do velho da Camorra? Achei que você sempre almejasse ser o próximo chefe do clã, no entanto, está de assassino de aluguel de seu tio. Poxa vida, isso é tão humilhante! Também se tornou eunuco? — indaguei, zombando.

— E você sua, *puttana*, o que sabe? Anda fazendo o que da vida depois que fodeu tudo com o seu crush cantorzinho de merda? Fiquei sabendo que Gianluca está muito bem-casado. Claro que ele nunca se casaria com uma vadia drogada como você. Realmente você e Valentim tinham mais a ver mesmo. Contudo, que final o pobre teve, não?

— Aquilo já faz anos...

— O passado nunca nos deixa, *bella*. Você deveria saber disso.

— E você, vai ficar revirando o passado ou vai me dizer qual o propósito de tudo isso? Não posso simplesmente prometer te ajudar, sem saber exatamente o que você tem em mente.

— Já lhe disse: o plano é assassinar Luigi e mandar um recado ao velho Mancini.

— Vocês estão cometendo falhas demais para a Camorra. Falharam com Donna e Marcelo, quem garante que não falharão agora com Luigi?

— Você é minha garantia para conseguir o que quero agora, sem falhas.

— E se eu não fizer o que você quer?

— Aí quem morre é você e vou me encarregar de que seja uma morte bem dolorosa. Quer que eu descreva o que tenho em mente?

— Romano, parece que você não me conhece. Eu não me importo. Você não pode me ferir. Não mais... Eu já fiz merda vi e vivi o suficiente. Acabo de perder meus pais, não tenho irmãos ou amigos. Não tenho coração, você não vai me fazer sofrer.

— Ah, você tem certeza? Porque veja o que eu tenho em mente preparado para você. — Romano puxou meu cabelo como se segurasse um rabo de cavalo, sacudiu minha cabeça e disse:

— Eu vou te prender, vou usar você o quanto eu quiser e quando não tiver mais uma gota de porra dentro de mim, eu a entregarei para os homens da Camorra a usarem como a cadelinha que você sempre foi.

Senti repulsa ao ouvi-lo, porém mantive minha feição impassível. Romano continuou:

— Depois que treparem com você até cansar, não vou alimentá-la, permitindo que enfraqueça e definhe o suficiente para que você não sustente o peso do corpo. E quando morrer de inanição eu vou abandoná-la na floresta mais próxima e deixar que os corvos venham e se fartem da sua carne se putrefazendo.

Vesti minha máscara, àquela que eu havia aprendido a usar para as missões junto a equipe e disse:

— Bem, eu não gostaria disso, ainda quero viver muito e desfrutar da vida. Então, qual é o plano? O que eu preciso fazer?

— Você precisa me manter informada dos negócios de Mancini. A cada passo de Luigi, eu preciso ser informado. Não farei as coisas tão fáceis para meu tio, antes, também quero conseguir algumas vantagens. Se puder ter algum retorno material além da morte do *cazzo* de Luigi, muito melhor. O que me diz? Você terá quanto droga quiser, se assim o desejar.

— Estou limpa agora.

— Mesmo? Enfim, foi só uma proposta.

Romano se aproximou novamente, metendo a mão dentro meu vestido, afastando a calcinha e enfiou o dedo em mim. Ele sabia quão depravada eu podia ser e lançava mão disso, usando-me para seus propósitos. Ele me beijou e dessa vez, eu não o impedi, deixei que ele acreditasse que estivesse dando as cartas.

Gemi entre seus lábios e ele esboçou um olhar lascivo. Ponderei por alguns instantes. Depois minhas mãos abriram o zíper da calça dele e envolveram seu pênis, então balbuciei minha resposta.

— Ok, eu aceito.

Romano sorriu e continuou me beijando, enquanto ele me comia com o dedo e eu permiti.

Como eu disse desde o começo, não sou uma boa pessoa.

Nunca fui.

Capítulo 1

Assim que nascemos, choramos por nos vermos
Neste imenso palco de loucos.

Rei Lear, Ato IV cena VI - William Shakespeare

Carrara, Itália

Estefania

Aquele papo todo me entediava, já estava claustrofóbica. Lutei para não me levantar e fugir dali, porém lá eu estava, em Carrara, na mansão da família que eu carinhosamente chamava de iglu, pois sempre achei aquele lugar muito frio. Suas paredes brancas, suas colunas em estilo dórico, imitando as grandes construções greco-romanas.

Quem olhasse de fora consideraria tudo muito belo. Eu não.

Eu detestava aquele lugar. Lá, sempre fui eu sozinha com meus monstros. Ser filha única não foi fácil. Eu sempre desejei ter irmãos e irmãs, infelizmente minha mãe teve um parto difícil e ao dar à luz a mim, houve uma complicação e seu útero precisou ser retirado.

Eu sempre trazia consequências nefastas às pessoas que conviviam comigo, tornei a vida de meus pais impossível.

Eu descobri que Deus existia e Ele não gostava de mim, nem do que eu estava fazendo com a minha vida, no dia que eu recebi o telefonema que mudaria tudo para mim. Eu optei por me isolar, escondendo-me de todos. Minha mãe era a única que sempre sabia onde eu estava e tomou a decisão de se juntar a mim, levando papai com ela, para passar algum tempo comigo.

— Estefania querida, vamos aí te buscar e vamos juntos para Carrara, espere por nós.

Foi a última vez que eu ouvi a voz da minha mãe.

Não tive tempo de pedir perdão por ser uma filha tão péssima.

Não houve tempo para abraços.

Nem a chance de dizer "Mamãe, papai, eu amo vocês!"

Um acidente automobilístico aconteceu. Um jovem drogado dirigia em alta velocidade, acompanhado de sua noiva, também drogada e o carro deles colidiu com o dos meus pais, levando-os a óbito na hora.

Ironia do destino eles serem vitimados por dois jovens tão irresponsáveis quanto sua própria filha.

Agora estava ali. Luigi estava comigo, sentado a meu lado, sua mão segurava a minha, demonstrando seu apoio.

— *Signorina* Cavaglieri, ficou alguma dúvida quanto à leitura do testamento? — perguntou o advogado da família.

Se eu tinha dúvidas? Tinha várias. Como faria de agora em diante sem meus pais? Eu nunca fui uma filha cordata e obediente, porém de alguma forma eles eram meu Norte.

E olha que para alguém totalmente sem noção e sem bússola como eu, admitir isso chegava a ser contraditório.

— Não, nenhuma dúvida, *signore* Dolfini — respondi.

— Bem, se me permite, preciso ir. Há outro atendimento para fazer em San Gimignano.

— *Ciao*, *signorina* Cavaglieri, e mais uma vez, meus sentimentos.

Conhecia o *signore* Dolfini o suficiente para saber que, de fato, ele realmente sentia. Ernesto Dolfini e meu pai, Afonso Cavaglieri, foram amigos desde a secundária. Sabia o quanto meu pai confiava no advogado, que agora seria meu homem de confiança também.

Então era isso. Além da fortuna de meus pais e essa "Fortaleza de Mármore", como eu às vezes chamava o iglu, eu também herdei a jazida de mármore que ficava a uns quinze minutos da casa.

Uma das cláusulas para fazer pleno uso das minhas posses era de que nos primeiros seis meses eu precisaria passar pelo menos duas semanas de cada mês na propriedade. Aquilo era um problema. Como eu faria? Não poderia assumir nenhuma missão pelos próximos meses em Sidari, já que as missões às vezes levavam meses para serem concluídas.

E agora, ainda tinha Romano na minha cola, querendo que eu o informasse sobre cada passo que Luigi desse para poder assassiná-lo e assim realizar a vingança do doente do seu tio, Leonida Lombardo.

Eu não faria o que Romano queria e ponto. Posso ser a vadia mais ordinária, contudo não sou ingrata. Ingratidão, na minha humilde opinião, é o pior dos defeitos na natureza humana. Luigi me salvou, cuidou de mim, tornou-me sua amiga e me ajudou a entrar para equipe; o que me possibilitou uma chance para lidar com meus próprios demônios. Eu não ia, de forma nenhuma, entregar a cabeça dele para Romano.

Eu sou muito má, ainda assim a vida colocou muitas pessoas boas no meu caminho.

Como Katlin, que mesmo depois de tudo o que eu fiz ao ter ajudado Valentim a sequestrá-la, me visitara várias vezes no hospital, depois que fui baleada por Valentim, assim como Gianluca.

Kat levou vários livros e assim eu passei a usar a leitura como uma forma de domar meu gênio irascível.

Encontrei em *Dickinson*, *Wilde* e *Lorde Byron* um escape e de quebra, adotei o lema de *Lord Byron* para minha vida. Eu me considerava "louca, má e perigosa de se conhecer", tinha o toque de Midas ao contrário. Tudo o que eu tocava, destruía. Porém, dessa vez não seguiria minha natureza malévola. Contaria tudo a Luigi sobre os planos de Romano e o tio louco, apenas precisava escolher o melhor momento para dizer isso.

— Fanny, você está bem? — Luigi me tirou da minha bolha de pensamentos.

— Sim, estou.

— Não parece. Você está com uma expressão sombria.

— E você conhece assim tão bem minhas expressões?

— Conheço todas elas — Luigi disse, fazendo meu coração saltar ao pensar em algumas que ele não conhecia...

De alguma forma ele pareceu seguir minha linha de raciocínio. Ficando um pouco constrangido, completou:

— Somos parceiros, trabalhamos juntos na equipe, aprendi a entender um pouco da mística de Estefania Cavaglieri.

— Enquanto isso eu não aprendi a desvendar muito sobre os mistérios em torno de Luigi Mancini.

— Não tenho mistérios — ele disse, desconfortável, soltando minha mão, colocando-se de pé. — Minha vida sempre foi um livro aberto.

— Você só dá spoiler daquilo que é óbvio, como sua paixão recolhida por Donna. Sabe que algumas vezes eu me surpreendo como aquela estúpida passou tanto tempo ao seu lado te torturando. Deve ter sido horrível para você!

— Não fale assim de Donna! — Luigi pediu, exasperado.

— Ah, Claro!Lembrei que não se pode falar mal da Santa Donnatella do pau oco!

— Estefania Cavaglieri, retire o que disse ou vou ficar muito zangado com você! — Luigi bradou.

Eu me surpreendi. Já fazia anos que Marcelo e Donna estavam casados, mas ele ainda a defendia como uma ferocidade que me irritava.

Gosto de Donna, de verdade. Ela era uma pessoa ímpar, muito generosa e além de fazer um trabalho lindo de arquitetura, estava unida a tal condessa não sei das quantas que eu apresentei a ela e vivia fazendo caridade. Tem um coração nobre, porém seu jeito sonso me dava nos nervos.

Luigi percebeu que se excedeu um pouco, voltou-se para mim e pediu:

— Desculpe-me. Eu não deveria ter gritado com você.

— Tudo bem, eu também não deveria ter falado mal de Donna. Você sabe que eu gosto dela. Do meu jeito, mas gosto.

Um silêncio incômodo pairou no ar. Nenhum ruído, apenas nossas respirações. Luigi me encarava com uma insistência que eu não entendia. De repente, do nada ele deu as costas dizendo:

— Ouça, eu preciso sair um pouco... Volto logo.

— Você vai me deixar aqui? — perguntei, puta da vida.

Eu já detestava estar naquele lugar tão opressor. Meus monstros internos gritando para sair. Meus lábios salivavam, eu estava louca por uma carreira de pó. Só uma. Diante dos últimos acontecimentos, estava cada vez mais difícil controlar minha ânsia. Todo dia era uma luta para não comprometer tudo o que eu havia conquistado nos últimos anos, contudo o estresse estava me matando e meu lado sombrio queria saltar, dar voltas e fazer festa em um verdadeiro bacanal regado a drogas.

Primeiro a morte dos meus pais. Depois, Romano me fazer encontrá-lo naquele inferno de deserto e ainda me incumbir de uma missão infame e, agora, a leitura do testamento no qual eu me tornei herdeira de todos aqueles bens que eu não fazia ideia de como gerir.

A antiga Estefania daria uma festa naquela Fortaleza regada a ecstasy e LSD. Teria um show e demonstrações pirotécnicas, porque eu gostava era da coisa pegando fogo. Com certeza, estaria me drogando com alguém até não poder mais.

Mas as coisas mudaram e lá estava eu, ainda encarando Luigi, lívida porque ele me deixaria naquela geladeira de mansão.

— Não sabia que a *Valquíria* mais valente que eu já conheci tem medo de ficar sozinha — Luigi gracejou.

— Não é isso, não tenho medo. É só que detesto esse lugar, você sabe.

— Será por pouco tempo, Fanny. No máximo, em duas horas eu estarei de volta.

— Aonde você vai? O que vai fazer que não pode fazer aqui? — inquiri sem aguentar a curiosidade.

Luigi me encarou novamente com aquele olhar que eu não sabia interpretar. Suspirou e repetiu:

— Estarei de volta em duas horas.

E saiu, deixando-me aqui sozinha. Cinco minutos depois, meu celular tocou.

— Olá, minha Jezebel.

Detestava quando Romano me chamava assim.

Quando mais nova, fiz catequese e sabia o suficiente sobre essa mulher para não gostar daquela comparação, nada lisonjeira. Claro, eu também não podia ser comparada à Virgem Maria, talvez, estivesse mais próxima de Maria Madalena. Enfim, não era nenhuma santa, nunca fui, porém, aquele nome realmente me incomodava.

— Romano, por que me ligou?

— Quero falar com você. Estou aqui no portão.

— Você está louco? Luigi acabou de sair daqui? Aliás, como sabe onde estou?

— Saia que eu explicarei tudo pessoalmente.

Inferno!

Respirei fundo e respondi:

— Está certo. Em cinco minutos estarei aí.

Apenas queria saber em que Deus esse povo cristão acreditava, porque, de verdade, quando pela primeira vez na vida eu tentava fazer a coisa certa, não me envolver em encrenca, via-me em uma situação dessas. Com o sobrinho do maior mafioso de Nápoles, um homem sedento de vingança, na minha cola.

Passei a mão pelo cabelo, alisando meu rabo de cavalo, abri a porta saindo do escritório passando pelo grande hall e suas colunas brancas feitas com o mármore extraído da nossa própria jazida.

E então, o peso da realidade caiu sobre mim.

Agora era tudo meu. Dinheiro, fortaleza, jazida. Nunca tive tanto materialmente, e nunca me sentia tão pobre, mendiga, completamente vazia.

Aqueles corredores frios sempre me assolaram. Na infância solitária, brincava sozinha, poucas foram as vezes em que tive companhia nesse lugar.

Ignazio, meu primo gorducho, o único que me tolerava, sempre viajava com os pais e meus outros primos não me suportavam.

Não podia culpá-los por isso, eu era um terror. Maltratava Ignazio demais, sempre aprontava e fazia *bullying* com seu sobrepeso, contudo ele sempre teve o coração maior do que toda a minha maldade, e acabava relevando todas as minhas delinquências juvenis.

Passando por um corredor espelhado, vi meu próprio reflexo. Eu estava com uma ótima aparência, se comparasse com a velha Estefania. Aquela tez pálida de antes, estava levemente bronzeada, não tinha mais olheiras nem a pele marcada pelas agulhas das drogas injetáveis. Agora tinha um semblante mais saudável.

Porém o monstro, meu Kraken estava ali, dentro de mim, louco para sair. Balancei a cabeça e continuei caminhando pelo corredor, saindo da casa, fui ao encontro de Romano.

Encontrei-o sentado em cima do seu *Bugatti La Voiture Noire,* todo vestido de preto, quase se confundindo com o carro e a noite que já havia caído. Seus olhos se destacavam, cintilavam com o brilho dos diamantes, lindos perigosos.

Lembrei de como achei linda a cor dos olhos dele na primeira vez que nos sentamos juntos na primeira festa da fraternidade. Seus olhos sempre me instigaram a dar rédeas soltas à garota selvagem que eu era.

Nossa relação sempre foi tumultuada e totalmente fora de controle, sempre em meio aos lençóis, garrafas de bebidas e drogas. Eu sempre me deixava arrastar pelo tsunami emocional que Romano me causava, até que um dia a coisa toda perdeu o controle e eu fui parar na clínica de reabilitação, lugar para o qual eu nunca mais desejo voltar.

Romano sorriu quando me viu. Saiu de cima do carro correndo em minha direção, agarrou-me no colo me conduzindo de volta a propriedade sem dizer uma palavra.

Ao entrarmos, ele procurou o primeiro ambiente e me colocou no sofá, jogando-se sobre mim, como sempre, um predador voraz. Consegui me levantar e me afastar dele, que correu as mãos no cabelo.

— Eu achei que você quisesse companhia nesse lugar. Você sempre reclamou tanto, disse que aqui é frio... Vamos esquentar então as coisas — sugeriu com um olhar sádico.

— Romano, como você soube que eu estaria aqui? Como me achou?

— Isso não importa. Venha, minha Jezebel.

— Eu já disse o quanto detesto que me chame assim. Cai fora, Romano! Luigi voltará a qualquer momento e...

— Ele não vai voltar.

A certeza com a qual Romano pronunciou aquilo me deixou zonza por um momento.

— Como assim? Ele não vai voltar? — indaguei, temendo a resposta.

— Já que você demorou a realizar meu pedido, decidi segui-los e chegamos até aqui. Meus homens prepararam uma emboscada e estão aguardando ansiosos para pegar Luigi e enviar um recado para o *papà* Mancini.

Fiquei estática, sem reação. Parecia que o frio daquela fortaleza toda se instalou em meu coração. Todo o mármore daquele lugar se cristalizando em torno do meu peito, anestesiando meu emocional, mais forte do que qualquer droga.

Romano estava parado à minha frente, falando. Eu via, ainda que de forma difusa, sua boca se mover, porém não captava a mensagem. A única coisa que encontrou eco na minha cabeça foi ele dizer que os capangas estavam aguardando para emboscar Luigi.

Dio! Esses homens o matariam! Ele estava sozinho. Não teria chance. Eu não sabia sequer se ele havia levado a pistola consigo. *Cazzo*!

Minha mente começou a girar e várias imagens de nós dois começaram a flutuar na minha cabeça. Quando ele me ajudou no desastre causado por mim e Valentim, as idas ao hospital, as vezes que ficou comigo, segurando minha mão me prometendo que eu não morreria e que viveria uma nova vida. De quando ele me levou a Sidari me apresentando à equipe, nossas missões.

Lembranças de nós dançando no casamento da Donna, na inauguração do escritório dela. Seu sorriso, sua energia e a forma como ferreamente defende o que acredita. Eu não queria aceitar que Romano, assim, tão fácil, daria um fim à vida daquele que foi o único que enxergou alguma virtude em uma pessoa tão quebrada e cheia de falhas como eu.

Respirei fundo e disse:

— Ouça, Romano... Por favor, vá embora! Quero ficar sozinha.

— Mas você nunca gostou de ficar só!

— Romano. Como te disse na última vez que nos encontramos, muita coisa mudou, eu não sou a mesma Estefania que você conheceu há alguns anos.

— Claro que é! Querida, ninguém muda tanto. Quem nasce vadia, morre vadia. Vai dizer que a morte dos seus pais mexeu com você? Eu tenho algo aqui comigo que vai fazer você voltar a ser a mesma de antes em questão de segundos. Quer apostar?

Romano sacou do bolso da jaqueta de couro um pequeno envelope de plástico transparente e eu as vi. Minha derrota.

Fazia anos que eu nem sequer passava perto delas. Nas mais diversas cores e formatos. Eu conheci as sensações. A viagem era maravilhosa, uma excitação tomava conta do meu corpo, uma sensação de bem-estar, euforia, vontade de dançar sem parar.

Já os sintomas da ausência eram terríveis. Eu sempre me deprimia e ficava mais insuportável que nunca, minhas variações de humor eram inúmeras.

Lembrei-me dos meus pais, coitados, tentando entender onde tinham errado quando me viram totalmente prostrada com os efeitos das drogas. Eu era acometida de muitas paranoias e manias de perseguição. Para ficar bem, tinha de estar constantemente drogada e eu buscava Romano para isso. Ele sempre me mantinha ligada e assim me controlava, fazendo o que quisesse comigo e com meu corpo, mesmo que eu não consentisse...

— Agora tenho certeza de que te ponho de quatro e faço o que quiser com você, querida.

Romano seguia em minha direção e colocou o envelope das balinhas em minha mão. Aquele pequeno e infame envelope queimava como o inferno. Devolvi-o para ele berrei:

— Romano, eu já disse, eu...

— Prove! Porque eu vim até aqui e não saio até trepar com você, pelo menos umas três vezes. Anda! Estou mandando! — Romano gritou, empurrando o envelope de volta na minha mão e pressionando o corpo contra o meu, esfregando seu pau duro de forma lasciva.

Eu nem sequer sabia como, mas ele havia conseguido me imprensar contra uma parede, usava toda sua musculatura para me manter presa. A minha mente, na fissura pela droga, esqueceu o treinamento de autodefesa recebido em Sidari. A fissura pela droga, deixando-me de boca seca e respiração errática.

Em um movimento ágil, Romano abriu o envelope em minha mão e pegou uma balinha.

— Prove e em questão de minutos terei você sob meu controle. Vamos nos divertir, eu prometo.

— O que está acontecendo aqui?

Romano, surpreso pela presença de Luigi, que nesse momento já imaginava estar morto, soltou-me imediatamente.

— Fanny, pode me explicar o que esse sujeito está fazendo aqui? — Luigi perguntou ao mesmo tempo em que arremessou Romano contra o aparador, sacou o revólver do cós da calça e apontou na direção do meu algoz.

— Você tem exatos dez segundos para se mandar daqui. Pega aquela carroça na frente do portão e vaza!

Romano me encarou e ainda conseguiu sorrir, o condenado.

— Jezebel, nossos negócios não acabam aqui. Você vai se arrepender de não ouvir meus conselhos.

Romano saiu e assim que ouvimos o barulho do carro arrancar, Luigi me encarou, furioso.

— Agora você vai me explicar direitinho o que aquele assassino estava fazendo aqui.

Capítulo 2

Contesta e és perigo
E te prendem com Correntes

Wild Nights - Emily Dickinson

Luigi

Depois de tantas reviravoltas na vida de Estefania talvez essa fosse a mais dura: agora ela estava só no mundo.

Com a morte dos pais, ela não tinha mais nenhum parente próximo, além de Ignazio Cavaglieri, seu primo tenor.

O advogado, após ler o testamento, partiu da mansão que mais parecia uma fortaleza. Grande, imponente, luxuosa como somente a propriedade de pessoas da realeza seria. Aquela casa e outros bens ficaram todos para uma única herdeira.

Eu sabia que aquilo estava incomodando Fanny. Sabia acima de tudo o quanto sentia falta dos pais. Ela era durona, no entanto, de mim não escondia nada ou pelo menos era o que eu pensava.

Eu aprendi a lê-la como ninguém e o pior de tudo, ler minhas reações a ela...

Não sei exatamente quando começou, mas sei que já faz um tempo, reajo a ela de forma diferente e por isso precisava me afastar, pelo menos por algumas horas. Não queria arrastá-la para meu inferno particular. Aquela garota já passou por coisas demais, tinha problemas demais para incluí-la nos meus, por isso resolvi dar uma volta. Sabia de um lugar perfeito que poderia resolver meus problemas.

Quando estava no meio do caminho, notei que havia esquecido meus documentos na casa. Não esqueci a arma, mas esqueci a carteira com todos meus documentos. Aquela era uma região complicada, não conhecia muito bem os Capos e não poderia correr o risco de causar algum incidente e fazer com que o nome Mancini na região tivesse alguma mácula, por isso voltei à mansão e me deparei com a cena toda.

Fiquei muito puto mesmo. Possesso.

Ouvi parte da conversa e ainda não acreditava que Fanny estivesse em um acordo com aquele maldito, filho da puta que atirou em Donna e que queria matar meu irmão.

Eu não queria acreditar naquilo. Depois de tudo o que eu fiz por ela. Da amizade, do carinho. Seria esse o pagamento que teria por tê-la acolhido como uma amiga e fazer dela quase parte de minha família?

A minha vontade era de confrontá-la, jogar toda a verdade naquele rosto lindo — tão lindo quanto cruel —, porém eu não tinha certeza absoluta do que vi ou ouvi. Por incrível que pudesse parecer, às vezes aquilo que enxergamos com nossos olhos, muitas vezes nos pregava peças e eu nunca gostei de tirar conclusões precipitadas. Portanto, fingiria não ter percebido tudo o que se passava ali e faria minha própria investigação.

Nunca imaginei que me incomodaria tanto ver outro homem tocando em Fanny...

Principalmente quando esse outro era Romano Lombardo.

Desde que nos conhecemos nunca a vi íntima de ninguém. Eu soube, claro, que ela foi namorada do primo de Donna há muito tempo e que teve um *affair* com Valentim; que foram esses dois que, de alguma forma, influenciaram sua vida para o bem ou para o mal, porém, nunca vi um homem tocá-la.

Romano a imprensou contra a parede, usando seu corpo e a força para retê-la. Estefania parecia contrariada. Ele deslizou uma das mãos pelo corpo dela e eu seguia acompanhando entre fascinado e puto da vida. O que diabos estava acontecendo comigo que ainda não havia voado em cima dele? Romano, com a outra mão queria fazê-la engolir, contra a vontade, a pílula ou cápsula.

Drogas.

Não permitiria aquilo de forma alguma. Avancei sobre o canalha, fiz com que ele largasse Fanny e com arma na mão o escorracei daqui. Fitei Estefania pronto para começar minha encenação.

— Agora você vai explicar direitinho o que aquele assassino estava fazendo aqui — falei.

Estefania seguia olhando para mim, mas não me enxergava. Estava com o olhar vítreo, distante, como se estivesse sob efeito de hipnose ou...

— Drogas. *Cazzo*!

Corri até ela, que seguia no chão exatamente onde Romano a largou assim que os surpreendi.

— Estefania! Estefania, reaja!

Eu a sacudi de leve e toquei suas bochechas para reanimá-la. De repente, vi caído no chão um envelope plástico com as drogas.

— Ecstasy. Ah, *Dio Santo*! Estefania, vamos. Saia dessa!

Depois de alguns segundos falando com ela, a garota pareceu ter voltado a si, porém estava sob o efeito da droga.

— Luigi, você está aqui? Ah, que bom que Romano não conseguiu emboscá-lo. Venha, vamos comemorar.

— Fanny, você não está bem você.

— Ah, por favor! Vamos dançar. Em algum lugar desse mausoléu, deve ter um aparelho de som. Ah, já sei! Vem comigo!

Sem que Estefania percebesse, escondi o restante das drogas em um canto da poltrona e a segui pela casa.

Passamos por um imenso corredor e assomamos a escada, em direção aos quartos.

— Vem, Luigi! *Andiamo*!

Estefania seguia apressada e de repente entramos em um quarto.

Acho que nunca vi um quarto tão burlesco quanto esse.

Cortinas de veludo vinho pendiam em frente a uma janela, ocultando a vista. As paredes todas em vermelho, um piano também vermelho, uma cama dossel coberta por uma colcha de veludo vermelho e véus vermelhos pendiam de cada poste. Na parede vários pôsteres de figuras que remetiam a cabarés e coisa do gênero. Em uma parede central, um enorme quadro com Estefania, anos antes, na frente do *Moulin Rouge* vestida como uma dançarina de *can-can*. Sentei-me em um divã de veludo preto, observando toda a decoração, um reflexo da Estefania de outrora.

Em um canto da parede, um aparelho de som incluindo um toca-discos retrô e vários vinis.

Elvis Prestley, Johnny Rivers, The Platters, Manhattan e *Lana Del Rey* eram alguns dos discos disposto, demonstrando seu gosto musical eclético.

Fanny foi em direção ao aparelho de som, escolheu um dos vinis e logo o psicodelismo e a voz sedutora de Lana del Rey cantando *Lolita* preencheu o ar.

— Luigi, venha, dance comigo! — Estefania pediu.

— Fanny, acho melhor que tome um banho e durma. Você precisa descansar, foi um dia difícil...

— Aí, Luigi não seja chato! Se fosse Romano aqui, ele estaria dançando comigo, não perderia a chance. Ah... Eu esqueci! Você só dança com as santinhas como Donna.

Não sei o que me deu nesse momento, reagi em um impulso, nem sequer defendi Donna, como costumava fazer sempre que Estefania a acusava de algo.

Levantei-me do divã, parando à sua frente. Fanny me encarou e gargalhou, a droga fazendo efeito em seu organismo.

Ela me jogou gentilmente na cama e começou a dançar sozinha, ao som da música, seu corpo ondulando para cima e para baixo. Ela gargalhava de uma forma insana, como eu nunca vi. Não sabia como reagir nesse momento, sabia que era Estefania, e ao mesmo tempo não era ela.

Sempre soube dos seus problemas com drogas, soube de sua internação, no entanto, ela nunca se sentou comigo e se abriu, então eu nunca toquei no assunto. Soube por conta do que houve entre ela, Gianluca, Kat e Valentim e obtive mais algumas informações, quando a levei a Sidari.

Sam investigou tudo sobre o passado de Estefania antes de integrá-la a equipe, chamou-me em uma reunião com seu esposo, Silas, e disse:

— Luigi, Estefania pode fazer parte da equipe, contudo, você tem de me prometer não passar pano para ela. A garota é problemática, porém, podemos canalizar suas energias para algo positivo.

Energia era o que não faltava nela. Como eu podia ver agora.

Fanny gargalhava, dançava e cantava:

— *Would you be mine... Would you be my baby tonight?*[1]

Não sei por que, não conseguia me mover diante do que vi. Não sei exatamente o que temia. A verdade era que eu nunca havia visto Estefania tão eufórica, mas sabia que aquilo era ilusório, falso. Duraria o efeito que a droga agisse no organismo. Depois, ela ficaria nocauteada, no chão sem saber de onde o golpe tinha vindo.

Eu estava acostumado a isso nas minhas boates. Eu mesmo usei drogas, uma vez. Não gostei. O efeito no outro dia foi tão ruim que me traumatizou, principalmente quando veio com as lembranças das consequências do ato...

As dores de cabeça do inferno, eu não conseguia dormir por mais que quisesse, a falta de apetite. Prometi a mim mesmo, nunca mais provar daquilo. Não precisava de mais um vício em minha vida. Tinha um e estava de bom tamanho. Já era difícil lidar com meus demônios que me acompanhavam desde a puberdade. Não precisava de mais problemas.

Meus pais ou meus irmãos nem sequer imaginam o quão ferrado eu sou.

E o pior: Estefania com aquele showzinho estava fodendo mais ainda minha mente. Claro, ela não era culpada. Ninguém conhecia aquele meu lado... Eu sempre dei um jeito de disfarçar. Sumia por algumas horas e quando voltava, tudo estava resolvido. E nesse momento, justamente era para eu estar resolvendo esse "problema", mas não, tive de esquecer a porra dos documentos e agora estava aqui, preso a uma armadilha.

Outra música começou e essa tinha uma batida mais envolvente. Estefania serpenteava o corpo sensual ao som da música. Parecia completamente alheia a mim.

Contudo, eu não estava a ela.

Dio*!*

Precisava sair daqui logo, antes que fizesse algo do que pudesse me arrepender.

Levantei-me da cama, pronto para deixar o quarto, porém Estefania me alcançou, segurou minhas mãos e me trouxe para seu corpo me incitando a dançar junto dela.

— Fanny. Por favor...

Eu estava mais do que ferrado!

Tudo o que eu vinha lutando foi em vão, acabou se quebrando nesse momento. Sentir seu cheiro, a textura da pele, sua temperatura foi demais para mim.

---

[1] Inglês: Você seria meu... Você seria meu querido essa noite?

Respirei fundo mais uma vez, tentando me esquivar dela, no entanto, Estefania estreitou o abraço e me encarou com os olhos cristalinos. Naquele momento parecia não haver nenhum vestígio, nenhum efeito da droga.

Ela umedeceu os lábios e cantarolou:

— *Come and take a walk on the wild side. Let me kiss you hard in the pouring rain. You like your girls insane. Choose your last words, this is the last time 'cause you and I, we were born to die.*

Não sei quem deu o primeiro passo ou como aconteceu, quando eu percebi nossos lábios já estavam colados.

O beijo tinha gosto de tudo o que eu jamais provei: encantamento, a descoberta de um tesouro há muito escondido, uma paixão aterradora e um tesão fodido.

Nossos corpos se colaram de uma forma que parecia impossível afastar. Uma força indômita, como dois polos diferentes que em vez de se repelirem, atraem-se.

Tínhamos uma fome insana. Estefania estava me arrastando com ela, para mergulhar num mar de fogo, o desejo se alastrava em nós. Nossos corpos, nossos lábios se provocavam deliciosamente. Um beijo nunca havia me desestruturado daquela forma. Fanny tinha sabor de proibido, era o veneno e o antídoto; uma poção, um feitiço.

Agarrei-me a ela com tesão e nos jogamos na cama. Minhas mãos percorrendo cada curva dela. Todo o meu corpo estava desperto. Nossos lábios se descolaram. Estefania me encarou com um olhar mais suave, riu e disse:

— Isso é um sonho? Quanto tempo eu esperei para provar sua boca. Quantas vezes me toquei desejando que fosse você, querendo que você me tomasse, que me possuísse com seu corpo e agora você está aqui, comigo! Luigi Mancini na minha cama. Diz que isso não é um sonho. Diz que não estou sonhando.

Eu não soube o que dizer. Fui pego de surpresa pela declaração de Estefania.

— Fanny...

Antes que eu pudesse dizer qualquer coisa ela desabou. *Dio*!

Eu medi sua temperatura, preocupado, aferi sua pulsação e constatei que ela acabou pegando no sono. Melhor assim.

Amanhã teríamos uma longa conversa. Teríamos muito a esclarecer.

Tratei de cobri-la. Trouxe da cozinha uma jarra de água e um copo, colocando-os na mesinha de cabeceira, depois desci as escadas voltando à sala onde a encontrei mais cedo. Fui até onde escondi as drogas, peguei-as e joguei no vaso sanitário do primeiro banheiro que vi e dei a descarga.

Voltei à sala, acendi a lareira e por ali mesmo adormeci, pensando em nosso beijo e em Estefania cantando com sua voz rouca e sensual:

— *Choose your last words, this is the last time 'cause you and I, we were born to die.*

Capítulo 3

Um amigo deve ser mestre tanto na arte
de adivinhar como na de permanecer calado.

Friedrich Nietzsche

Estefania

Uma dor de cabeça lancinante me tirou da cama.

Cama.

Como tinha ido parar ali? O que aconteceu?

Fazia anos eu não ocupava aquele quarto. Como fui parar justamente ali?

Levantei-me lentamente respirei fundo, a boca seca. Vi uma garrafa d'água na mesinha de cabeceira e dei alguns goles. Fechei os olhos tentando me concentrar e entender o que havia acontecido.

Meus pais morreram. Sim, mas isso foi há meses.

Estava em Carrara para a abertura do testamento. Luigi estava comigo, segurando minha mão, sendo meu apoio, como sempre.

Ele saiu. Romano chegou.

Romano e eu... Ele queria me drogar e pelo jeito conseguiu, queria também trepar comigo.

Não. Não podia ser!

Mas... Romano não estivera no quarto, foi Luigi.

Luigi... Nós nos beijamos.

Dio! Nós nos beijamos e fomos parar naquela cama e... E... Eu não conseguia me lembrar de mais nada. Minha cabeça estava explodindo.

Arrastei-me para fora do quarto e vaguei para o andar de baixo. Fui até a cozinha e abri uma garrafa de Coca-Cola bebendo no gargalo. Senti a presença dele no ar, a estática se alterando.

— Estefania, nós precisamos conversar — Luigi disse em tom determinado.

— Sim, precisamos.

— O que Romano fazia aqui ontem, poucos minutos depois de eu deixar a casa? — Luigi perguntou, intrigado.

Eu planejei durante dias como contar a verdade, contar que semanas atrás o sobrinho de Lombardo havia me procurado para ajudá-lo e informá-lo sobre cada passo de Luigi. Como contar que Romano estava agindo com o tio, colocando em prática novamente seu plano de vendetta?

— Luigi... Não é o que está pensando... — Comecei mal minha explicação.

— Não sei o que pensar, Estefania Cavaglieri. Sei o que vi. Foi o maior inimigo da minha família, agarrado à minha... À minha melhor amiga e se divertindo enquanto quase trepava com ela!

— Luigi, as coisas não foram assim. Deixe-me explicar.

— Ah, não? Explique-se, estou ouvindo.

— Há alguns meses, depois da noite de inauguração do escritório de Donna, Romano me ligou. Pediu que eu fosse encontrá-lo no Arizona.

— Por que te encontrar no Arizona?

— Vai querer saber a história ou vai ficar interrompendo o tempo todo? — indaguei, impaciente. Minha cabeça não me deixava em paz. Dei mais outro gole na garrafa de Coca e prossegui: — Fui me encontrar com Romano e ele me pediu para avisá-lo a respeito de cada passo seu. Ele é sobrinho e braço direito do tal que tentou matar seu irmão e ele não vai parar. Luigi, agora o alvo é você.

— E você ia facilitar as coisas para ele...

— Não! Não, Luigi eu nunca faria isso!

— Sério? Porque não foi essa a impressão que eu tive ontem.

— Luigi, você quer me deixar terminar ou vai ficar tirando conclusões? Que inferno!

— Ok, ok, siga em frente.

— Eu prometi ajudar Romano apenas para ganhar tempo. Fazia alguns dias, tinha perdido meus pais e... Só tentei ganhar tempo e uma forma de te contar a verdade. Romano cansou de esperar informações minhas, seguiu-nos até aqui e planejou uma emboscada para você. Algo falhou e você voltou justamente quando Romano acabou de contar seu plano para mim. Eu não acreditei quando ele me disse tudo aquilo. Aqui, dentro de mim, torcia para estar enganada. Torcia para algo dar errado. Quando você apareceu, Romano estava tentando me drogar e... ter relações comigo.

— E você ia permitir? — Luigi perguntou, irado.

— Eu estava tentando me esquivar, porém ele estava com as balinhas. Romano sempre sabia o que fazer para me dominar.

— Como assim, te dominar? De onde ele a conhece? Qual relação vocês têm? Foi você que bolou com eles assassinato de Donna? Você sempre esteve envolvida com a Camorra, não é? Facilitou também para Lombardo entrar no hospital e quase matar Donna!

— Não! Não, mil vezes não! Luigi, acredite em mim, eu não tenho nada a ver com toda essa história! Minha história com Romano é outra.

— Então me conta.

— Não quero falar sobre isso agora. Estou explodindo de dor de cabeça e precisamos voltar para Nápoles. Vou precisar fazer minha mudança.

— Você virá para cá?

— Sim, se quiser fazer usufruto da herança, preciso passar pelo menos quinze dias do mês aqui. Você ouviu o advogado.

— E quanto às missões?

— Pelos próximos meses não vou poder assumir nada.

— E vai ficar aqui sozinha? — Luigi inquiriu, lentamente reduzindo a distância entre nós.

Em minha cabeça, flashes da noite anterior. Seus beijos, seus lábios, sua respiração em minha pele seu toque em meu corpo...

Endireitei a postura, jogando a garrafa de Coca-Cola vazia no lixo e retruquei:

— Luigi, eu sempre estive sozinha. Sempre fui eu contra o mundo.

— Isso não é verdade. Sou seu amigo, sabe que pode contar comigo!

Luigi tocou minha face e eu me incendiei inteira. Estava encrencada.

Seus olhos me encaravam, estranhos. Eu já tinha visto esse olhar antes. Claro! Ontem, antes de ele sair era esse mesmo olhar que ele carregava.

— Fanny... Sabe que Romano a drogou, não sabe?

— Se eu não soubesse, a dor de cabeça dos infernos que sinto daria um bom indício — repliquei me afastando daquele toque, antes que revelasse mais do que devia.

Já estava quase deixando a cozinha quando Luigi perguntou:

— Você se lembra de mais alguma coisa sobre noite passada?

Eu estaquei.

Dio!

Não diria a verdade. Não diria que me lembrava de cada detalhe. Não diria que me lembrava de descaradamente ter me insinuado para ele, de querer que ele trepasse comigo até não haver mais amanhã. Não diria que o beijo que trocamos, acendeu tudo dentro de mim a ponto de eu confessar o quanto havia desejado aquilo. Não, eu não confessaria.

Obriguei-me a me virar. Fria, encarei-o e menti:

— Não. Só me lembro de apagar e acordar naquele quarto que há anos eu não ocupava. Foi você que me colocou lá?

Luigi me fitou confuso, mas com um gesto de cabeça anuiu.

— Aquele não é mais meu quarto. Estou em outro. Aliás, havia preparado um para você. Onde você dormiu?

— Na sala, próximo ao calor da lareira. Você tem razão. Essa casa é grande o suficiente como uma fortaleza e muito fria.

— Agora que eu vou ter de morar aqui, vamos ver o que consigo fazer para mudar isso. Bem, vou para o meu quarto tomar um banho e me arrumar para voltarmos a Nápoles.

Deixei Luigi para trás, rumei para a escada e me tranquei no meu novo quarto, tão diferente do outro.

Encostei-me contra a porta e suspirei, exausta. No corpo, a ânsia por consumir mais droga já se manifestava.

Deus! Fazia anos eu estava limpa. Nem com Valentim tinha me drogado, agora bastou uma única balinha que Romano praticamente me empurrou goela abaixo e eu já estava fissurada de novo. Anos de tratamento sendo jogados pelo ralo.

Mas eu não iria me render ao vício. Não.

Já fiz muita merda na vida. Chega!

Eu me manteria firme na minha missão: administrar com responsabilidade os bens que meus pais me confiaram. Falhei com eles em vida, não falharia na morte. Ficaria na casa o tempo que precisasse para assumir a herança e depois seguiria expandindo os negócios.

Fui para o banheiro. Nada de banho de banheira, tomaria uma chuveirada para clarear as ideias.

Tirei a roupa, entrei no chuveiro e deixei a água fria correr pelo meu corpo. Lembrei-me da minha mãe e de meu pai, sempre tão amorosos, do quanto fizeram de tudo para me salvar, lembrei-me da última vez que falei com minha mãe. Ainda doía a ausência deles.

— Pai, mãe, eu não vou falhar com vocês. Vocês terão orgulho de mim, onde quer que estejam.

Luigi

Fizemos o caminho para Nápoles em completo silêncio. *Dio*! Não sabia o que pensar.

Estefania não se lembrava de nada enquanto eu queimava por ela.

Mil vezes durante o percurso, pensei em parar o carro, montar nela e beijá-la até deixá-la sem fôlego. Queria tomar tudo dela para mim.

Cazzo! Quando foi que eu comecei a me sentir atraído por ela?

Sua presença ao meu lado no veículo só complicou mais a situação.

Chegamos a Nápoles e fomos para mansão Mancini. *Papà* não estava, tinha ido a uma reunião com Marcelo. *Mamma* nos recebeu.

Mamãe parecia não ir muito com a cara de Estefania, contudo, desde a morte dos pais dela se solidarizou mais com a moça.

— Meu Deus, vocês estão com uma aparência exausta! Não dormiram à noite?

— Sim — respondemos juntos.

Sorri, fitei Estefania e disse:

— Vou deixar umas coisas no quarto e já desço para levá-la para casa.

— Luigi, não se preocupe. Eu pego um Uber.

— De jeito nenhum, eu mesmo a levarei. Não quero Romano a acossando novamente.

— Romano? Romano Lombardo? O que ele tem a ver com você, Estefania? — *Mamma* perguntou, intrigada. — O que ele quer de você? De onde você o conhece?

Estefania me fitou, olhou minha mãe e disparou:

— Romano e eu fomos noivos.

Capítulo 4

Se for dizer a verdade aos outros,
Faça-os rir, do contrário eles o matarão.

Oscar Wilde

Luigi

Não podia acreditar no que meus ouvidos ouviram.

Estefania, noiva de Romano! Como? Quando foi isso?

Até onde eu sabia, Estefania havia namorado Gianluca. Aliás, um bom tempo passou obcecada pelo rapaz, mas... Romano? Cada vez descobria que nada sabia dessa mulher que tanto mexia com minha cabeça.

Um silêncio sepulcral caiu sobre nós. Dei um passo à frente, fitando-a intensamente. Sabia que ela dizia a verdade.

— Por que você nunca me contou que foi noiva de Romano? — perguntei, frustrado.

Estefania deu um passo para trás, afastando-se de mim, olhou para minha mãe que a encarava, analítica, voltou seu olhar para mim e respondeu:

— Porque isso faz parte do passado.

— Parte do passado? Então acho que talvez para ele, não tenha ficado claro já que foi atrás de você, em Carrara!

— Eu já lhe disse, os motivos dele nada têm a ver comigo!

— Estefania, eu não quero mais vê-la com ele! Não quero mais esse sujeito perto de você, está me entendendo? — Segurei-a pelo braço, em um gesto de posse.

Estava muito zangado, muito puto mesmo. Não queria mais aquele assassino perto dela. Ainda não sabia muito sobre os dois, porém vi o suficiente para entender que ele significava encrenca para ela.

— Luigi, eu...

— *Figlio mio*, suba até o seu quarto, deixe suas coisas lá. Vou fazer um chá, então Estefania e eu conversaremos — disse minha mãe.

— Mãe, mas Estefania e eu temos de ir...

— Bobagem! Vocês podem esperar um pouco mais. Vá, leve o que precisa para seu quarto. Aproveite, tome um banho e cochile se quiser. Estefania e eu vamos ter um papo *mamma e figlia*.

Encarei minha mãe e pensei em contestar, no entanto, conhecia o suficiente de Regina Mancini para saber que quando ela quer algo, não adianta discussões.

— Está bem — concordei e me aproximei um pouco mais de Estefania. — Vou apenas tomar um banho e logo estarei aqui.

— Não se preocupe, ouça sua *mamma* e tire um cochilo. Não tenha pressa, tenho certeza de que estarei em excelentes mãos. Não é, dona Regina? — Estefania buscou o consentimento de minha *mamma*.

— Vá, Luigi! *Allora*!

Subi as escadas e a última imagem que vi foi minha *mamma* levando Estefania pelo ombro até a cozinha.

Sim, pelo jeito eu teria tempo suficiente para tomar um banho e ter uma boa soneca.

Estefania

Assim que chegamos à imensa, moderna e ainda assim acolhedora cozinha, dona Regina pediu a todas as cozinheiras que saíssem e nos deixassem a sós. E assim uma a uma se retirou. Dona Regina puxou uma cadeira e me fez sentar, puxou outra e se sentou de frente comigo, encarou-me com firmeza e até certa severidade, depois sorriu.

— Quando eu a vi pela primeira vez pensei: que diabo Luigi está fazendo com essa cigana maluca? — falou. — Nunca havia visto meu filho com outra mulher sem ser Donna, que era sua amiga de infância. Sabe, Estefania? Luigi, entre meus três filhos, sempre foi o mais generoso, tem um grande coração. Era meio atrapalhado, desastrado, destruindo algumas coisas em sua infância e adolescência. Conforme foi crescendo, tornou-se bom em consertar, em ajudar a resolver conflitos. Luigi é um ótimo rapaz e eu não gostaria de ver meu filho ser enganado por nenhuma mulher.

— Dona Regina, eu jamais enganaria Luigi. Com relação a Romano é que...

Dona Regina se levantou, pediu um momento com a mão erguida e foi até o fogão, pegou uma chaleira e encheu de água, selecionou algumas ervas, separou as xícaras e voltou a se sentar.

— Ah, desculpe-me, querida! Nem sequer perguntei se você gosta de chá. Se não gosta, chegou o momento de provar das propriedades *benéficas* das ervas.

Apenas assenti.

— Sei da sua luta, Estefania. Sei que não tem sido fácil.

Não sei como encontrei palavras e respondi:

— Não. Não tem sido, mas eu também não tenho sido fácil. Não sou o melhor ser humano, não sou o melhor exemplo de amiga e fui uma péssima filha para meus pais, que foram excelentes.

— Sei que está disposta a mudar isso, porém a vida cobra um preço pelas nossas escolhas, não é? Eu mesma estou colhendo as consequências de minhas escolhas do passado. Você sabe que, além de sobrinho, Romano é o braço direito de Lombardo, não sabe?

— Sim, sei, descobri não faz muito tempo. Quando estávamos noivos, vivíamos em Roma. Eu não conhecia seus parentes de Nápoles. Sabia das conexões dele com a máfia e com a Camorra, ainda assim jamais imaginei que ele fosse sobrinho de Leonida Lombardo.

— Sabe que esse homem está caçando minha família?

— Sim, eu sei.

— Não sei o que houve entre você e Romano ou porque acabaram não sendo mais noivos, porém você sabe que ele só voltou para sua vida para usá-la e nos destruir, não é?

— Sei e não vou permitir. Romano Lombardo não tem mais poder algum sobre mim.

A chaleira apitou indicando que a água estava fervendo. Dona Regina se levantou, preparou nossa infusão e nos serviu.

— Chá de cidreira e cascas de romã do nosso jardim. Prove.

Provei do chá e me surpreendi ao apreciar o sabor. Dona Regina também provou do seu em pequenos goles, depositou a xícara à mesa e seguiu:

— O tio de Romano e eu fomos noivos, você deve saber.

— Não, eu não sabia — disse, surpresa. — Soube de alguma ligação entre a senhora e Lombardo no passado, sabia que era algo sentimental, somente nunca soube que vocês chegaram a ficar noivos.

— Sim. Ficamos noivos por algum tempo. Assim que eu me formei em Artes pela *Università Sapienza* em Roma, meu pai *sugeriu* que eu já estava pronta para casar e arranjou tudo para que eu me casasse com Leonida. Eu já o conhecia de vista, contudo não me lembrava muito bem dele. Quando o vi, eu me encantei com sua beleza. Leonida era um homem lindo, sedutor e cativou minha atenção com seus belos olhos e seu jeito de ser. Porém, isso foi só até Marco, meu amigo de infância, voltar para Nápoles.

Mamma Mancini deu mais alguns goles em seu chá, retornou a xícara à mesa e continuou:

— Uma festa havia sido organizada para celebrar minha formatura. Estávamos todos reunidos, Inclusive Leo, quando Marco entrou. Eu me lembro de que quando meu olhar caiu sobre ele, quando percebi o quanto ele havia se transformado, eu pensei: *É ele! Esse é o homem que eu quero como marido.* Marco e eu dançamos uma única música naquela noite, o suficiente para reavivar nossa amizade e atear em nós um amor desmedido e bem... Tomei minha decisão. Amo minha vida, meu marido e meus filhos, no entanto, sei que a minha escolha trouxe consequências e todos vivemos com ela. Hoje, graças a minha escolha, meus filhos são alvos e estão sendo caçados por um déspota que arrasta anos de amargura em suas costas. A vida foi generosa com Leo. Ele construiu seu império, tem uma linda esposa, um filho e uma filha que dizem ser tão bela quanto uma princesa. Porém ele não dá valor a nada disso, segue cobiçando algo inalcançável. Ele ainda não esqueceu, não abandona o passado. Rumina as lembranças de outrora, enquanto tece a sua vingança contra os meus.

— Ele não conseguirá, senhora — afirmei com uma certeza que fluía de dentro de mim.

Se depender de mim, Romano nunca alcançará seu objetivo.

— Ele pode tentar te usar para atingir Luigi.

— Eu não vou dar essa chance a ele.

— Meu filho faria qualquer coisa por você.

— Luigi é um grande amigo. Aliás, o único que tenho, porém se tiver que afastá-lo para protegê-lo de Romano, eu o farei.

— Estefania, Luigi a seguirá aonde você for. Ele está apaixonado por você!

Acho que na minha cara ficou claro o espanto ante aquela declaração.

— Senhora, não está, fique tranquila. Luigi apenas nutre amizade por mim, é o melhor amigo que a vida me deu. Ele se preocupa, cuida de mim, mas não está apaixonado. Até porque há muito pouco tempo ele estava apaixonado por Donna!

— Ele é apaixonado por você, conheço meu filho. Por muito tempo, Luigi usou seu sentimento platônico por Donna como escudo, para impedir que outras mulheres chegassem ao seu coração... Pelo jeito você encontrou alguma ranhura na armadura e se instalou no coração dele e nenhum de vocês dois percebeu.

Não soube o que pensar diante daquela declaração, pois me sentia extremamente atraída por ele. Sentia um tesão da porra por Luigi. Muitas vezes, quase gozava apenas de pensar nele, sua pele bronzeada sobre a minha, puxar seu cabelo escuro entre meus dedos, sentir seus olhos amendoados queimando sobre mim, derretendo tudo por dentro, sentir o toque de sua boca.

Evocar esses desejos me trouxe vividamente as lembranças da noite passada. Dos lábios macios beijando minha boca. Luigi tem uma boca que me deixa tarada.

Quantas vezes, apenas conversando, tive vontade de me lançar sobre ele e arrancar todos os beijos daquela boca magnífica? Rememorei as mãos dele percorrendo minha pele e meu desejo por mais gritava dentro de mim, não sei o que houve, apaguei e quando acordei, estava sozinha no quarto com uma puta dor de cabeça que, agora, me dei conta de que havia passado.

Estranho. Deve ter sido o chá.

Dio!

Será verdade que Luigi Mancini está apaixonado por mim?

Não podia ser. Ele não merecia alguém tão fodida quanto eu.

Merece uma mocinha bela, recatada e do lar e não Estefania Cavaglieri.

— É, Estefania, pelo jeito te dei algo em que pensar. Ou melhor... *Alguém* em quem pensar. Suba. Você também precisa dormir, está um caco!

— Eu... Eu não sei onde ficam os quartos.

—Ah, perdão. Vamos, eu te mostro.

Dona Regina e eu subimos as escadas e passamos por um longo corredor.

— Esse é o quarto de Luigi. — *Mamma* Regina apontou a porta, depois seguiu para o quarto ao lado e disse: — Esse será o seu. Pedirei que tragam alguma roupa e algo de comer. Tome um banho, durma e descanse.

Dona Regina abriu a porta pronta para deixar o quarto, porém antes falou:

— Descanse, pois sinto que uma tempestade se aproxima e você vai precisar de toda sua vitalidade. Ser mulher de um Mancini não é para qualquer uma.

Dito isso, saiu do quarto me deixando entregue aos meus pensamentos e a tudo o que eu ouvi.

Agora começava a entender melhor a vingança de Lombardo e suas motivações.

Então, Regina Mancini e Leonida Lombardo foram noivos e ela o trocou por Marco Mancini. Como será que tudo isso sucedeu? Se ela já estava prometida a Lombardo, como convenceram o pai de Regina a aceitar Marco e não Leonida?

Aquelas eram perguntas que ficariam sem respostas. Pelo menos por enquanto.

Fui ao banheiro, tomei banho e quando voltei ao quarto, havia uma confortável camisola na poltrona próxima da penteadeira. Vesti-a e deitei-me na cama, contemplando o imenso quarto decorado em tons pastéis com muito requinte. Parecia o quarto de uma princesa.

Estranho. Os Mancini não tinham sido abençoados com uma filha, no entanto, mantinham um quarto tão feminino. Depois de alguns minutos, uma das pessoas que ajudavam na casa, entrou no quarto com a refeição. Salada verde com romã, frango grelhado com molho de ervas finas e suco de laranja uma refeição leve e deliciosa. Comi tudo e assim que terminei, um sono descomunal tomou conta de mim e adormeci.

Para sonhar com mais beijos de certo moreno de olhos amendoados.

Capítulo 5

Cada um de nós é seu próprio demônio e
Faz deste mundo um inferno.

Oscar Wilde

Estefania

Acordei um tanto aturdida, sem lembrar onde estava nem como vim parar nesse quarto. Aos poucos, fui recobrando as lembranças.

Dormi como não dormia há muito tempo, descansei bastante, e agora que o sono se foi, a realidade e os problemas do mundo real retornavam.

Precisava dar um jeito de voltar para a casa que eu ocupava em Nápoles, pegar minhas coisas e voltar a Carrara o quanto antes, para ocupar meu lugar na fortaleza de mármore.

Meus planos foram interrompidos por uma batida à porta.

— Fanny, sou eu, Luigi. Posso entrar?

— Sim, pode — respondi após alguns minutos.

Luigi entrou vestindo um jeans claro, camiseta escura e jaqueta preta.

— Queria te levar a um lugar antes de deixá-la em sua casa.

— Onde? — indaguei, curiosa.

— É uma surpresa. Você aceita?

Pensei por alguns minutos e respondi:

— Está bem. Eu aceito. Apenas me dê quinze minutos e eu estarei pronta

— Perfeito. E... Estefania?

— O quê? — perguntei encarando Luigi, que mais uma vez me fitava com aquele olhar estranho.

Ele escondia algo muito sério. Luigi Mancini estava se tornando um enigma difícil de decifrar.

Ele se aproximou da cama, encarou-me com uma intensidade que eu nunca vi antes. Um calor me assomou e eu sentia meu corpo ser atraído para o dele. Era inevitável. Eu não sabia o que fazer ou como lutar contra aquela força que despertava em mim.

Luigi acariciou meu rosto e sorriu.

— Você está com aparência ótima. Há quanto tempo não dormia de fato?

— Não faço ideia. Acho que nunca dormi assim. Talvez sua *mamma* tenha colocado algo no suco ou na comida. Se tiver sido isso, estou muito grata a ela.

— Minha mãe cultiva uma grande horta, de onde extrai vários ingredientes das comidas preparadas aqui na mansão. Entre elas temperos e ervas que fazem a diferença na nossa alimentação e ajudam a revigorar nossos corpos. Ela deve ter percebido o quanto você precisava restabelecer as forças. Bem, agora está na hora de um pouco de diversão. Vou deixá-la para que possa se arrumar. Não demore!

Luigi saiu do quarto me fazendo especular para onde ele me levaria. Que tipo de roupa vestiria? Havia pouquíssima coisa na minha bagagem. Vim disposta a passar apenas uma noite, não portava muita coisa comigo.

Vesti uma calça preta e um top, conjunto com a calça, um casaco também preto e fiz uma maquiagem realçando meus olhos, nos lábios apenas uma camada de gloss nude. Sai do quarto, encontrando Luigi no corredor.

— E então? — Posei me exibindo para Luigi, girando em torno de mim mesma. — Essa roupa é apropriada para onde iremos?

— Sim, muito apropriada. Você está linda! Vamos?

— Sim.

Assenti pegando minha pequena valise. Luigi segurou minha outra mão me conduzindo escada abaixo.

Na sala, Donna, Marcelo, *papà* e *mamma* Mancini estavam conversando enquanto bebericavam vinho tinto.

— Ah! Aí estão vocês! — Marcelo disse em seu tom de voz firme.

— Olá, Cello! Donna! — Luigi os cumprimentou.

— Oi, Estefania! Como você está? — Donna perguntou, amistosa.

Seu olhar foi de mim para Luigi e nossas mãos dadas. Merda! Ela devia estar nutrindo alguma estúpida ilusão romântica naquela cabeça sentimentalóide.

— Estou bem. E você, como está no escritório?

— Está tudo correndo bem, *grazie Dio!* E você, como foram as coisas em Carrara?

— Bem, eu acho. Vou ter de me dividir entre aqui e lá. Preciso respeitar a cláusula do testamento que exige que eu permaneça pelo menos quinze dias durante seis meses na propriedade.

— Ótimo! Aquela é uma linda região. Eu amo as montanhas e as imensas jazidas de mármore.

— Na verdade, tornei-me dona de uma — contei. — Ainda estou tentando me adaptar a meu novo status. Pensando nisso, Donna, eu gostaria que, se possível, você fosse dar uma olhada no lugar. Estava pensando em fazer algumas modificações naquele mausoléu, torná-lo mais habitável para mim e creio que você tem a verve certa para fazê-lo.

— Eu adoraria! Podemos marcar, sim. Amanhã quando chegar ao escritório, eu analisarei minha agenda e marcamos uma visita.

— Ótimo!

Durante a conversa com Donna, não percebi que Marcelo, Luigi e seus pais se afastaram. Estavam discutindo algo e de repente todos olharam para mim e eu soube sobre o que, ou melhor, sobre *quem,* eles estavam falando.

Caminhei em direção a *mamma* Regina e disse:

— Dona Regina, muito obrigada pela hospitalidade e pela gentileza nos cuidados.

— De nada, *cara*. Lembre-se do que lhe disse... Tenha cuidado, mantenha-se afastada de Romano Lombardo. Luigi comentou conosco o que aconteceu e Marco e todos nós, receamos que Romano faça algo contra você... Você vai estar sozinha naquela cidade, sem ninguém de confiança por perto. Romano pode tentar vê-la novamente. Cuide-se, Estefania.

— Fique tranquila, Dona Regina, vou me cuidar, vou contratar uma empresa de segurança. Precisarei já que agora vou me tornar uma espécie de "Princesinha do Mármore" — falei com certo desdém.

— O comportamento de uma você já tem — disse Bruno, entrando na sala.

Ele me conhecia bem e sabia do que eu era capaz. Tivemos um caso bobo na época de Gianluca, mas aquilo estava totalmente no passado. Bruno beijou a mãe e cumprimentou a todos.

— Boa noite, família!

Luigi se despediu do pai e do irmão mais velho, cumprimentou Bruno, deu um beijo em Donna e outro na mãe. Ainda me incomodava vê-lo perto de Donna, um ciúme tolo me acometia.

— Vamos, querida — Luigi disse me tirando da minha bolha.

Saímos da mansão, entramos no carro e naquele instante me lembrei de que havíamos feito o caminho de volta para Nápoles no veículo de Luigi, o meu ficou em Carrara. Inferno! Teria de pegar o Camaro, parado na garagem de casa. Eu detestava dirigi-lo, preferia minha pick-up.

— Fanny, o que está te incomodando? — Luigi perguntou, girando a chave e colocando o veículo em movimento.

— O quê? Agora você vai ficar vasculhando minha mente?

— Que bruta! Você ficou tensa do nada, algo *tem* de estar te incomodando.

— Esqueci que você me trouxe em seu carro e me dei conta de que esqueci o meu em Carrara. Era isso, ok?

— Não se preocupe. Eu irei com você e me certificarei de que estará segura. Já acionei uma empresa de segurança para ficar à sua disposição. É a mesma que trabalha para mim.

— Ouça, Luigi... Eu agradeço de verdade, porém não preciso que fique tomando a frente dessas coisas para mim. Eu sei me cuidar.

— Eu apenas quis ajudar.

— Eu já lhe devo tanto. Você já me ajudou tanto, não gostaria de ficar em débito com você ou vai chegar uma hora que não terei como pagar.

— Fanny, somos amigos, eu não faço isso para que possa me retribuir. Faço isso porque gosto de ajudá-la a ser feliz. Pôr um sorriso nesse rosto carrancudo e é isso que pretendo fazer essa noite.

Eu respirei fundo, coloquei a cabeça para fora respirando o ar noturno e depois de alguns minutos disse:

— *Va bene*. Eu aceito sua ajuda.

— Ótimo! — Luigi respondeu e não falou mais nada durante todo percurso.

Alguns minutos depois, chegamos a um dos endereços mais exclusivos de Nápoles. O carro entrou em uma garagem fechada. Luigi desligou o veículo e desceu contornando o carro, abriu a porta do passageiro e me oferecendo sua mão. Eu segurei e saí do automóvel.

— Chegamos!

Luigi me conduziu por um longo corredor, abriu uma porta e de repente estávamos em uma pista de dança. A casa noturna era uma perfeita reconstrução dos antigos templos gregos. As garçonetes e garçons, todos vestidos com as vestimentas que imitavam peplos e togas. A música alta, as luzes em tons de dourado e várias pessoas dançando.

Luigi segurou minha mão, guiando-me entre as pessoas cruzamos parte da pista até estarmos no meio. Ainda segurando minhas mãos, girou-me em um passo de dança e disse.

— Estefania, bem-vinda ao Dionísio!

Luigi

Não sei por que, mas acordei com vontade de levar Estefania para dançar e não pude pensar em lugar melhor que o meu clube, agora nós estávamos no Dionísio. Na verdade, a melhor casa noturna de Nápoles.

Era frequentada apenas pela nata napolitana a fim de requebrar o corpo na pista de dança, mas isso não era tudo

Muita gente usava aquele espaço para fechar negócios. Inclusive, muitos negócios escusos.

Alguns Capos de algumas famílias escolhiam a Dionísio para fazer suas reuniões, por contar com um ambiente discreto e era por isso que sempre tive Alex e Bo comigo.

Eles são irmãos, vêm de uma cidadezinha na Provence e se tornaram de minha inteira confiança, além de serem responsáveis por uma empresa de segurança. Já havia conversado com Alex e ele acompanharia Estefania e eu a Carrara, enquanto Bo ficaria a cargo da segurança da Dionísio.

Fitei Estefania que estava linda naquele conjunto preto. Seus olhos e cabelo se destacando com a cor da roupa.

Droga! Eu fiquei tão fascinado com ela dançando ontem para mim, que não aguentei e tive a "brilhante" ideia de levá-la para dançar e cá estávamos.

A casa tinha vários ambientes e aquele era o ambiente com os hits mais atuais. Naquele momento tocava *Undisclosed Desires,* do Muse.

— Eu adoro essa banda! — Estefania gritou empolgada, para se fazer ouvir e começou a dançar.

— Eu também gosto do Muse — disse, acompanhando seu corpo no ritmo da música.

Dançamos umas três músicas e depois eu lhe disse:

— Venha comigo. Quero que conheça algumas pessoas.

Subimos a escada que dava acesso ao meu escritório, fechei a porta e fui até o frigobar. Peguei uma garrafa e servi uma dose para mim.

— Estefania, você quer beber algo?

— O que você está bebendo?

— Ouzo — respondi.

— Quero uma dose também.

Servi Estefania, que estava de pé, em frente ao painel de onde era possível ver o movimento na boate.

— Há quanto tempo você tem esse lugar?

— Há uns três anos. Tenho mais outras duas boates, uma fica em Capri e a outra em Matera.

— Matera? Que interessante!

— Sim, todas seguem mais ou menos uma estrutura similar.

— E todas recebem chefões da máfia como clientes?

— Sim. Eles sabem que o que acontece em minhas boates não ultrapassa suas paredes.

Nesse momento, Alex e Bo entraram e seus olhos logos foram atraídos pela loira encostada no vidro observando a pista, alheia aos dois homens que *a secavam*.

Pigarreei para atrair a atenção dos três. Estefania se voltou e veio em minha direção.

— Alex, Bo, apresento a vocês Estefania Cavaglieri. Estefania, esses são os irmãos Alexander e Robert Beaufort

— *Enchanté, mademoiselle* — Bo disse jogando charme para cima de Estefania, que virou os olhos em um claro sinal de tédio, deixando-o no vácuo.

— *Piacere, signorina* — Alex falou, em um tom firme e respeitoso.

— *Molto piecere* — respondeu Estefania, mais amistosa com Alex.

Bo fez cara de poucos amigos, enquanto Alex riu.

Seguido das apresentações eu disse:

— Alex, essa é a *signorina* para qual a equipe fará a segurança. Eu preciso que você recrute de dez a quinze homens, os melhores, e os envie para Carrara o mais rápido possível.

— Está certo, Luigi. Mais alguma coisa?

— Não, por enquanto é só. Noite tranquila, não é?

— Sim, só alguns Capos acertando alguns detalhes e negociações amistosas. Nada demais. Nenhum dos homens do Lombardo apareceu.

— Alex, Bo, se algum deles surgir vocês me avisem imediatamente. Não importa a hora que for. Não quero mais que eles usem a boate para o tráfico de drogas e nem negócios com prostituição.

— Romano tem traficado aqui? — Estefania perguntou, indignada.

— Sim. Infelizmente. Claro que ele não vem pessoalmente, envia seus homens que chegam disfarçados de frequentadores da boate, o que nos dá um trabalho danado para identificar e expulsá-los. Não quero tráfico de drogas e muito menos prostituição dentro das minhas boates.

— Está certo. Vamos lá. Esse papo está um saco. Quero dançar muito, antes de me enfiar naquele buraco do inferno — Estefania disse e eu ri.

Alex e Bo deixaram Estefania e eu a sós.

— A fortaleza de mármore não é um buraco, Estefania, pelo menos não é o que os demais mortais pensam, em sua maioria — falei.

— Detesto aquele lugar, vou apenas para assegurar o direito à herança, para não decepcionar meus pais, porém, assim que o período da cláusula acabar darei o fora.

— Vamos? — chamei-a, segurando sua mão.

Antes de voltarmos à pista, passamos no bar e Estefania pediu uma marguerita, bebeu-a muito rapidamente e me puxou para a pista de um dos ambientes.

A luz difusa e a música psicodélica faziam com que aquele ambiente fosse um dos mais cheios. Os corpos dançavam ao som da música, muitos já bêbados.

Estefania me deixou por alguns minutos na pista e voltando depois

E eu começava a me arrepender de tê-la trazido à boate. Ela voltou e trazia outro drink nas mãos. Enquanto ela passava, ia atraindo os olhares masculinos. Um homem a agarrou pela cintura trazendo-a a para si. Estefania, não deixou por menos, deu uma cotovelada na cara do indivíduo, pisou no pé dele e jogou nele a taça de bebida.

— Hey, cara! Está me confundindo com alguma das suas vadias? Está achando que pode enfiar a mão em quem atravessar seu caminho? Pois não pode!

Dito isso, seguiu até mim.

Olhei dela para o sujeito, que com a ajuda de alguns amigos tentava limpar sua roupa, então ri.

— E eu nem precisei bancar o cavaleiro na armadura brilhante?

— Não comigo. Esqueceu? Meu sobrenome é Cavaglieri. Não preciso de um cavaleiro, *sou* meu próprio salvador. Mas ainda faço questão de um parceiro de dança. Vem!

Naquele momento da noite o DJ fazia o *flashback* com várias músicas da década 80, 90 do pop e rock mundial e tocou *Suicide Blonde,* do INXS em alto som. Estefania se jogou na pista, seus braços ondulando e ela dançava totalmente descontraída, envolvida pela música. Eu me perguntava se ela já ouviu o grupo ou se dançava apenas pelo ritmo e a letra que falava de uma loira sensual, embora suicida.

She stripped to the beat
But her clothes stay on
White light everywhere
But you can't see a thing

Estefania é uma linda mulher e era natural atrair os homens, isso nunca me incomodou antes, então por que agora eu me sentia desconfortável?

Porque você a quer só para si. É por isso. Ouvi a voz em minha cabeça dizer.

Pensei em tirá-la da pista, agarrá-la e arrastá-la para fora e beijar sua boca com tanta vontade e me afogar no mar de luxúria que ela evocava.

Diabo de mulher tentadora!

Cheguei a dar alguns passos a mais na pista, quase me aproximando, porém retrocedi, deixei que ela tivesse sua "dancinha". Em seguida, fomos novamente para a pista com músicas mais atuais. Assim que chegamos, o ambiente foi tomado pela voz contestadora de Charlie Puth e sua *Attention.*

Estefania e eu dançávamos. A música tinha uma batida mais calma que *Suicide Blonde* e muito mais atual. Na letra o cantor repreendia a ex-namorada.

Segurei Estefania, agarrando-a pelo quadril com ambas a mãos. Em seus olhos, vi o questionamento. Sarcástico, simplesmente sorri e perguntei:

— E aí, divertindo-se bastante?

— Você me trouxe aqui para isso, não?

— Claro! Essa é a ideia! — respondi.

— Se é assim, por que me encarava de cara amuada enquanto eu dançava?

— Não estava de cara amuada, apenas me perguntava se precisava se requebrar tanto enquanto dançava. Você é linda, Fanny, não precisa fazer muita coisa para ser notada pelo público masculino.

Estefania olhou para mim entre divertida e ligeiramente ofendida e retrucou:

— Bem, essa sou eu quando quero me divertir. E, não, não estava fazendo de propósito para atrair plateia ao contrário do que você disse.

Eu ia responder, mas escolhi cantarolar o refrão da música:

— *Você só quer chamar atenção, não quer meu coração. Talvez você odeie a ideia de me ver com outro alguém. Você só quer chamar atenção, eu soube desde o começo. Está apenas se certificando que eu nunca te esqueça.*

Estefania olhou para mim, chocada. Em seus olhos vi as perguntas não feitas.

Seguimos dançando, porém o clima mudou. A tensão era quase palpável. Então, a música seguinte eclodiu tudo o que sentíamos. *Watch me Burn,* do Michele Morrone, soava pela pista.

O ambiente ficou mais escuro, contudo, ainda conseguia ver o brilho nos olhos azuis como o Lago Como, seu olhar era uma advertência. Estaria eu disposto a desobedecer ao aviso contido neles e correr o risco?

Dessa vez, foi ela a cantarolar um pedaço da música.

— *You know the deal. Don't make any promises, promises*

Nós nos encaramos o tempo todo. Estefania me fitava como se fosse me devorar com os olhos. Sustentei o olhar, a promessa velada de que se ela continuasse com aquilo, eu não iria parar. Ela sorriu e piscou os olhos assentindo em um acordo tácito e mudo.

— Dane-se! — disse e agarrei seu cabelo, trazendo seu rosto para perto do meu; minha boca capturou a dela, devorando-a.

Se o nosso primeiro beijo já havia me deixado fissurado, aquele havia me nocauteado por completo. Sua língua ousada travava uma batalha com a minha. Eu não a deixaria sair vencedora, não.

Interrompi nosso beijo e a fitei. Segurei sua mão, levando-a a um recanto mais escondido na pista. Encostei seu corpo na parede, protegendo da vista de algum possível curioso. E a beijei novamente com fome redobrada, nosso embate sensual reiniciado.

Estefania se colou em mim, esfregando seu corpo no meu. Suas mãos se agarram em meu cabelo enquanto minhas mãos se enfiaram no decote de seu top segurando seus seios, brincando com seus mamilos, provocando-a. Estefania gemeu e aquela foi a minha perdição e ao mesmo tempo meu alerta.

— Não... Não podemos fazer isso — balbuciei. — Fanny, eu... a quero, mas não posso... Não posso fazer isso com você.

— Ah, Luigi, corta essa! O que nos impede? — Estefania indagou, ofegante.

— Muita coisa, Fanny. Muita coisa. Você precisa de um tempo, precisa colocar muita coisa no lugar e eu... Bem, eu não sou a pessoa certa para você, creia em mim quando eu te digo isso.

— Como assim? Não entendo o porquê do drama. Nós só vamos transar. Qual é?

— Fanny, somos amigos. Não podemos fazer isso e manter nossa amizade intacta. Alguma coisa vai se perder?

— Sério? Pois eu te digo algo. Eu quero transar com você. Quero muito isso. Amanhã a gente vê o resto, eu pago o preço.

— Mas eu não. Fanny, você é uma grande amiga. E eu não quero magoá-la, não quero que nossa amizade acabe.

Não sei se foi algo que eu disse ou como eu disse, porém Estefania pareceu alcançar algum tipo de compreensão.

— Luigi, leve-me para casa? Acho que já tivemos diversão suficiente por uma noite. Você tem razão, preciso ir para casa e arrumar tudo para voltar para Carrara.

— Por favor, não fique chateada comigo. Eu...

— Eu não estou, fique tranquilo. Eu te entendo, afinal, o que uma garota fodida como eu poderia oferecer a um cara legal como você?

— Estefania, Fanny, não é isso. É... complicado de explicar e...

— Não, não, por favor, não se incomode. Sei quão tóxica eu sou, não poderia nunca almejar sequer uma transa com você, não valho a pena. E, por favor, não estou sendo piegas, estou apenas constatando um fato. Agora anda logo, vamos, leve-me para casa. Como você mesmo mencionou, tenho muito que resolver. Estefania disse caminhado rapidamente para a fora da pista. Suspirei exasperado.

— Maldição!

Caminhei até alcançá-la e pensando em como diria a Estefania que eu também a quero e que a desejo como nunca desejei ninguém, porém que não podia arrastá-la para meu inferno particular.

Fanny já tinha problemas demais sem mim, não seria justo condenar a alma de ambos. Ela já estava iniciando seu processo de saída do purgatório, encontrou um propósito na vida, algo em que se firmar e eu a ajudaria no que pudesse. Mas não poderia levar adiante aquela atração entre nós.

Não a arrastaria para minha vida cheia de culpas e pecados que jamais expiaria. Não podia correr esse risco ou destruiria a nós dois.

Meus segredos são sombrios demais para vir à luz.

Sombrios demais.

Capítulo 6

A experiência não tem
Nenhum valor ético
É simplesmente o nome
que damos aos nossos erros.

Oscar Wilde

Estefania

Após outra noite terrível, com mais uma puta dor de cabeça e uma tremenda frustração sexual, eu já estava de pé com tudo pronto para a viagem até Carrara.

As malas já se encontravam no Camaro vermelho sangue.

Eu detestava aquele carro, porque ele remetia a todos os erros que eu cometi. Fazia um bom tempo que eu não o dirigia, embora a manutenção dele estivesse em dia. Costumava dirigi-lo feito uma louca, totalmente aérea, com Romano ao meu lado.

Quando fui colocar a bagagem no carro, encontrei um pacote com pó, que só Deus sabe há quanto tempo estava ali. A decepção da noite passada parecia uma boa desculpa para queimar uma carreira e eu precisei de todo meu autocontrole para pegar o pacote e jogá-lo fora. Voltei para dentro da casa, fui até a cozinha e lancei o conteúdo do pacote na água corrente, limpando a pia do pó e minha mente dos pensamentos de queda.

Agora estava na sala, apenas aguardando Luigi, que ficou de me seguir até Carrara com Alex que iria para conhecer o local e verificar tudo o que seria necessário para transformar aquele lugar, de fato, em uma fortaleza totalmente segura.

Eu destetava isso, mas não tinha opção. Agora eu era a jovem e rica herdeira de um império do mármore e embora meus pais fossem pessoas bem-quistas, sem nenhuma inimizade, infelizmente o mesmo não poderia se aplicar a mim.

Lembrei-me das poucas amizades que tive ao longo da minha vida. Meu primo Ignazio era uma delas e uma garota da secundária: Sheila Pauer.

Sheila foi criada por seus avós paternos. Seu avô era alemão e sua avó italiana, um casal com uma linda história vivida entre os horrores da Segunda Guerra Mundial. Ela sempre foi uma boa amiga e me ajudava nas disciplinas como Matemática.

Por onde andaria Sheila?

Meus pensamentos foram interrompidos pela campainha. Fui atender e lá estava a razão do meu afeto. Ou melhor, do meu desafeto.

Não entendia por que Luigi me rejeitou na noite passada. Aliás, sim, entendia. Era óbvio que ele, embora eu acreditasse, não nutria mais nada por Donna, nunca se envolveria com uma bomba como eu. Eu significava apenas uma coisa para um homem de bom caráter: problema. Romano me estragou para qualquer relacionamento decente e agora, ainda queria matar Luigi por uma estúpida vingança de seu tio.

— *Buongiorno*, Estefania! — Luigi me cumprimentou, fitando-me, sondando-me.

— Podemos ir? — perguntei. — As coisas já estão no automóvel.

— Sim, claro. Alex está no carro me aguardando. Vamos segui-la.

— Ok! — respondi, tratando de fechar a casa, para a qual, voltaria apenas na próxima quinzena.

Depois de quase seis horas dirigindo direto e com traseiro duro, chegamos à *villa*.

Deixei Luigi a cargo de percorrer a propriedade com Alex para planejarem como seria feito o esquema de segurança e subi direto para meu novo quarto na *Fortaleza,* para preparar um banho quente.

Enquanto a banheira enchia, eu pensava no que minha vida havia se tornado.

De menina mimada à garota malvada, viciada em ecstasy, prostituída, criminosa. Voltei ao meu passado e revisitei cada um dos meus erros. O primeiro deles foi me envolver com Romano, depois ser tão possessiva em meu relacionamento com Gianluca, e o último, ser amante de Valentim e ter topado participar do sequestro de Kat. Sou uma pessoa má, fato, não mereço nenhum tipo de redenção.

Mas, como doía ter sido rejeitada por Luigi como fui noite passada!

Tudo o que eu queria era um pouco de contato humano, sexo com um homem que eu sabia que não me machucaria. Eu vi a paixão crepitando no olhar de dele, senti na forma como ele me tocava e tinha certeza de que não foi efeito da bebida. Bebida alguma seria suficientemente forte para me fazer alucinar e sentir tamanha emoção.

Eu não conseguia dizer quando, porém meus sentimentos por Luigi mudaram e, além da gratidão que tenho por ele ter me salvado de mim mesma e ter me mostrado outro modo de vida, eu sabia, havia algo mais.

Pensar nele já fazia com que minha pele ardesse em brasa, ansiando, desejando por algo que eu sabia, nunca teria. Ele nunca seria meu por inteiro. Eu estava quebrada demais para ele, quebrada demais para me tornar em alguém digna de ser amada.

Despi-me de minhas roupas e entrei na banheira. Ainda com as mãos secas, alcancei meu celular abri o aplicativo do *Spotify*, procurando em minhas playlists algo que se encaixasse ao meu estado de ânimo nesse momento e a voz de Amy Lee, do Evanescence, cantando *Going Under,* encheu o banheiro.

I'm going under
Drowning in you
I'm falling forever
I've got to break through

Mergulhei na banheira, molhando o cabelo, totalmente imersa pela água tépida. Sentia-me como naquela música. Estava me afogando, afundando-me em meio aquele mar de dúvidas e sentimentos tormentosos.

A aparição de Romano trouxe de volta velhas fraquezas e falhas de caráter. A ânsia por provar um pouco de droga me assaltando constantemente. A necessidade de romper com tudo que havia acontecido, de romper com a realidade. Eu precisava de um pouco de liberdade e um pouco de loucura. Precisava de emoção e de adrenalina, mas não podia recorrer às drogas para ter aquilo.

Havia descoberto uma nova fonte de sensações.

No entanto, aquela fonte havia sido proibida para mim. Luigi estava proibido para mim, ele havia me rejeitado e me colocado no lugar que eu merecia estar. No chão, a puta de Romano era o que eu sempre seria, não passaria de uma vadia drogada que foi manipulada por Romano e Valentim.

Agora compreendia que o único que não havia me usado para seu bel-prazer foi Gianluca.

Quando ele percebeu o quão incompatível éramos, terminou nosso compromisso. Sempre honesto, transparente. E o que eu fiz? Eu o persegui, eu o stalkeei, fiz da vida dele um inferno. Menti sobre estar grávida, forjei fotos falsas para estragar o romance dele com Kat.

Sempre mau-caráter.

Kat e Donna são muito superiores a mim, era fácil para um homem se interessar por mulheres tão lindas e nobres.

Afinal, quem iria querer ficar com uma garota perturbada como eu?

Lembrei de uma citação de um dos livros que Kat me deu, no período em que estive no hospital:

"É um absurdo dividir as pessoas, em boas e más.
Elas são apenas encantadoras ou tediosas."

Não sei. Não concordava com o Sr. Wilde, pois eu era uma mulher encantadora, não tinha do que me queixar, entretanto, tanta beleza sem nenhum caráter não haviam me feito bem algum.

Não. Eu não estava me depreciando, estava apenas constatando a realidade. Eu mesma, com meu comportamento vil, havia fodido com as chances de ser feliz.

Meus pais fizeram o que puderam para me salvar, morreram tentando. Eles tinham fé em mim. Acreditavam que eu podia mudar.

Uma lágrima solitária rolou em minha bochecha úmida e eu a limpei esfregando rudemente o dorso da mão molhada.

Eu não lembrava qual foi a última vez que eu chorei. Tentei resgatar em minha memória. Foi quando meus pais se foram. Tenho certeza de que foi.

O choque de saber que agora eu estava sozinha, sem ninguém mais para apostar suas fichas em mim foi algo que me jogou no chão. Alguns meses haviam se passado e a dor amenizou, mas não a sensação de solidão. Eu estava só.

O cheiro dos sais de lavanda pareciam começar a surtir seu efeito e aos poucos eu me acalmava. Necessitava organizar minha mente para os passos que daria. Precisava contratar alguém para me auxiliar com as minhas novas responsabilidades, alguém de confiança. Além das contas bancárias, tinha a jazida que precisava visitar o quanto antes e me inteirar de tudo o que a envolvia, desde o processo de extração do mármore, qualidade, armazenamento, fornecedores e preços do mercado, eventos e feiras. Reunir informações sobre mão-de-obra e se os trabalhadores estavam a contento, se os salários eram justos.

Meu pai nunca teve problema e sempre foi muito querido pelos mineiros, esperava que eles também confiassem em mim. Fechei os olhos e respirei fundo, relaxando. Minha vida...

O que faria com ela de agora em diante?

Alguns minutos depois saí do banho e vesti uma bata confortável. Em pouco tempo, comecei a sentir frio e resolvi vestir uma calça por baixo da bata.

Essa casa era mesmo gelada!

Precisava adequá-la ou congelaria aqui. Não via a hora de Donna vir para que pudéssemos começar as reformas necessárias. Transformaria a Fortaleza de Mármore em algo mais acolhedor, com mais calor.

Meu celular tocou e eu o atendi sem sequer olhar o visor.

— *Finalmente consigo falar com você.*

Era o desgraçado do Romano.

— O que você quer seu bastardo?

— *Calma, gata! Isso é jeito de falar com seu amante.*

— Não sou nada sua, Romano! Deixe-me em paz!

— *Nossa, gata! Che cosa è sucesso? Nós costumávamos nos dar tão bem.*

— Não, nós não nos dávamos bem. Eu me deslumbrei por sua beleza e liberdade na época e me deixei levar e me deixei drogar por você.

— *Você parecia curtir muito quando estávamos juntos* — Romano provocou.

— Isso foi antes. Isso faz parte do passado.

— *Então, o lance de me ajudar com Luigi era mentira?* — indagou.

— Eu estava disposta, até você foder com tudo, aparecendo aqui, drogando-me, quase me estuprando e me colocando em evidência com Luigi. — Respirei fundo e segui: — Se Luigi não tivesse voltado, você conseguiria o que queria. Você mentiu para mim! Tínhamos um acordo e você passou por cima, armando uma emboscada para ele.

— Não, bella, foi você que entendeu tudo errado. Eu lhe disse que mataria Luigi, que só queria suas informações para saber os passos dele, onde estaria e quando, mas falhou, puttana burra!

Desliguei na cara do estúpido. Não era obrigada a ouvir as ofensas daquele canalha. Saí do quarto, desci as escadas e encontrei Luigi e Alex no escritório, debruçados sob um mapa da propriedade, discutindo.

— Eu sugiro que coloquemos dois seguranças na ala Leste e dois na ala Oeste da propriedade, os demais vamos espalhando e revezando. Na jazida já há um corpo de segurança reforçado e um sistema de alarme ultramoderno, no entanto, seria importante dar uma volta por lá e ver o que mais pode ser feito. Alex concluiu.

Eles notaram minha presença. Luigi se colocou de pé indo ao meu encontro, disse:

— Fanny, que bom que está aqui. Preciso saber quando...

Minha mente ficou distante, já não ouvia Luigi.

Tanto a resolver e ainda lidar com a rejeição dele e tê-lo na minha frente, sempre o bom rapaz, prestativo.

Por que ele tinha de ser tão amigo? Tão companheiro? Já estava cansada de toda aquela merda.

E lá estava ele e Alex gerenciando a segurança da fortaleza de mármore, garantindo minha integridade física, contudo, quem cuidaria do meu coração? Meu interior, mais do que tudo, carecia de cuidados. Afeto. Carinho. Amor...

Precisava me sentir importante e única para alguém, só assim não afundaria de novo nas drogas.

Estava cada vez mais difícil me manter limpa, quando tudo jogava contra.

Minha dor pela perda de meus pais, a volta de Romano para minha vida e seu plano implacável de acabar com Luigi e os Mancini, tudo por causa de uma estúpida vendetta. E no meio de todo esse furacão, eu ainda precisava ser forte e sagaz para assumir os negócios da família.

Família... Já não havia família. Estava só. Eu contra o mundo.

Como conseguiria?

Luigi e Alex à minha frente discutiam, suas bocas se moviam, mas eu já não os escutava.

Encarei os dois e em um rompante deixei a sala, fui até o quarto, peguei a chave do carro e em seguida desci as escadas a toda.

— Estefania, você está bem? Aonde você...

— Luigi... Agora não.

— Mas...

— Eu disse "agora não"!

Veloz como o vento passei pela porta, seguindo em direção ao estacionamento, entrei no carro, dei partida e deixei a propriedade.

Capítulo 7

Eu vos digo: é preciso ainda ter
Caos em si para poder
dar lûz a uma estrela dançante.
Eu vos digo: vós tendes ainda caos em vós.

Friederich Nietzsche

Estefania

Dirigi por alguns minutos, totalmente sem destino, tentava limpar minha mente, precisava me reconectar comigo mesma.

No que eu tinha me tornado? Parecia uma boba romântica como Donna.

Mentalmente pedi desculpas a minha amiga, porém ultimamente eu andava me comportando como uma sentimentalóide boba. E tudo por culpa do Luigi!

Fechei os olhos por alguns segundos, minhas mãos no volante me permitindo sentir o vento leve entre o cabelo.

Depois de alguns minutos, percebi que conhecia o caminho e quando dei por mim, estava na jazida da família. Estacionei o carro à entrada, desci e contemplei o local. Estive aqui algumas vezes, acompanhando meus pais. Lembrar-me deles e do quanto se doaram e se dedicaram para transformar essa jazida em um negócio bem-sucedido e o quanto ajudaram a colaborar com a região trazia um pouco de melancolia, mas também certo conforto e uma sensação de pertencimento.

Parei em frente à portaria, enquanto olhava o terreno vasto a perder de vista, a montanha que de longe parecia um monte de açúcar, tão alva era sua coloração, sua textura, porém, não era o fino pó doce, era firme. A montanha de mármore, tão grande que era vista acima dos muros da imensa propriedade.

Rocha fria e cara, firme e duradoura. O melhor mármore branco do mundo. Eu havia me tornado a rainha do mármore.

Lágrimas desceram pelo meu rosto.

Lágrimas quentes contra o frio mármore da minha pele.

Eu daria aquela montanha em troca de uma chance de apagar todo meu passado e ter meus pais de volta. Trocaria todos os malditos bens, só para abraçar novamente as duas pessoas que mais me amaram no mundo.

Impossível. O tempo não voltava atrás. Tudo o que podia fazer, era tornar minha vida o mais correta possível, administrar bem o legado dos meus pais, assim os estaria honrando.

— Olá! — Soou uma voz pelo intercomunicador da guarita, interrompendo meus pensamentos.

— Oi.

— Quem é a senhorita? — A voz indagou desconfiada.

Respirei fundo, coloquei toda segurança possível em minha voz e respondi:

— Sou Estefania Cavaglieri.

Não foi necessário dizer mais nada. Logo a voz se desculpou e o portão foi aberto. Voltei ao carro dirigindo para o interior da propriedade, estacionei na primeira vaga disponível e um homem jovem correu em minha direção.

— Perdão, *signorina* Cavaglieri! Não esperávamos sua visita. Sou Lucca Tolimini, o engenheiro responsável pela jazida. — O jovem estendeu a mão se apresentando.

Nós nos cumprimentamos. Seu aperto de mão era firme.

Dio! O que estava fazendo ali? Que explicação daria ao sujeito?

Ele me encarou, um misto de simpatia e solidariedade.

— Sentimos muito por sua perda, *signorina.* O senhor e a senhora Cavaglieri foram pessoas incríveis. Mudaram muitas vidas por aqui.

— *Grazie* — respondi, um nó na garganta me impedia de dizer mais.

— A *signorina* deve estar aqui porque deseja percorrer a propriedade, eu não teria escolhido um dia melhor. Venha, eu a acompanho e explico em detalhes sobre nossa rotina.

Dio, grazie!

Fiz uma prece mental em agradecimento e segui Lucca, para desbravar meu destino.

Uma página nova e um novo capítulo se iniciavam na minha vida.

Dessa vez, faria a coisa certa.

Luigi

Fazia horas que Estefania saiu e ainda não tinha retornado. Impaciente, eu caminhava de um lado para o outro do quarto que ocupava na casa.

Parte da culpa era minha, sabia que ela não encararia bem minha rejeição, porém tudo o que ela não precisava nesse momento da vida era de mais problemas e eu era uma encrenca das grandes...

Ninguém fazia ideia do segredo que eu, o irmão Mancini do meio, carregava. Era um fardo difícil de dividir. Embora muitos pudessem considerar aquilo uma bênção, para mim, era uma maldição.

Às vezes me pegava pensando que Deus escrevia certo por linhas tortas e dava graças aos céus por Donna nunca haver se apaixonado por mim, eu nunca seria capaz de manter o relacionamento que ela merecia.

Marcelo, meu irmão, amava e cuidava de Donna do jeito que ela precisava, com amor verdadeiro e paixão.

Se ela estivesse comigo, não importaria o quanto eu a amasse verdadeiramente, ela seria arrastada por essa maldição que trazia comigo e nunca seria uma esposa feliz.

Minha doença não permitiria.

E agora mais uma vez ela, essa enfermidade, se impõe. Os episódios, que antes eram esporádicos, estão se tornando cada vez mais recorrentes e eu não sabia até quando conseguiria esconder esse meu lado. Minha escuridão, cada vez mais se apossava de mim.

Estefania já tinha traumas demais para ainda lidar com toda essa loucura.

Estefania...

Meus pensamentos e sonhos com ela também aumentavam. A cada investida dela e recuo meu, tornava-se mais latente que meus sentimentos por ela mudaram.

Não entendi como ou quando, mas mudaram e ela deixou de ser a mulher que eu resgatei para se tornar uma obsessão e eu não queria tomá-la como aquilo, porém era o que ela representava... Uma espécie de compulsão.

Meu membro ficou duro só de me lembrar da nossa noite na *Dionísio*, nossa dança.

Ah, como Fanny mexeu comigo! Cada pedaço do meu foi afetado por ela, fazendo com que eu desejasse mais.

Respirei fundo, o incômodo em meu corpo aumentando, porém eu não queria ceder aos meus instintos.

Madonna Mia, onde ela estava?

Meus pensamentos foram rompidos quando ouvi um barulho ao longe e notei que seu carro entrava na propriedade.

Dele, desceu uma Estefania com a face corada e um sorriso satisfeito. Aquilo me deixava feliz e ao mesmo tempo reticente. O que teria acontecido para deixá-la tão satisfeita?

Sem pensar, saí do quarto e parei no topo da escada, a tempo de vê-la revelar a Alex o motivo: voltava de uma visita à jazida. Estefania conversava animadamente com ele e, de repente, o abraçou.

A ira me tomou por inteiro ao vê-la agarrada com uma pessoa que ela mal conhecia. O ciúme estava me corroendo. Notei a linguagem corporal na cena que se desdobrava à minha frente: Fanny abraçada a Alex, seus braços à altura das costas, um sorriso espontâneo. Alex a envolveu de volta, suas mãos deslizando da cintura pela sua silhueta, ambas as mãos repousaram na lombar entre as costas e o quadril em um gesto íntimo demais. A postura de Alex mostrava claramente que ele a desejava.

Inferno!

Desci as escadas ruidosamente, quebrando o encanto do momento. Alex a soltou com cuidado, sem nenhuma expressão de culpa no rosto.

— Com licença, Alex. Vou subir, depois de tantas informações e de horas caminhando, preciso de um banho — Estefania disse, passando por mim praticamente me ignorando.

Eu a segui escada acima.

— Estefania, nós temos de conversar.

Ela respirou fundo, encarou-me e disse:

— Conversaremos depois, Mancini. Estou cansada. Preciso de um banho e de cama. Assim que acordar, eu o procuro.

Seguiu em direção ao quarto, deixando-me plantado no meio do corredor, atordoado, de cabeça quente e um turbilhão de sentimentos conflitantes.

A maldita tentação pulsando em minhas veias, clamando por liberação.

Não, eu não cederia daquela vez, seria forte.

Desci novamente as escadas e segui em direção à adega, abri uma garrafa de grappa e servi uma dose, seguindo para o escritório. Alex guardava todas as nossas anotações em uma maleta de couro preto.

— Luigi, eu estou voltando para Nápoles — informou-me. — Fique tranquilo. Logo, tudo o que planejamos será executado. Essa casa, assim como a mina, terá todo o aparato de segurança mais avançado e pessoas altamente capacitadas para manter ambas seguras. Manteremos contato.

— Mantenha-me informado sobre o Dionísio, sim? E, qualquer atividade suspeita, me avise.

— Pode deixar.

Alex partiu, porém eu ainda sentia o veneno do ciúme me corroer pela cena presenciada minutos antes. Não podia me dar o direito de sentir ciúmes de Estefania. Nós não tínhamos nenhum vínculo além da amizade, não poderia julgá-la se ela se envolvesse com Alex ou qualquer outro sujeito.

Novamente segui para o piso superior. Fiquei no meu quarto, deitado, observando o passar das horas, lutando contra meu desejo insano.

Cansado e derrotado por mim mesmo, levantei-me da cama e segui para o quarto de Estefania. Estava vazio. Talvez ela tivesse resolvido ocupar outro quarto. Percorri o corredor até encontrar a alcova ocupada por ela.

Ela seguia dormindo, coberta com um edredom verde, em seu semblante uma serenidade que eu jamais havia visto. Eu já a vi dormindo em muitas ocasiões... No hospital quando ela se recuperava de um tiro, durante as viagens que fazíamos entre as missões, no entanto, ela nunca teve uma aparência tão saudável e tranquila. Seus lábios delinearam um sorriso que contrastava totalmente com sua postura feroz, quando estava desperta.

Sorri.

Aproximei-me um pouco mais, instigado pela Bela Adormecida. Com cuidado, sentei-me à beira da cama. Um conflito interno acontecia em mim nesse momento. Lutava para não ceder aos meus impulsos.

Minhas mãos acariciaram as mechas louras espalhadas pelo travesseiro que emolduravam aquele rosto como se fosse um halo dourado, como se ela fosse um anjo.

Porém, Estefania não era um anjo.

Não sabia exatamente tudo sobre seu passado, porém conhecia o suficiente para saber que seu nome, ingenuidade e inocência eram perfeitas antíteses. Eu mesmo não era nenhum santo, por isso que nunca poderíamos ceder aos nossos impulsos. Seria algo catastrófico nos envolvermos. Duas almas atormentadas... Só resultaria em mais caos.

Cuidadosamente me levantei da cama, estava prestes a deixar o quarto, quando seu celular começou a vibrar, chamando minha atenção para o nome na tela: Romano Lombardo.

Por que ela ainda mantinha o contato desse *infelice*?

Titubeie entre atender ao celular ou desligá-lo. Resolvi atender.

— Escuta, sua drogada maldita! Você não vai desligar na minha cara como fez hoje de manhã!

Então, ele tinha ligado para ela hoje. Fiquei em silêncio, esperando o que mais Romano diria.

— Não vem querer bancar a boa moça só porque agora está apaixonada por aquele *maledetto* Mancini, ele nunca vai aceitar uma piranha fodida como você. Você esqueceu quem é seu dono? Fui eu quem te fez mulher, ainda que contra sua vontade. Por acaso se esqueceu do quanto gostava? Gozava pra porra quando estava comigo e eu te fodia de tudo o que é jeito. Você se lembra daquela vez que você estava tão alta que te comemos em dois? Nunca te vi gozar tanto, porra! Aqueles, sim, eram bons tempos. Mas você tinha de estragar, sua *puttana* estúpida, tinha de engravidar e foder com a gente! E novamente está estragando tudo agora. Ouça, dê o fora no Mancini ou vou acabar com vocês dois. Está me ouvindo?

Encerrei a chamada e desliguei o celular, ainda atônito.

Aquilo tinha sido mais do que eu imaginava.

Romano era um maldito, aliciador e estuprador! Queria poder alcançá-lo onde quer que estivesse agora e sangrá-lo até a morte com minhas próprias mãos. Ele abusou de Fanny, drogou-a e estuprou inúmeras vezes. Maldito!

— *Maledetto*! — falei alto.

Olhei em direção à cama e Fanny seguia seu sono, tranquila. Minha visão daquela mulher mudou totalmente.

Por quanta coisa ela passou? Quanta coisa ela enfrentou sem ter um amigo, alguém para lutar por ela?

Um filho.

Estefania Cavaglieri e Romano Lombardo tiveram um filho.

Onde estava essa criança? O que aconteceu? Alguém mais sabia disso?

Eram muitas perguntas e eu não fazia ideia de como, quando ou se teria as respostas, contudo uma coisa é certa: não permitiria que Romano se aproximasse dela nunca mais.

Se antes Fanny não tinha alguém para ajudá-la a não cair, não se afundar naquela imundície toda, agora ela teria a mim.

Romano não faria mais mal a ela.

Eu a protegerei.

Com minha própria vida, se preciso.

Capítulo 8

Cada passo que eu dou
Eu sigo só
Minha tempestade de inverno
Me mantem acordada
E nunca se vai
Porque eu caminho sozinha

I Walk Alone - Tarja Turunen

Estefania

Tive uma noite estranha. Sonhos e flashbacks do meu passado me atormentando.

O choro de uma criança me atordoou. Eu tentava alcançá-la, apenas para perceber que não a encontraria.

No berço de enxoval imaculadamente branco, manchas escarlates tingiam o tecido. Meus braços seguravam apenas o cobertor vazio, um sentimento assolador. Onde estava meu bebê?

Corria por corredores imensos e, quando dei por mim, estava em uma maca, toda amarrada, amordaçada, a voz querendo gritar a plenos pulmões, pedir socorro. Onde eu estava? Que lugar horrível era aquele?

Não sei como consegui me soltar, no entanto, lá estava eu caminhando com minhas próprias pernas, caminhava só por um longo corredor, parecia um daqueles castigos da mitologia grega, algo sem fim, danação eterna para purgar todos os meus pecados.

Seguia só, de branco, descalça. Mãos e braços vazios, o vento cortante de um inverno gélido golpeava minha pele, tornando-me ciente da minha solidão.

Em seguida estava mergulhada em uma piscina, nadando alegre e tranquilamente, sorria. Saí da água indo para uma das cadeiras. Uma toalha envolveu meu corpo, secando com extremo cuidado. Sentia uma palma acariciando minha pele, que reagiu imediatamente àquele toque, reconhecendo a energia daquelas mãos. Virei-me, apenas para me deparar com Romano, que sorria com sua expressão cruel. Meu algoz em minha frente. Tentei fugir, porém fui lançada novamente à piscina que na verdade não estava cheia de água, sim, de pó.

Cocaína, eu estava mergulhada na cocaína.

— Pensou que se livraria de mim, sua Jezebel maldita?! Você nunca se livrará de mim, eu sempre estarei à espreita, sendo sua realidade ou seu pior pesadelo.

— Romano, deixe-me em paz. Você já conseguiu tirar tudo de mim, minha virtude, meu filho!

— Virtude é uma coisa que você nunca teve. Sempre foi uma fruta podre no cesto. Fiz um favor a sua família ao tirá-la do "seio familiar", você nunca será capaz de trazer felicidade para alguém. Seu lugar é esse, afundada no pó, fodida e se prostituindo.

— Você não entende, eu não sou mais aquela garota egoísta que você conheceu. Eu mudei.

— Gente como você e eu não muda e você sabe que seu lugar é aqui comigo, agora que seu querido Luigi morreu.

— Você está mentindo, Luigi não morreu.

— Sério? Então você não tem acompanhado os últimos jornais? Veja.

Romano me estapeou com um jornal que mostrava o velório e a família Mancini, em volta de um caixão. Estavam todos lá, velando o corpo de Luigi.

— Não! Nãoooooo!

— Hahaha! Sua puta ridícula. Seu caro Mancini está morto e agora você está sob meu comando. Ninguém a salvará do que planejei para você.

Eu me afogava, afundava na piscina de cocaína, minha mente sendo entorpecida, perdia aos poucos o senso de realidade. Quando eu menos esperava, mãos me içaram. E então, estávamos em um lugar completamente diferente, parecia uma igreja. Eu sentia paz.

Um padre à minha frente me dava sua bênção e o homem ao meu lado sorria para mim.

— Fanny, Io ti amo, tu sei mia oggi e sempre!

Era Luigi e aquele era nosso casamento.

Uma linda criança correu em nossa direção. A farta cabeleira escura e os olhos amendoados. A criança parou à minha frente e gritou:

— Mamma, babbo!

Era o meu filho, porém não meu filho com o monstro do Romano.

Um filho meu e do... Do Luigi. A criança era a cara do pai. O menino agitava na nossa frente um helicóptero de brinquedo e sorria. Éramos a família perfeita. Meu peito se encheu de uma alegria genuína, sentia-me leve como uma pluma.

Acordei pela manhã ainda com aquela sensação de que Luigi era meu, de que ele havia de fato me visitado durante a noite. Sentia na atmosfera, no quarto, sua presença marcante. Seu cheiro pairava no ar me enchendo de um desejo ardente de que no fim do pesadelo, realmente Luigi e eu pudéssemos algum dia sermos um casal feliz.

Porém, eu seguia só, mais um dia sozinha. E agora na Fortaleza de Mármore, nesse maldito lugar gelado como o Polo Norte. O que me lembrava de que precisava de Donna urgentemente aqui para planejar algum tipo de projeto que transformasse esse palácio de gelo da *Snedronningen*[2] em um lugar aquecido e habitável. Afinal, eu teria de viver aqui metade do mês e não aguentaria muito tempo seguindo nesse ritmo. Nunca entendi por que meus pais gostavam tanto desse lugar. Enfim...

Levantei-me, tomei um banho, vesti-me e lembrei que precisaria tomar uma série de decisões. Trazer a cozinheira que trabalhou para minha família por anos, contratar uma contadora de confiança, alguém para fazer a limpeza e... E...

Que inferno!

Eu era uma inútil mesmo. Não sabia fazer nada dessas coisas. Enquanto descia as escadas fui envolvida pelo cheiro de pão fresco e ervas. Quem estava na cozinhando uma hora dessas?

Corri até a cozinha e me deparei com uma cena que me deixou em chamas.

Luigi.

Só de jeans, peitoral nu, terminando de tirar uma travessa de pães de um forno que até então eu nem sequer havia reparado que existia nesse ambiente. Definitivamente a temperatura se elevou.

E ali estava meu Apolo, costas largas, músculos tonificados, pele deliciosamente bronzeada, sua presença se apossando da cozinha e da minha mente.

Ele se virou e sorriu e eu senti um vulcão entrar em erupção dentro de mim. Tudo o que eu não precisava após sonhar que eu estava me tornando a senhora Mancini era ver Luigi nessa cena extremamente doméstica. Isso só alimentaria a minha ilusão de algo que nunca se concretizaria.

— *Buon giorno, Bela Adormentada!* — disse Luigi, aquele sorriso moleque.

Meu coração saltava feito louco no peito.

— *Buon giorno...* — balbuciei ainda hipnotizada e seduzida pela visão.

— Fiz nosso café da manhã. Desculpe, eu não sou muito bom na cozinha, Bruno se vira melhor, mas sei fazer um pão e alguma coisa ou outra. Porém não sou fera, mas a Alina chegará em breve.

— Quem é Alina?

— A cozinheira que trabalhava para seus pais — Luigi respondeu e eu me senti ainda mais idiota, por nem sequer lembrar o nome de alguém que esteve ao lado da minha família por tantos anos.

Luigi terminava de pôr a mesa e prosseguiu:

— Precisamos ir ao supermercado. Você vai ficar metade do mês aqui, precisamos abastecer a dispensa. Já liguei para minha *mamma* e fiz uma lista de coisas e... Ah, Donna ligou e pediu que você retornasse assim que possível.

Para tentar manter minha mente ocupada e meu coração a salvo, fui até o escritório, liguei para Donna e combinamos que ela viria ainda hoje à

[2] Em dinamarquês: Conto a Rainha da Neve, de Hans Christian Andersen.

Carrara, desliguei o telefone e voltei à cozinha. Luigi me aguardava e eu fiquei surpresa com o que vi. Algumas frutas, suco de laranja, os pães e um pouco de queijo estavam dispostos no balcão da ilha da cozinha.

— Hora de comer, mocinha! — Luigi disse e eu não conseguia deixar de fitá-lo.

Ele se sentou à minha frente, peito nu. Meus dedos formigavam para tocá-lo, sentir a textura da pele em meus dedos, aqui nessa manhã, sóbria sem o efeito de drogas, bebida, luz difusa da noite, música, nada que me entorpecesse. Só minha ânsia por ele e eu.

Tentei desviar o olhar, não conseguia. Ele parecia alheio ao que provocava em mim. Até que pareceu perceber que algo se passava.

— Fanny, você está bem?

— Estou, apenas com um pouco de frio.

— Engraçado, eu estou morrendo de calor.

— Percebe-se... — sussurrei.

— O que disse?

— Nada. Estava apenas pensando alto.

— Nada de pensar, concentre-se em comer, sairemos em seguida. Precisamos voltar logo para que eu receba o pessoal da segurança enviado por Alex.

— Ouça, Luigi. Eu estou muito grata, porém você não precisa fazer tudo isso. Eu posso dar um jeito, sozinha.

— Não tem nenhum problema, eu tenho bastante tempo livre. Será um prazer ocupar minha mente e te ajudar. Além do mais, quero me assegurar de que Romano não vai mais se aproximar de você.

— Luigi, você deve ficar longe dele. Deixe-me aqui, que eu me viro. Você precisa conversar com seu *babbo* e seus irmãos e ver como parar esse bruto. Ele não está agindo segundo ordens de Lombardo, está agindo por conta própria, para ver se ganha vantagem com o Capo da Camorra, mas Romano é muito perigoso.

— Fanny, não se preocupe comigo. Romano, não conseguirá o que pretende.

— Luigi, não o subestime, ele já atentou contra a vida de Marcelo, atirou em Donna e está louco para assumir a Camorra. Por favor, não seja tão relapso quanto a si mesmo. Quanto a mim, eu sempre fui sozinha.

— Você não entende, não é? Eu nunca vou deixá-la sozinha aqui, principalmente depois de ter presenciado aquele canalha drogando-a e tentando se aproveitar de você.

— Não seria a primeira vez. Você não é nenhum cavaleiro de armadura brilhante e nem eu uma virgenzinha por quem você precise lutar pela virtude, não há mais nada aqui pelo que valha a pena lutar.

— Como você ousa falar assim de si? Como ousa crer que eu a deixarei aqui, à mercê de um assassino, aliciador maldito! Fanny, você é minha amiga, eu não permitiria...

— E eu sou grata pela sua amizade, Luigi. De verdade, mas não posso arriscar que você corra um risco desnecessário e se exponha por causa de uma drogada e puta como eu.

— Cale-se! — Luigi gritou, levantando-se do balcão de forma brusca, derrubando sem querer o copo de suco sobre si. Você pode ter tido um passado difícil, contudo, está tentando reconstruir sua vida agora, precisa de amigos, ninguém é uma ilha. Todos nós precisamos de alguém.

— Você já fez mais do que o suficiente, Luigi, acredite. Salvou-me quando eu fui baleada, fez-me companhia no hospital, cuidou de mim, apresentou-me à equipe e me deu uma chance de canalizar minha energia em algo positivo. Não precisa continuar preso a mim, você não é nenhum santo para ficar se martirizando.

— Que triste que você não compreenda que, para mim, ajudar uma amiga não é nenhum martírio.

O ar do ambiente foi tomado de uma tensão cortável. Minha respiração estava alterada. Luigi, exasperado, parou à minha frente, do outro lado do balcão, seu peito subindo. Ele contornou a ilha parando a meu lado, segurou minha mão e disse:

— Permita que eu a ajude, não se negue a chance de começar algo novo.

Uma de suas mãos subiu e acariciou meu rosto, deixando um rastro de fogo. Dei mais um passo à frente, diminuindo a distância entre nós e fiz aquilo que desejei desde que entrei naquela cozinha. Toquei-o e com meus dedos e senti uma corrente elétrica subir, um formigamento gostoso. Sorri.

— Você derrubou suco em si — comentei. — Seria melhor limpar isso.

Tudo aconteceu rápido demais. Quando percebi, meus lábios começaram a percorrer o peitoral dele, minha língua degustando o sabor cítrico do suco misturado ao sal da pele dele. Seu peito saltou, senti sua temperatura aumentar. Com meus lábios percorri de cima a abaixo, sugando a pele quente, deliciando-me. A voz de Luigi saiu entrecortada ao dizer:

— *Dio*! O que estamos fazendo? Fanny... Oh, Fanny, não podemos continuar.

— Não podemos? Por que não?

Luigi segurou meu queixo delicadamente, colocando-me à altura de seu rosto, encarando-me. Seus olhos flamejavam. Notei neles a luta que aquele homem travava consigo mesmo.

— Sei que você deve estar pensando: "não vale a pena se deitar com essa puta" — falei, ressentida.

— Não é nada disso... Você não entende, ninguém entende.

— E por que você não me explica? Qual é o seu problema? Por que você foge tanto de mim? Eu sei que você me deseja. Lembro-me muito bem de como me beijou no meu antigo quarto e na outra noite, lá na boate. Não tente fingir que não me quer.

— Não estou fingindo que não a desejo, estou apenas afirmando que não será possível.

— Por quê? — insisti.

— *Caspita*! Você não faz ideia do que estaria atraindo para si. Eu não sou homem para você. Aliás, eu não sou homem para ninguém.

— A não ser que essa ninguém seja Donnatella — retruquei.

— Meu sentimento por Donna há muito não existe e você sabe. Aliás, tenho dúvidas de que de fato algum dia foi amor ou uma paixão adolescente. Mas você... Com você é diferente.

— Então, por que não se dá uma chance? Por que não se rende a isso que sentimos um pelo outro?

Luigi respirou fundo e soltou:

— Você não precisa de mais um motivo para se afundar em vícios.

— Mas você não seria. Está sempre comigo, sempre me ajudou e me apoiou. Não tem nenhum vício...

— Estefania Cavaglieri, você não me conhece. Não sabe nada sobre meus vícios ou sobre minha alma sombria. Tudo o que posso fazer é te oferecer minha amizade, algo além disso seria... nefasto para nós dois.

Eu o soltei e ele caminhou para fora da cozinha, voltou e disse:

— Vou tomar banho, esteja pronta para irmos ao supermercado.

Quando ele saiu da cozinha, vi a lista com os itens.

Voltei ao meu quarto, arrumei-me rapidamente, peguei a bolsa e a chave do carro e saí para fazer compras.

Sozinha.

Como sempre.

Capítulo 9

Você tem o seu caminho. Eu tenho o meu.
O caminho correto e único não existe.

Friedrich Nietzsche

Luigi

Quando voltei para a cozinha Estefania não estava mais lá, nem a lista de compras. Talvez fosse melhor assim, até as coisas esfriarem.

Dio! Eu estava de fato perturbado e precisava fazer algo a respeito.

Já fazia um tempo eu estava lutando para não ceder à tentação, mas estar tão perto de Fanny e me controlar para não tocá-la me levava ao meu limite.

A maneira como me olhava também não ajudava muito, estava muito claro que ambos estávamos atraídos um pelo outro. O que fazer a respeito?

Fanny estava em um momento de transição, já passou por experiências muito difíceis e agora vivia uma mudança 180 graus na vida.

Com a morte dos seus pais, ter de assumir o patrimônio da família como única herdeira, requeria uma mente sã e racional, tudo que Estefania não tinha. Embora, trabalhar na equipe a tenha feito aprender a se disciplinar e controlar mais as emoções, ainda assim ela precisava percorrer um longo caminho e por mais que eu quisesse, não sabia se dessa vez poderia ajudá-la. Tinha meus próprios demônios para combater.

Devia aproveitar sua ausência e sair para dar uma volta, tentar desopilar a mente, contudo, não conseguia esquecer a ligação de Romano e a confissão dele de que Estefania esteve grávida.

Onde estava a criança? O que teria acontecido? E ele estava rondando-a novamente, querendo de alguma forma coagi-la a se unir a ele e destruir a mim e a família Mancini.

— Mas que inferno! — gritei, indignado.

Peguei a chave o carro e saí dirigindo pelas redondezas, o pensamento o tempo todo nela, seus olhos azuis como o lago Como, aqueles fios dourados, carregando toda a energia do sol, a pele clara tão macia ao toque...

Nosso interlúdio na cozinha detonou em mim a ânsia por tê-la comigo na minha cama, transar até não haver amanhã, porém eu sabia que não poderia satisfazer meus desejos. Não seria fácil assim, havia muito em jogo. Eu destruiria a nós dois.

Alex ligou, avisando que houve problemas na Dionísio. Os homens de Romano estiveram lá e fizeram das deles e a boate precisou ser fechada. Alex, claro, tomou conta de tudo e com certa dose de "persuasão", *il carabinieri* permitiu novamente a abertura da boate.

Depois de quase um dia inteiro fora, voltei à fortaleza. Subia os degraus da escada da entrada quando ouvi risos. Entrei, cruzei os ambientes seguindo o som alegre e me deparei com uma cena que acendeu minha ira.

Sentados à mesa estavam Donna, Marcelo, Fanny e... Quem era aquele *maledetto* com a mão sobre a dela?

— Luigi! Que bom que chegou. Junte-se a nós — Fanny pediu sorrindo, com uma expressão de alegria genuína.

Antes de me sentar, cumprimentei minha cunhada e *mio fratello* com um abraço, então lancei um olhar desconfiado para o homem ao lado de Fanny.

— Luigi, quero que conheça Lucca Tolomini, ele é um dos engenheiros responsáveis pela jazida.

— Prazer — falou o sujeito, de forma educada.

— Encontrei Lucca no mercado por acaso e ele acabou me ajudando com as compras e algumas dicas sobre a região — Estefania explicou, rindo de orelha a orelha.

— *Fratello*, e você? Onde estava que não ajudou Estefania? — Marcelo me inquiriu, deixando-me ainda mais irado.

— Ah, Luigi insistiu em ir, mas eu não considerei necessário — ela mentiu. — Afinal, eu vou ficar quinze dias por mês aqui, não vou poder contar com a ajuda constante dele. Preciso me virar.

— *Signorina* Cavaglieri, saiba que estou à disposição para o que precisar.

— Lucca, já pedi que me trate apenas por Fanny.

Mas o que ela estava fazendo? Era sério que Estefania estava flertando com o sujeito e ainda permitindo que ele a tratasse por Fanny? Isso me incomodou como mil alfinetadas.

Marcelo notou meu desconforto e parecia se divertir.

Depois de alguns minutos à mesa, discutindo amenidades, Donna, Fanny e o tal *Lucca* se levantaram para percorrer a casa. Marcelo, com seus olhos de ave de rapina em um escrutínio, encarou-me por segundos incômodos até que sorriu e disse:

— Agora você entende.

— Entendo o quê?

— Não se faça de desentendido. Eu sei o que você está sentindo. É a mesma coisa que eu sentia quando cada homem se aproximava da Donna. Quando você, *fratello*, andava para cima e para baixo ao lado dela. Foi assim que me senti, quando li no diário de Donna, que vocês se beijaram.

— Cello, de verdade eu não sei do que está falando.

— Sabe, sim! Sabe muito bem. Você está morrendo de ciúmes de Fanny com o engenheiro, mal consegue se controlar. Ah! Queria que pudesse ver a si mesmo nesse momento. Viu como dói?

— E você está se divertindo muito com isso?

— Mas é claro! Eu sabia que esse momento ia chegar. O que não entendo é, se há tanto sentimento entre vocês, por que não assumem logo isso?

— Fanny está em outro momento da vida, precisa colocar as coisas nos eixos, lidar com a questão da herança e da jazida. E eu não sei... Ela tem seus demônios, coisas para lidar.

— Eu sou Hades, posso dizer que todos temos nossos próprios demônios — gracejou Marcelo.

— Então, eu não posso somar os meus aos dela.

— Luigi, algo sempre me intrigou com relação a você e Donna. Você conviveu tanto tempo com ela. Poderia tê-la seduzido, conquistado, poderia ter feito avanços, investido. Porém, fora aquele beijo...

— Ora, Marcelo, não falemos disso. Aquilo foi uma bobagem. Nunca deveria ter acontecido.

— A questão é, amando-a como você *acreditava* amá-la, por que nunca tentou se aproximar?

— Porque eu não sou nem nunca fui digno dela. Nem dela nem de nenhuma outra mulher.

— O que o faz crer nisso? Qual é o seu problema, *fratello*?

— Não vou falar sobre isso com você. Tudo o que precisa saber é que Fanny e eu não podemos ser nada para o outro além de bons amigos. Se... Se ficássemos como um casal seria a aniquilação, nós nos destruiríamos.

— Por que pensa assim? E se na verdade vocês fossem o remédio um para o outro?

— Você não entende! Você sempre foi o irmão mais velho, o certinho, *il buon figlio!* Donna sempre foi *la ragazza perfetta* e eu o que sou? Um *maledetto* que traiu o irmão com a esposa dele e quis roubar o amor da vida dele.

— Não permito que se julgue dessa forma cruel. Você não sabia que Norma era minha noiva quando tiveram seu... intercurso. Com relação a Donna, você estava confuso em seu sentimento e eu, por outro lado, nunca havia manifestado interesse por ela. Em ambos os casos a culpa não foi sua.

— De todas as formas há coisas demais a serem superadas. Fanny vive uma luta constante para não sucumbir às drogas, a morte dos pais e Romano a perseguindo. — Respirei fundo e disparei: — Fanny e Romano tiveram um filho.

A expressão de espanto caiu sobre a face do meu irmão.

— Não! Isso não é verdade. Não pode ser.

— Infelizmente é. Outro dia, por acaso, atendi o celular dela. — Omiti o fato de estar no quarto, observando-a enquanto dormia ternamente. — E ele disse que o caso que tiveram anos atrás desandou quando ela engravidou. Ele está tentando convencê-la a ajudá-lo a destruir os Mancini. E ela tem se recusado, porém tenho medo de como ele possa usá-la. Temo pela integridade dela.

— Mais um motivo para não deixá-la.

— Eu nunca a deixaria, apenas não posso ser o homem que ela precisa.

— *Fratello*, o que acontece com você? Por que essa insistência em não se permitir amar?

— Mas eu a amo — confessei, e um peso saiu dos meus ombros. — Amo à minha maneira, porém não posso tocá-la. Se a tocasse, eu nos destruiria.

Nesse momento ouvi as vozes se aproximando, olhei rapidamente para Marcelo que percebeu que o assunto se encerraria.

— Bem, Fanny, conseguimos um aliado aqui que nos será muito útil na reforma e adequação para o século XXI dessa magnífica propriedade. Com seus conhecimentos Lucca vai ajudar a transformar a fortaleza de gelo da Elsa, em uma casa cheia de calor — Donna disse, trazendo consigo uma série de anotações e um croqui. — Por ora, isso é tudo. Fanny, te enviarei os detalhes do projeto no seu e-mail e qualquer dúvida antes de voltarmos a nos ver, é só me ligar — completou, solícita.

— Pode deixar, quando voltar a Nápoles, podemos sair e verificar outros detalhes — Estefania disse, despedindo-se da minha cunhada e do meu irmão.

Lucca também se despediu, finalmente.

Segui Estefania em direção ao escritório.

— Estefania, nós precisamos conversar.

— Sim, precisamos. Bem, antes de qualquer coisa eu queria...

— Por favor, deixe-me falar!

— Não, deixa que eu fale primeiro, está bem?

Assenti e Estefania disse:

— Queria me desculpar pelo incidente de hoje de manhã. Aquilo não se repetirá.

Anuí, ela continuou:

— Também queria agradecer por toda ajuda, amizade e cuidado que você sempre teve comigo. Você enxergou algo bom em mim, quando ninguém via. Mas agora eu preciso, de fato, tomar as rédeas da minha vida e queria te dizer que amanhã você pode voltar para Nápoles. Tudo que você podia fazer por mim, você já fez. Sua missão está cumprida.

Encarei-a, atônito diante daquela afirmação.

— Como assim, voltar para Nápoles? Eu me recuso a deixá-la sozinha.

— Alex me ligou enquanto estive no supermercado e a equipe de segurança chegará até o fim da noite de hoje e amanhã já estarão a postos para o trabalho. Além do mais, sinto que já o desviei demais das suas atividades. Você tem todo um ramo de negócios a gerenciar e tem a equipe.

— Está tudo sob controle.

— Luigi, eu preciso fazer isso sozinha. Não posso retê-lo aqui.

— Você não está me retendo aqui, Fanny. Eu estou aqui por você, por livre e espontânea vontade. Eu me preocupo com você e temo. E se Romano a procurar novamente?

— Ah, Luigi, Luigi. Minha história com Romano é antiga. Pode deixar, eu sei me defender dele.

— Soube tão bem que até engravidou dele — repliquei, exasperado.

No mesmo momento que pronunciei as palavras me arrependi ao ver o horror na expressão de Fanny e toda uma dor que eu jamais vi antes. Seus brilhantes olhos claros ficaram opacos e perderam o brilho. Estoicamente, ela seguiu em direção à porta, parou à soleira e balbuciou:

— Muito obrigada por tudo, Luigi! Acho que não nos veremos com tanta frequência a partir de agora. Adeus!

Estefania deixou o escritório e uma profunda tristeza assolou meu coração pelo que aconteceu.

— *Caspita*!

Capítulo 10

Quando a
pessoa está apaixonada,
Começa por enganar a si mesma e acaba
Enganando os outros. Isso é o que o
mundo chama de romance.

Oscar Wilde

Estefania

Entrei em meu quarto e tranquei a porta. Queria trancar também meu sentimento por ele, Luigi.

Eu o mandei embora, praticamente o expulsei da fortaleza de mármore.

Mordi minha mão para conter o grito de ódio que eu queria dar.

Ódio de mim mesma. Ódio do que sou. Ódio do que eu nunca seria.

Eu me neguei muito a aceitar, mas estava completa e irremediavelmente apaixonada por Luigi Mancini e nunca o teria. A princípio, pensei ser gratidão por ele ter me ajudado com a situação do sequestro da Kat. Depois, quando entrei para a equipe, comecei a vê-lo com outros olhos.

Seu jeito brincalhão, bem-humorado, seu ar perigoso em missão e, quando notei sua paixonite por Donna, pensei: como gostaria que alguém me olhasse dessa forma devotada. Como almejei alguém que me amasse assim, com tamanha pureza.

O que tive com Gianluca foi o mais próximo de uma relação saudável. Ele me respeitava, admirava meu corpo e minha beleza, mas não havia amor verdadeiro entre nós.

Valentim e eu tínhamos uma boa química na cama. Ele era um amante exigente e fogoso. E, quanto a Romano... Romano era a soma de todo um passado que se eu pudesse, arrancaria da minha vida.

Eu sempre fui egoísta, cretina e insensível, mas Romano me transformou em má, potencializou o que havia de mais obscuro e pior em mim.

Por ele fui drogada, subjugada e estuprada... Por ele cheguei ao fundo do poço, extrapolei todos os limites de forma degradante.

As internações, minha tentativa frustrada de voltar para Gianluca e fazê-lo assumir um filho que não era dele, sim, de Romano. Gianluca nunca havia se descuidado. Em nossas relações, ele sempre foi precavido, todavia eu tentei enredá-lo. Falhei. E em uma última e vil tentativa, eu me uni a

Valentim para tentar tirar Kat do meu caminho. Fiquei emputecida assim que o vi tentando estuprá-la.

Ok, eu o havia ajudado a sequestrá-la, mas em nenhum momento passou pela minha estúpida cabeça que o doente fosse tentar estuprar a garota na minha frente.

Quando vi aquilo, lembrei de tudo o que Romano me fez, comecei a olhar a situação de forma diferente e me arrependi amargamente. Podia ter ido parar na cadeia por causa daquele plano criminoso, no fim das contas, fui baleada por Valentim que morreu por sua maldade, despencando do penhasco. Eu sobrevivi. A bala não me matou. Deveria.

Recebi o perdão de Gianluca e Kat e, o mais importante, a ajuda de Luigi. Tive uma segunda chance de recomeçar, abandonei meu vício.

Era claro que a vida sempre cobrava a conta dos nossos atos e eu perdi meus pais tragicamente, no entanto, não podia mais agir como uma egocêntrica. A vida foi muito generosa comigo, muito mais do que eu merecia, não podia exigir mais nada dela. Luigi fez a parte dele, meu anjo combatente, meu escudeiro. Chegou o momento de liberá-lo de sempre se considerar responsável por mim. Por isso o mandei embora.

Lembrei de Luigi e seu olhar ao especular sobre meu filho com Romano.

Herculeamente, segurei o soluço das lágrimas que romperam, inundando meu rosto.

Como ele descobriu? O que mais ele sabia sobre meu passado com Romano?

Deixar Luigi naquele escritório foi a atitude mais altruísta e correta que eu tive na vida. Não podia mesmo permitir que Luigi se envolvesse com alguém amoral e imoral como eu.

Lembrei de meu livro favorito, *O Retrato de Dorian Gray,* de Oscar Wilde. Eu era o Dorian de saias, *dândi* do século XXI, linda, tão linda por fora, contudo podre, tão podre por dentro. Tal qual Dorian e seu quadro. Não tinha bons sentimentos, nada de bom para ofertar a ninguém.

Luigi merecia encontrar alguém digna, assim como Marcelo encontrou Donna.

— *Adio mio único è vero amore.*

Sim, adeus meu único e verdadeiro amor.

Joguei-me em minha cama e a profusão de travesseiros acolheu minhas lágrimas até que, emocionalmente exaurida, dormi.

Capítulo 11

Eu não tenho desejos afáveis
Eu não tenho horas felizes
Eu não tenho nada
Desde que estou sem você.

Since I Don't Have You - Guns 'n' Roses

Nápoles

Luigi

Faz mais de vinte e cinco dias que deixei Carrara e a casa de Estefania.

Vinte e cinco dias, quinze horas, cinquenta e cinco minutos e vinte e três segundos que não ouvia a voz dela.

Não recebi nenhuma resposta às minhas mensagens, ligações, nada.

Eu sabia que ela estava bem, os seguranças recrutados por Alex me mantinham informado, mas o silêncio dela me incomodava. A indiferença dela me feria muito. A última conversa que tivemos foi um divisor de águas.

Constatar a atração entre nós colocou nossa amizade em xeque, levando Estefania a me convidar para se retirar de sua casa.

E foi o que eu fiz.

Só não imaginei que ela fosse me ignorar ou me banir de sua vida. Estava preocupado e com um gênio dos demônios.

Na Dionísio, tudo seguia tranquilamente até essa noite, quando abri um envelope trazido por Bo alguns minutos antes.

Se não quiser ver sua amiga de foda morrer, vai ter que me encontrar.

Joguei o envelope na mesa, com fúria, sem perceber que dentro dele havia algo mais.

Fotos, várias fotos de Estefania.

Ela saindo com o carro, passeando com o engenheirozinho, fotos dela na pedreira e em uma última foto, Romano e ela se abraçando.

Embora o gesto parecesse espontâneo, sua postura estava tensa.

— Inferno!

Meu celular tocou, um número desconhecido surgiu na tela. Em um impulso, atendi.

— *Acredito que a essa altura tenha recebido meu recadinho e esteja bem disposto para nosso encontro.* — Soou Romano do outro lado da linha.

— O que você quer? — Estava muito irritado e me levantei da cadeira sem poder me conter.

— *Dizer que sua melhor amiga e eu tivemos uns dias bem... interessantes, para dizer o mínimo. Foi muito bom ver que ela ainda fode como uma cadela no cio. Você deve saber melhor do que eu, afinal, a puttana dá para qualquer um*.

A minha vontade era de estourar o celular na parede, já que a cara dele não estava aqui para que eu pudesse parti-la.

Respirei fundo e novamente perguntei:

— O que você quer?

— *Encontre-me amanhã à noite em frente a jazida, em Carrara. Se você for ao meu encontro, eu prometo que deixarei Estefania viver, do contrário...*

— Seu maldito! O que pensa em fazer com ela?

— *Se for ao meu encontro não precisará descobrir. Vamos, aceite. Tenho uma proposta razoável para você*.

Minha cabeça latejava e eu me controlava para não gritar com aquele sujeito, mandando-o para o inferno. Fiquei em silêncio pensando, tentando ganhar tempo.

— Certo, eu aceito.

— *Ótimo! Nós nos veremos amanhã*.

O telefone ficou mudo e minha cabeça cheia com mil coisas.

Peguei o celular novamente e enviei uma mensagem para Alex pedindo para me encontrar no escritório. Em poucos minutos ele apareceu.

— Alex, quero que me explique o que está acontecendo em Carrara e porque não fui notificado sobre a companhia constante de Romano Lombardo a Estefania?

Alex pigarreou e respondeu:

— Estefania mesma autorizou a entrada e saída de Romano da propriedade. Eles parecem... Parecem estar morando juntos.

— O quê?! Impossível!

Ela... Ela não faria isso, faria? Por quê?

— Essa manhã ela dispensou os seguranças que acabaram de chegar afirmando terem sido informados por ela que seus serviços não eram mais úteis.

— *Cazzo*! O que deu na cabeça dessa maluca?

Eu não conseguia acreditar naquilo. Romano e Estefania morando juntos?! Ela sabia que ele não prestava, foi atacada, drogada por ele. Viu o que ele fez à minha família em nome do tio. Como pôde?

Como pôde dizer que estava atraída por mim e depois permitir que Romano a tocasse de novo?

Eu conhecia Estefania, sabia que ela não era uma vestal[3] virtuosa e casta, contudo algo ali não estava encaixando.

Peguei o celular e liguei para ela.

A ligação caiu direto na caixa postal. Em seguida liguei no número da casa e, para minha surpresa, fui atendido. Havia uma cacofonia terrível: música alta, risadas e som de coisas se quebrando. Ao fundo ouvi uma voz gritar:

— *Desamarre-me seu maldito filho da...*

Era a voz dela. Quebrada, torturada.

Caspita! Era culpa minha! Eu nunca deveria tê-la deixado só. Nunca deveria ter partido da Fortaleza.

— *Aposto que é você, Luigi. O que quer? Espero que não seja para desmarcar nosso encontro. Acredito que tenha ouvido o quanto Estefania e eu estamos nos divertindo aqui*.

— Seu crápula, imundo! Tire suas mãos de cima dela imediatamente!

— *Conversaremos sobre ela amanhã* — disse desligando o telefone.

— Inferno!

Nesse momento Bo entrou no escritório dizendo:

— Mancini, tem um homem lá fora...

— Não receberei ninguém.

— Ele afirma conhecer você e Estefania. Veio de Carrara. Seu nome é Lucca Tolimini.

Ao ouvir o nome do *engenheirozinho*, um alerta disparou em minha mente.

— Está bem, faça-o entrar e nos deixe a sós — falei autorizando a saída de Alex e Bo.

Em minutos o rapaz entrou e se dirigiu a mim.

— Desculpe, Sr. Mancini, sei que é um homem de negócios e ocupado, mas preciso perguntar... Tem notícias de Estefania?

— Se você, que trabalha para ela, é seu colega e moram na mesma cidade, não tem. Por que eu teria? — indaguei soando arrogante.

— Sr. Mancini... Fanny... Perdão, quero dizer a *signorina* Cavaglieri. Ela está estranha. A princípio, algumas mudanças de humor dela me chamaram a atenção, porém atribuí ao cansaço. Afinal, ela estava todos os dias na pedreira aprendendo mais sobre os negócios e sobre o mármore, e aquele não é exatamente o melhor ambiente para uma mulher. Pode ser gelado ou algumas vezes insuportavelmente quente. Contudo, fui notando sua aparência mais cansada. Algumas marcas de olheiras como se dormisse pouco, também pensei poderia ser o fato de ela estar levando trabalho para casa. Porém, de repente ela começou a usar roupas estranhas cobrindo o corpo... até demais e um dia, em um descuido, notei algumas manchas roxeadas e marcas de seringa.

— Oh, céus! Não.

---

[3] Entre os antigos romanos, sacerdotisa de Vesta, nomeadamente mulheres virgens responsáveis por velar o fogo sagrado. [Figurado] Mulher casta; donzela, virgem.

De novo não. Pensei.

— A última vez que a vi saudável foi quando fomos ao jantar no último dia da *Biennale Internazionale di Scultura di Carrara.* Nós fomos juntos, eu a levei até a casa, mas mal pude me despedir porque um sujeito apareceu e a arrancou do carro.

— Quem? — perguntei, já suspeitando se tratar de Romano.

— Eu não sei, ele a arrancou do carro. Tentei chamar a polícia, porém o telefone estava sem sinal, depois notei mais algumas coisas estranhas. Estava tudo muito escuro, não havia nenhum segurança nas guaritas, contudo não pude fazer nada, ele a tratava com certa... intimidade e sussurrava coisas que Estefania repetia. Ela disse que ele era um velho amigo e me pediu para ir embora e me assegurou que ficaria bem. Eu fui, porém fiquei muito inquieto e assim que cheguei a minha casa, liguei para a *polizia*, pedindo que desse uma passada na mansão. A polícia foi, porém disse não notar nada fora da normalidade. No dia seguinte, Estefania foi para a jazida e já não era a mesma, foi dali que começou seu comportamento estranho.

— Lucca, você pode me descrever o sujeito que estava com ela.

— Estava escuro, mas eu lembro que ele é alto, quase da sua altura, robusto, cabelo castanho e olhos claros, frios como o mármore.

Lucca nem precisava mais terminar sua descrição. Tinha certeza de que era ele, Romano.

Maledetto!

Eu precisava de ajuda, mas não envolveria Marcelo ou Bruno nisso. Precisaria chamar meus velhos amigos de equipe. Precisava deles me apoiando nesse encontro com Romano.

Fosse lá o que ele pretendesse, não permitiria que ele fizesse mal à mulher que eu amava.

Eu a amava.

Amava Estefania Cavaglieri e não deixaria que aquele maldito Romano Lombardo ficasse com ela.

Faria o possível e o impossível para tirá-la das garras daquele crápula.

Capítulo 12

Tentei arduamente e cheguei tão longe
Mas no fim nem importa.
Tive que cair e perder tudo.
E no fim nada importa.

In The End - Tommee Profitt

Carrara

Estefania

A rotina dos últimos dias foi estoica.

Todos os dias eu ia à mina com Lucca e aprendia mais sobre o mercado do mármore, desde sua negociação, processo de extração de seus blocos, transporte, para o que especificamente estes se destinavam, os perigos de se trabalhar em uma pedreira e a necessidade de manter o ambiente o mais seguro possível para os mineradores. Quanto mais aprendia, mais me arrependia de não ter me interessado antes pelos negócios da família.

Não era fácil, claro. Trabalhar em uma jazida em meio a pedreiras e mármore requeria muita disposição física. As condições climáticas eram uma loucura e naqueles dias fazia um calor escaldante tornando o ambiente pouco salubre. Eu acompanhei de perto o trabalho dos mineradores, maquinistas manipulando as máquinas, guindastes, gruas e caminhões na extração acomodação e logística daqueles blocos de pedras caríssimos.

O mármore de carrara era supervalorizado e a jazida deixada pelo meu pai era uma grande exportadora. Inclusive estávamos com uma equipe e um estande especializado na *Biennale Internazionale di Scultura di Carrara* que finalizou hoje, com um jantar para os principais representantes, no qual eu fui apresentada como a herdeira da mina e dos negócios da família Cavaglieri. Trabalhar me ajudava a extenuar meu corpo e mente para que eu não sentisse tanto a falta dele.

Luigi...

Deliberadamente evitei todo e qualquer tipo de contato com ele, na esperança de que tempo e distância amainassem meu sentimento. Impossível.

Todas as noites eu sonhava com ele, com os beijos e *amassos* em meu antigo quarto, quando nos pegamos na sua boate. E a última vez que nós nos beijamos na cozinha. Eu acordava suada, transpirando tesão e gemendo; sua presença não me deixava. Busquei alívio me tocando, mas era óbvio que o que eu queria era que Luigi estivesse ali de verdade, que trepasse comigo loucamente, queria que... Queria que fizéssemos amor. Queria que ele me mostrasse como seria, se poderia ser bom de verdade quando desejamos entregar o comando e o domínio a outra pessoa.

Mas Luigi se esquivou, ele sempre se esquivava.

Lucca me acompanhou ao jantar.

Detestava ter de me vestir em trajes de gala. Era consciente de minha beleza e me sentia como uma vestal, linda, embrulhada em tecido caríssimo de um modelo exclusivo, pronta para ser desembrulhada pelos olhares cobiçosos dos magnatas do mármore, contudo aproveitei a noite.

Lucca se tornou um grande amigo, sempre prestativo.

Lógico que notei o quanto ele babava por mim, mas desde o início deixei claro nosso status de amizade, não evoluiria para outra coisa e desde então eu o mantinha na *friendzone*.

Dançamos uma última música no evento e deixamos o local em seguida. Assim que chegamos à fortaleza, disse:

— Lucca, muito obrigada por me acompanhar essa noite. E por estar sendo tão disposto a me ajudar e me orientar frente a tudo.

— Faço com prazer, Fanny, estarei aqui sempre que precisar.

Lucca levou minha mão aos seus lábios e os roçou no dorso num gesto cavalheiresco.

De repente, a porta do carro foi aberta e eu arrancada de dentro dele. Senti as mãos mais gélidas em minha pele e não tive dúvidas de quem era.

— Boa noite, *cara mia* — Romano sussurrou. — Ouça e não faça alarde. Dispense logo esse tal e venha comigo!

— O que está acontecendo? — Lucca desceu do carro vendo Romano apertando meu braço com força. Deu um passo à frente e bradou: — Tire as suas mãos dela, seu bárbaro!

— Estefania, peça para ele entrar no carro e ir embora. Diga que amanhã vocês conversam. Não quero ter de sujar minhas mãos matando esse cordeirinho. Não quero matá-lo na sua frente.

— Você é surdo, cara? — Lucca gritou novamente. — Vou chamar a *polizia*.

Lucca pegou seu celular e digitou os poucos números, mas viu que não havia sinal. A rede de telefonia estava inoperante.

Romano gargalhou causticamente

— Estefania, peça para esse rapaz entrar no carro, dar meia-volta e sair ou eu vou ter de meter bala nele. Não será algo bonito de presenciar.

Senti meus nervos em frangalhos ao processar o teor daquela mensagem. Sem ter mais tempo para decidir, disse:

— Lucca, por favor, vá para casa. Depois conversaremos. Não se preocupe, estou bem. Ele é... um velho amigo e temos coisas a acertar.

Lucca olhou para mim com suspeita, mas aquiesceu.

Entrou no carro, olhou mais uma vez. Eu procurei sorrir, tranquilizando-o, e Romano disse:

— Boa Noite, *Lucca*.

Assim que o carro saiu do nosso campo visual, eu olhei para os lados e vi que a casa estava desprotegida.

— Onde estão os seguranças?

— Estão vivos, não se preocupe.

— Mas onde estão?

— Nos braços de Morfeu.

— Você dopou meus seguranças? Seu *maledetto*!

— *Shhhh*! Não temos tempo a perder, putinha minha. Vamos tratar de negócios. Eu tenho uma proposta para você.

— Não tenho interesse em negociar nada com você. Saia daqui!

Dei um impulso com força, soltando-me do seu aperto.

Caminhei até o grande portão para desativar o alarme, contudo notei que não estava ativado. Só então percebi que além dos seguranças que não estavam em sentinela, a casa e tudo ao redor jaziam em uma penumbra imensa.

— Romano, o que...? O que você...?

— Está com medo, putinha?

— Não estou com medo. Desejo apenas saber o que diabos está acontecendo?!

— Não vai me convidar para entrar? Lembre-se de que tenho uma proposta para você. Tem a ver com seu amiguinho Mancini.

Acho que meu olhar deve ter denotado meu interesse, pois em seguida Romano sorriu, perverso.

— Vamos entrar e eu te dou os detalhes.

Destranquei o portão e sem cerimônia Romano me lançou dentro do seu carro como uma trouxa de roupa. Dirigiu para dentro da propriedade, desceu fechando o portão e novamente entrou no carro conduzindo pelo vasto caminho até pararmos em frente à fortaleza.

Assim que ele desligou o veículo, entrei na casa mergulhada na total escuridão. Fui até o escritório e tentei usar o telefone, porém a linha não dava sinal.

Senti a presença repugnante dele assim que invadiu o cômodo.

— Pensei em depois de concluirmos nosso acordo, darmos uma festinha.

Ele foi até o bar, escolheu algumas garrafas de bebida, ali colocou uma seringa, embalagens com pó e balinhas.

— Romano, faça sua proposta e, por favor, vá embora e me deixe em paz.

— Querida, *cara mia*. Quero que sejamos parceiros. Em tudo. Quero que dividamos a cama e os negócios.

Ele tirou do bolso uma caixinha de joias e de dentro tirou um enorme diamante. De muito mau gosto e ostentoso demais.

Romano esticou minha mão e disse:

— Vamos retomar de onde seus velhos nos interromperam. Quero me casar com você.

— Ora, você está louco! — gritei, indignada, deixando que o anel dentro da caixa caísse no chão, seu som ecoando lúgubre na escuridão.

— Ouça, Fanny... Nós nos dávamos muito bem. Fodíamos como ninguém. Eu sei o que te desperta e te dá prazer na cama, podemos ser ótimos parceiros. Eu conheço seu lado perverso. Lembra? Eu fui seu primeiro.

— Você me estuprou, é bem diferente! Você me drogou e me coagiu usando seu corpo e sua força física. Você impôs seu corpo sobre o meu e me saqueou. Eu não consenti...

— *Cara*, não venha bancar a puritana agora. Você gostou, gozou e gozou forte, tanto quanto eu. Tanto que até coloquei minha semente bem aqui — Romano disse segurando minha barriga. — Fomos pais, Estefania, não se esqueça disso.

— Eu não me esqueço! — grunhi. — Não me esquecerei nunca enquanto viver. Aquelas imagens sempre vão assombrar minhas noites e minha consciência, para sempre.

— Sendo assim, vamos retomar o que tivemos.

Romano puxou meu cabelo. A dor lancinante me pegou. Ele me jogou no sofá, subiu em cima de mim. A escuridão nos envolvia.

— Eis a minha proposta... Case-se comigo e eu convencerei meu tio a deixar a família Mancini em paz.

— Hahaha! — gargalhei. — Não seja imbecil, Romano! Seu tio está em trégua com a família Mancini e você está usando essa vendetta para fins pessoais. Você realmente está sendo ridículo agora.

O tapa veio veloz como uma seta queimando minha face. Revidei, socando Romano com um dos golpes que aprendi na equipe, fazendo-o cair e em seguida gargalhar.

— Vejo que você andou aprendendo alguma coisa de defesa pessoal — falou. — Isso vai ajudar a apimentar nossas noites na cama.

— Você nunca mais me terá! Nunca mais tocará em mim, ouviu?

— Então, você não aceita minha proposta. Não vejo outro remédio se não matar Luigi e toda a família Mancini.

— Seu tio o mataria se tocasse em Regina Mancini — disparei

— O que você sabe sobre *Mamma* Mancini?

— O suficiente para te aconselhar a não se envolver nisso.

Mais uma vez Romano me jogou no sofá, montou em mim e sussurrou ao meu ouvido:

— Ouça meu plano. Meu tio está em busca de um homem de confiança para sucedê-lo no clã. Meu primo Messi é fraco, não serve para assumir a Camorra.

— E a caçula? Sei que Lombardo tem uma filha.

— Ela é carta fora do baralho, digamos assim. Meu plano é o seguinte... Nós nos casaremos, eu me tornarei o homem de confiança do meu tio demonstrando que sou responsável e que, como seu sobrinho, eu serei o sucessor ideal, sangue do seu sangue. Você vai me dar um herdeiro e vamos garantir o legado dos Lombardo.

— Jamais! Jamais gestarei novamente um filho seu. Nunca!

Levantei-me, rastejando até embaixo da mesa e alcancei minha arma me preparando para disparar. Dei um tiro, contudo no escuro minha visão estava prejudicada.

Romano me alcançou facilmente, com um golpe preciso me desarmou, lançou-me ao tapete.

Ouvi o barulho sombrio de um zíper abrindo e o rasgar do vestido de gala.

Romano me deu um soco no abdômen, fazendo com que me contorcesse embaixo dele. Abri a boca buscando fôlego e ele jogou as balinhas que desceram rasgando minha garganta. Em poucos minutos perdi o raciocínio, entorpecida demais, mal conseguia reagir às suas investidas duras e sujas sobre mim.

A única coisa que pensei antes de apagar em definitivo foi: eu sou um lixo.

Caí tão baixo.

Outra vez.

Mereço isso.

Agora minhas chances com Luigi se perderam.

Para sempre.

Capítulo 13

Até que aconteça com você
Você não sabe qual é a sensação, qual a sensação
Até que aconteça com você, você não saberá, não será verdadeiro
Não será verdadeiro, não saberá qual a sensação

Til It Happens To You - Lady Gaga

Carrara

Luigi

Cheguei à pedreira antes do horário combinado. E não me aguentava de ansiedade. Precisava vê-la, saber como estava.

Pelas coisas que ouvi de Lucca, estava extremamente preocupado. Pelo o que entendi, Fanny tinha voltado a usar drogas. *Caspita*!

Como tudo aquilo foi acontecer? Alguns dias atrás Estefania estava superfocada em fazer jus ao legado dos pais e agora... Agora...

Falei com Sam na noite anterior e alguns membros da equipe já estavam ali, como meu reforço em caso de algo dar errado. Derek, Amin, Ilya, Sarah, Monica e Cage estavam espalhados dentro da pedreira, chegaram à tarde. Discretamente e com a ajuda de Lucca entraram por um caminho alternativo apenas conhecido pelos trabalhadores da mina. Alex e Bo também estavam lá dentro, a postos.

Era muito estranho estar aqui e passando por tudo isso sem meus irmãos, mas não queria dar a Romano a chance de se aproximar de Marcelo ou Bruno. Se algo desse errado, ele teria apenas um Mancini.

Marcelo agora era um homem de família, estava casado e feliz, administrando os negócios e pronto para assumir como novo Capo quando assim fosse necessário e eu seria seu *consiglieri*.

Bruno era levado pelo vento. Administrava o setor marítimo dos negócios da família. Estava sempre indo ou vindo.

Olhei o relógio e estava começando a ficar impaciente. Afinal, qual seria a proposta de Romano?

Aliás, aquilo me fazia especular até que ponto Romano era leal ao seu tio, Leonida Lombardo.

Leonida Lombardo, ex-noivo de minha mãe.

Minha mãe rompeu o compromisso com Leonida por Marco Mancini, por quem ela se apaixonou e foi dali que tudo começou.

O ódio e o desejo de vingança de Lombardo pelos Mancini têm suas raízes em um amor não correspondido...

Antes de vir a Carrara, passei em casa para pegar algumas coisas. Estava apressado, porém fui interpelado pela minha *mamma*.

— Luigi, *figlio*, para onde está indo?

— Vou a Carrara.

— Algum problema?

Quando minha mãe fez essa pergunta eu tive a certeza de que, de alguma forma que talvez eu jamais descobrisse, ela sabia de algo. Afinal, ela era uma Mancini.

Encarei-a por alguns instantes e respondi com outra pergunta:

— Onde está o *babbo?*

— Foi para Portugal. Marcelo e Donna foram juntos. Donna ainda não conhecia os vinhedos.

— E por que a *mamma* não os acompanhou? Que eu me lembre, a *signora* nunca deixou de acompanhar o *papà* em uma viagem a Portugal.

— Porque sinto, meu filho, que você está em perigo.

Respirei fundo e sem rodeios, perguntei:

— *Mamma*... Como foi que tudo isso aconteceu? Como a família Mancini, uma das mais respeitadas entre os clãs mafiosos, tornou-se alvo da Camorra e de Leonida Lombardo? Desculpa, sei que é errado envolvê-la nisso. Nós, homens, não devemos envolver nossas mulheres em nossos... negócios, contudo, sinto que nesse caso você sabe coisas importantes.

— *Figlio*, outra hora eu lhe conto o que houve. Agora você precisa partir. Você vai ver Estefania, não é? Sinto que ela corre perigo — disse minha mãe.

Minha mãe é uma mulher adorável, notável. No auge da idade ainda conserva uma beleza madura e como o nome sugere, o porte de uma rainha. Imaginei que aquela história era longa e não daria para ser encarada agora.

Mamma sorriu docemente, acariciando meu rosto e me deu sua bênção.

— Que Deus te abençoe, *figlio mio.*

A luz vinda do farol de um carro chamou minha atenção, trazendo-me para o momento presente.

Ele desceu do carro. Olhou ao redor, caminhou e parou a minha frente, encarando-me.

— Finalmente estou frente a frente com você, Luigi Mancini, embora já tenhamos tido alguns pequenos encontros. Havana que o diga.

— Romano, seja direto. Onde está Estefania?

— Minha noiva Estefania está no carro.

— Sua noiva?

— Não é maravilhoso? Resgatamos nosso relacionamento e em breve vamos nos casar. Com isso em mente eu tenho uma proposta a você.

— Quero ver Estefania primeiro antes de fazer qualquer acordo com você.

— Tudo bem! Mas cuidado com o que você deseja — Romano disse abrindo a porta e trazendo-a pelo braço.

Eu nunca, nunca estaria preparado o suficiente para o que eu vi.

Estefania estava magra, muito mais do que de costume, sua pele antes como o mármore branco de Carrara, agora apresentava uma aparência macilenta e sem vida. Seu cabelo de fios dourados como o sol do meio-dia estava amarfanhado, preso em um coque frouxo e desleixado. Seus olhos, lindos e azuis como o lago Como me reconheceram, porém sem a mesma vivacidade; estavam opacos, vazios.

— Luigi — ela balbuciou em um sopro.

Meus olhos arderam e lutei contra a vontade de chorar.

Eu era o culpado. Eu fiz isso a ela. Se tivesse aceitado os sentimentos dentro de mim e tivesse assumido para Fanny o quão envolvido de verdade estava, nada disso estaria acontecendo. Porém meu maldito problema se interpôs mais uma vez em minha vida. Meu lado obscuro, novamente me impedindo de viver como qualquer homem e de experimentar não só a junção carnal, como o amor verdadeiro.

— Estefania — falei por fim, torcendo para que minha voz não tenha me traído e tremido, denotando meus anseios.

—Bem, agora é hora dos negócios. Luigi, você tem duas opções... Se fizer questão de ficar com Estefania, eu mato toda a família Mancini. Se abrir mão dela, convencerei meu tio a parar com os ataques contra os Mancini.

— Você só pode estar brincando! — disparei, indignado.

— Falo muito sério. Poderia matar vocês dois nesse exato momento se quisesse. No entanto, não me convém. Luigi, pense pelo lado positivo, se escolher abrir mão de Estefania todos vivem. Ela, inclusive.

— E que garantias eu tenho disso? — perguntei achando absurda a proposta dele.

— Sou o braço direito do meu tio nos negócios. Sou como um filho para ele. Posso convencê-lo. Meu tio deseja que eu me torne seu herdeiro. Já mencionou isso várias vezes, mas para tanto quer que eu me case. O meu casamento garantirá a descendência dos Lombardos de Nápoles e os negócios da família.

— E os dois filhos de Lombardo?

— Messi não tem tino para os negócios.

— E a filha.

— *Ela* não é herdeira, filhas não perpetuam o sobrenome da *famiglia*. Vou conceder um pequeno benefício deixando vocês a sós e dar alguns minutos para você pensar Luigi, afinal, essa é a última vez que você verá Estefania solteira. Na próxima vez que nos encontrarmos, ela já será a *signora* Lombardo — disse Romano, anunciando parte de seu plano macabro.

Ele deslizou suas mãos com lascívia pelo corpo de Estefania. Notei o quão repulsivo o toque lhe pareceu e tive vontade de matá-lo nesse instante. Romano se virou novamente em minha direção.

— Não tente bancar o espertinho, Luigi. Meus homens não estão longe daqui. Se tentar qualquer coisa, mato a vadia e depois você — advertiu.

Romano entrou no carro, manobrou e se afastou. Quando as luzes do carro desapareceram, fui na direção de Estefania e a abracei com toda minha força, envolvendo seu corpo fragilizado.

Capítulo 14

Temos uma passagem apenas de ida para o amor
Não iremos para nenhum outro lugar, a não ser para o céu
Nada vai nos parar, ninguém vai nos deter
Porque temos um amor maior

Bigger Love - John Legend

Luigi

— Fanny, *Dio Santo*! Fanny. Como isso aconteceu? Desculpe-me, é tudo minha culpa. Eu nunca deveria ter me afastado, nunca deveria ter partido.

— Luigi... Ah, Luigi... Isso tudo é culpa minha, não sua. A culpa é minha, das minhas más escolhas. Afinal, o passado nunca nos deixa, não é?

— Estefania, a equipe está aqui. Podemos...

— Não, por favor, não tente nada. Não quero que se arrisquem por mim. Ouça-me, Luigi, não temos muito tempo. Romano e eu vamos nos casar.

— Uma ova que vão! Eu nunca permitirei isso! Esse crápula maldito nunca a terá!

— Luigi, por favor! Ele foi bem claro... Ou eu me caso com ele ou ele incitará uma guerra contra sua família. Não quero gente inocente morrendo por minha causa. Eu busquei isso. Sou a única culpada.

— Não! Não! Não! Não é.

— Sou sim. Fui eu quem colocou Romano na minha vida.

— Você era jovem e inconsequente. Não teve culpa. Não sabia que ele pertencia à máfia e a Camorra.

— Luigi, não me tome por algo que não sou. Sou má, errada, desregrada e errante. Sempre fui.

Estefania acariciou meu rosto, suas mãos trêmulas. Respirou fundo e continuou:

— Você foi o único, além dos meus pais, que viu algo bom em mim. Eu não mereço sua amizade.

— Você não merece minha amizade, merece meu amor, todo ele.

Vi o olhar vítreo ganhar aquele brilho e cor que eu aprendi a amar.

— Luigi, por favor, não torne isso mais difícil para mim! Não há saída. Ou me caso com Romano ou ele vai perseguir e matar cada um dos Mancini. Eu nunca poderei viver com esse peso na consciência.

— E como você acha que eu vou viver sabendo que você está casada com um monstro, dormindo com um canalha? Não, Estefania, eu não me conformo e quero que você ouça bem o que eu vou dizer... Não importa o que eu diga ou prometa a Romano hoje, isso nunca se cumprirá. Você não se casará com ele e ponto. Eu deixo de me chamar Luigi Mancini se aquele crápula a tomar como esposa!

— Ah, Luigi... Você já me salvou uma vez, eu não valho esse sacrifício.

— Claro que vale! Você vale, sim. E teremos tudo. Não abrirei mão de você, *mia rosa selvatica*[4].

Minhas mãos percorreram seu rosto, trilhando cada traço, memorizando em minhas digitais sua feição e uma lágrima furtiva rolou em meu rosto. Fanny a tocou e levou até os próprios lábios, bebendo-a. Sem muito pensar, meus lábios roçaram os seus e em poucos segundos um simples beijo nos lançou a outra dimensão. Estávamos mergulhados um no outro. Eu a encostei em meu carro, agarrando seus quadris, nossos lábios não se deixaram, nós bebíamos um do outro, nós nos devorávamos.

Seus dedos agarram meu cabelo, instigando-me a ir mais fundo. Meu pau estava mais do que ereto, estava duro como um bloco de mármore. A gana de penetrá-la, de fazê-la minha estava me levando à loucura. Depois de tanto relutar, era uma delícia me jogar de cabeça no que sentia por ela. Estávamos completamente dominados por nossos sentimentos. Sua mão deslizou até minha ereção e eu achei que fosse explodir em suas mãos. Seus lábios descolaram dos meus e sussurraram:

— O que eu não daria para fazer amor com você. Daria tudo para tirar a lembrança desse horror...

— Shhhh... — Pousei meu dedo delicadamente sobre os lábios de Fanny e disse: — *Mia rosa selvatica*, cuidado com o que você deseja, pois quando fizermos amor, não sei se vou conseguir parar.

— Mal posso esperar por isso — murmurou e nossos lábios se uniram outra vez, intensamente.

Senti-la tão perto de mim despertou algo muito além da conjunção sexual. Eu tive a certeza do meu amor. Certeza de que além de excitado e apaixonado, eu a amava. Amava Estefania Cavaglieri com tudo o que havia dentro de mim. Como fui tolo em crer que amei Donna algum dia. O que eu senti por Donna era totalmente pálido se comparado ao que sentia por Fanny, essa chama ardente, esse amor tão grande. Amor maior.

Fomos parar novamente no capô do carro, seu corpo deitado, suas pernas agarradas ao meu tronco, puxando-me, atraindo-me para si. Fanny me guiou através da bata que vestia e senti seus mamilos rijos sob minhas mãos enquanto, ao mesmo tempo, as suas desciam tocando meu tórax, abdômen até alcançar o zíper da calça e abri-lo. Ignorávamos o fantasma de Romano, prestes a voltar a qualquer momento, ignorávamos o perigo de toda aquela situação, estávamos completamente envolvidos por nossa paixão.

---

[4] Italiano: minha rosa selvagem

Sua mão deslizou dentro da minha boxer e agarrou meu pau, tocando-o. Senti-a estremecer e sua respiração se acelerar mais ainda.

— Ah, Luigi. *Dio!* Como você está... Como você está....

— Eu sei... É *grande* mesmo.

Estefania sorriu e passou a estimulá-lo mais e mais. O desejo se apossando de nós. Meus lábios desceram do rosto para o pescoço e do pescoço alcançou os seios. Abocanhei um mamilo, depois outro, saboreando, provando entre lamber e mordiscar. *Dio*! Minha excitação chegou a níveis astronômicos, sabia que precisava me conter ou daquele jeito gozaria nas mãos dela. Fui obrigado a me refrear. Aos poucos ajeitei a bata, cobrindo-a com delicadeza tirei a mão dela do meu membro, segurando entre as minhas, beijei-a e disse:

— Não quero apenas uma trepada com você, minha Rosa Selvagem. Eu quero fazer amor, quero que descubramos juntos *como* fazer amor.

— Ah... Luigi, eu, eu...

— Vamos ter nossa chance, *bella*. Você merece muito mais do que ser tomada no capô de um carro. Merece ser colocada em um pedestal e adorada. Como se fosse uma deusa em um panteão.

— E que deusa eu seria nesse panteão? Atena com certeza não, muito menos Artémis.

Antes que eu pudesse responder, vi os faróis altos se aproximando.

Estefania debilmente terminou de se recompor e disse:

— E lá vem Marte, o deus da guerra.

Nós nos afastamos e meu coração se agitava diante do que aconteceria dali para frente.

Romano desceu do carro, olhou de um para o outro e perguntou:

— Mancini, já fez sua escolha? Temos um acordo.

Meus olhos cruzaram com o de Fanny. Meu olhar implorava: acredite em mim, *rosa mia.* Ela balançou a cabeça concordando.

— Sim, Romano — falei depois de um suspiro. — Temos um acordo.

Romano sorriu triunfante.

— Bem, então espero que a trepada de despedida tenha sido boa, porque muito em breve Estefania será uma Lombardo e você nunca mais a tocará, Mancini. Estefania, entre no carro!

Fanny não conseguia se mexer. Estávamos presos no olhar um do outro. *Dio*! Como doía ter de deixá-la ir com aquele canalha covarde. No entanto, por ora ele precisava crer que tudo saiu como ele planejava.

— Estefania, entre na porra do carro, já!

— Não grite com ela, *maledetto*!

— Grito o quanto quiser, Luigi. Você não tem mais direito nenhum sobre essa mulher, entenda. Ela será minha para eu gritar, trepar e jorrar minha porra nela o quanto eu quiser. Você nem deve gostar tanto dela assim, podia tê-la escolhido, mas escolheu seus irmãos e seus pais. No seu lugar, eu a teria escolhido e os outros que se explodissem. Minha lealdade está comigo e com meus interesses. Contudo, não fique triste, meu caro. Todos saímos ganhando. Você salvou sua família, eu terei a minha e logo assumirei os negócios da Camorra. Viu? Final feliz! Não sei se você merece ser convidado para o casamento. Até pensei em fazê-lo nosso padrinho. O que você acha disso, minha Jezebel? Ah, quer saber? Eu acho que não. Adeus, Mancini!

O crápula entrou no carro e saiu cantando pneu. Mais à frente vi três carros de juntando a eles. Provavelmente seus capangas.

Não estava nada feliz ou satisfeito com aquele desfecho. Entretanto, em minha mente um plano já se formava. Ele havia vencido uma peleja apenas. A guerra de verdade ainda estava por vir.

— Romano Lombardo, Fanny nunca será sua esposa e eu vou garantir isso!

Capítulo 15

Beije-me depressa, enquanto ainda temos esse sentimento
Abrace-me forte e nunca me deixe partir
Porque o amanhã é tão incerto
O amor pode voar e causar mágoa
Beije-me logo porque eu te amo tanto

Kiss me Quick - Elvis Prestley

Regina

Havia escolhido aquele lugar para o encontro propositalmente. Quiçá as lembranças dele aplacassem a ira de Leo.

Leonida Lombardo...

Quantas lembranças!

Na primeira vez que o vi fiquei fascinada pela sua beleza e audácia.

Sim, Leo era audacioso, lembrava-me dos libertinos dos romances de época que eu lia. Seu cabelo claro quase loiro e os olhos translúcidos, seu porte de príncipe fazia com que as moças suspirassem por onde ele passava.

Quando voltei formada da universidade e meu pai disse que eu *teria* de me casar e que, inclusive, já havia escolhido um partido, eu não confiei que meu pai fosse escolher um homem tão envolvente e ao mesmo tempo perigoso. Perguntava-me qual mau passo meu pai teria dado para dar sua única filha em casamento a um homem que ela desconhecia.

Meu pai era proprietário de um vinhedo na Toscana, outro em Portugal e gerenciava um negócio de flores. Não éramos ricos, os Giardino, mas tínhamos uma situação financeira confortável.

Quando decidi fazer Belas Artes na universidade meu pai não se opôs. Afinal, quem herdaria a propriedade e os negócios seria meu irmão mais velho, Hector.

Porém, de repente, tudo mudou. Ele vendeu o vinhedo da Toscana, ficando apenas com o de Portugal, para onde enviou Hector e quando eu finalmente voltei para casa nada mais era igual.

Com a morte da minha mãe alguns meses antes, a casa estava em completo estado de abandono. Ervas daninhas e mato cresciam desordenadamente no jardim que ela tanto amava.

Vários objetos e coisas quebradas e outros tantos precisando de reparo.

A primeira coisa que eu fiz quando cheguei à propriedade foi fazer uma limpeza geral. Abri todos os cômodos fechados, juntei os poucos empregados que meu pai ainda conseguia pagar e nos unimos em uma força tarefa. Jardins foram capinados e limpos. Cercas consertadas, as baias dos cavalos reformada. Mesmo contando apenas com um cavalo que era o meu. A fachada da casa pintada assim como cada canto do seu interior.

Quando percebi que não havia mais dinheiro para as demais obras, vendi no antiquário da região um lindo quadro que havia ganhado da minha *nonna* e penhorei algumas joias que herdei dela e de minha *mamma*. Eu as conheci e tinha certeza de que elas não se importariam.

Quando enfim terminamos o serviço, meu pai voltou de viagem e não acreditou no que viu. Eu havia recuperado parte do esplendor da casa.

Meu pai voltou feliz. Disse que Hector estava fazendo um bom trabalho nos vinhedos em Portugal e sugeriu um baile para celebrarmos minha formatura e a reforma da casa. Também disse que naquela noite teríamos um convidado para jantar, meu prometido.

Senti um frio imenso na barriga e fiquei trancada o resto do dia, até a hora do jantar.

Quando desci as escadas e ouvi as vozes uma eu consegui distinguir, era a do meu *papà*, no entanto a outra... Era forte e decidida.

Ao entrar na sala e vê-lo eu não sei exatamente que estranho fascínio me acometeu. Lembrava que quando seu olhar pousou em mim achei que ele fosse me despir e me devorar bem ali na sala, na frente do meu pai. Como um deus pagão, como um Hades.

— Boa noite! — disse timidamente.

— *Figlia*, já ia *ordenar* que a chamassem. Gostaria de apresentar-lhe *il signore*...

O homem não deu a chance para meu *papà* completar sua frase, adiantou-se parando à minha frente. Seus olhos faiscavam, luziam como dois diamantes. Ele segurou minha mão, roçou seus lábios nela e disse:

— Leonida Lombardo, seu escravo.

— Prazer, *signore Lombardo*...

— Ah, não! Por favor, chame-me apenas de Leonida.

— Está bem, Leonida.

O jantar transcorreu tranquilamente. Meu *papà* aparentava estar muito satisfeito com o entrosamento entre Leonida e eu; que até o fim da noite acabei apelidando-o de Leo.

— Bem, estou velho e cansado, devo me recolher — *papà* disse.

— Eu também já estou de partida, *signore* Giardino, muito obrigada pelo jantar e pela excelente noite.

— Foi um prazer, Lombardo. Espero vê-lo aqui mais vezes... Permita-me que eu o acompanhe à porta.

— *Papà*, o senhor está cansado, suba e descanse. Eu acompanharei Leo até a porta.

— Bem, nesse caso... Boa noite!

— *Buona notte, papà.*

Conduzi Leo até a porta onde seu carro, um *33 Stradale* vermelho, estava estacionado.

Ele me fitava tão intensamente e eu, ainda que me perguntasse o porquê, no fundo, no fundo sabia. Seus olhos novamente faiscaram emitindo uma luz incandescente. Comecei a me sentir tensa, pressentia o que iminentemente aconteceria ali. Eu sempre fui muito intuitiva.

— Foi uma noite muito agradável, Leo. — Consegui dizer, ainda que minha voz não fosse nada mais que um suspiro.

— Sim, foi muito. Espero poder visitá-la mais vezes, Regina.

A forma como ele pronunciou meu nome foi tão devotada. Nunca ninguém havia pronunciado meu nome assim. Fazia parecer especial.

— Claro. Você sempre será muito bem-vindo, Leo — disse ainda tímida. — Bem, boa noite!

Despedi-me e dei as costas. Quando estava prestes a fechar a porta, fui puxada em um ímpeto por mãos firmes e antes que eu pudesse esboçar qualquer reação ou protesto, seus lábios desceram sobre os meus.

Foi quente, arrebatador, fez meu coração disparar e as pernas tremerem. Senti-me tímida, insegura com o beijo. Acreditava que Leo tinha percebido isso, pois ouvi sua voz em um doce sussurro dizer:

— Abra-se para mim, *bella mia.*

Meus lábios se separaram, então ele se apossou deles.

Senti-me completamente subjugada pela força daquele beijo. Suas mãos, ambas seguravam meu pescoço com delicadeza, enquanto seus lábios desciam sobre os meus completando sua invasão. Ele era tão firme, forte e decidido.

Permanecemos ali, beijando-nos, minhas mãos apoiadas em seu peito até eu literalmente perder o ar e nossos lábios se descolaram.

Ele sorriu para mim um sorriso genuíno de menino que acabou de ganhar do *Babbo Natale*[5] o melhor presente de Natal de todos.

Leo acariciou meu rosto, depositou um último beijo e disse:

— *Buona notte, bella mia.*

Leo entrou no carro, deu partida e acenou.

E ali, naquele momento eu tive certeza de que para o bem ou para o mal, minha vida jamais seria a mesma depois de conhecer Leonida Lombardo.

E agora, mais de trinta anos depois, eu o aguardava no *Bagni della Regina Giovanna*, um dos nossos lugares favoritos na nossa época de namoro.

Senti o exato momento em que ele chegou. Tinham coisas, sensações, que o tempo não apagava.

— Regina...

Virei-me e quase esbarrei com ele, tamanha a sua proximidade.

---

[5] Italiano: Papai Noel

— Leo...

— É sempre um imenso prazer encontrá-la, *brunetta mia.*

— Leo, você me prometeu...

— Não posso fugir do que sinto, do que sempre senti...

— Eu te chamei aqui para conversarmos.

— Nada nunca vai me deter. Nada nunca vai me parar. Sempre direi que você é meu único e grande amor, você é tudo para mim, é minha própria vida.

— Leo, deixe o passado para trás! O que vivemos foi lindo, sou grata por cada momento, mas você precisa seguir com sua vida. Já está mais do que na hora de acabar com essa história de *vendetta*.

— Nunca perdoarei Marco por roubá-la de mim, nunca.

— E por isso agora você vive a perseguir meus filhos? Bruno, Marcelo e agora Luigi. Você me prometeu uma trégua!

— Não, eu prometi que ia te dar um tempo para pensar. E acho que já dei tempo suficiente.

— E agora resolveu enviar Romano para infernizar a vida de Luigi.

— E pelo jeito o covarde do seu filho não herdou a garra da mãe e enviou você para interceder por ele.

— Claro que não. Luigi não faz ideia de que eu estou aqui. Vim porque seu sobrinho Romano está indo longe demais para cumprir sua vontade e está envolvendo gente que não tem nada a ver com isso. Você ordenou novamente a Romano que caçasse meu filho!

— Não ordenei nada disso. Estou honrando minha palavra a você e dando a trégua que pediu.

— Só posso deduzir que ele esteja agindo pelas suas costas.

— Romano nunca faria isso. Aliás, está muito ocupado com o casamento que será daqui a uns quinze dias. Ele se casará com uma herdeira do mármore de Carrara.

— Você já a conhece? Sabe quem é essa moça?

— Não. Teremos um jantar de ensaio para conhecê-la.

— Pois saiba que se trata de Estefania Cavaglieri. Ela ama meu Luigi e está sendo chantageada pelo *seu sobrinho,* para se casar com ele. Ele ameaçou a todos nós de morte e a ameaçou, por isso ela aceitou esse... *enlace*.

— Então Romano jogou pesado para ter o que quer. Quisera eu ter feito algo assim no passado!

— Leo, reflita... Romano não a ama. É um miserável, nunca vai amá-la como você me amou.

— E sigo te amando. Regina, *Io ti amo* e seguirei te amando até que meu coração pare de bater.

— Em nome desse amor que você diz sentir por mim, converse com seu sobrinho, retire o apoio a ele se ele seguir com essa história do casamento com Estefania. Essa jovem já sofreu demais por causa dele...

— Regina, *brunetta mia.* Ouça-me. Se com esse casamento houver alguma possibilidade de destroçar o coração de um Mancini, Romano não só conta com minha bênção como com todo meu apoio.

— Mas *eu* sou uma Mancini! Você não se importa que eu vá sofrer?

— Já te disse, você não é uma Mancini, nunca será. Você é uma Giardino, *sempre sarà mia Regina Giardino.*Você não tem aquele DNA de ladrões. Você não é como eles. Não pertence ao crime como nós. Você é pura, limpa. Aquele *maledetto moro*[6] a contaminou colocando as sementes dele em você, mas você ainda é pura, Regina *mia*, você nunca será uma Mancini.

— Leo, por favor, pense! Essa situação toda não vai acabar bem.

— Regina, não insista! Um Mancini já roubou uma mulher de mim, a mulher com quem mais me importava. A única mulher que eu amei. Nunca mais um Lombardo vai perder sua mulher para um Mancini. Romano se casará com essa jovem e tem minha bênção e será uma festa que Nápoles jamais viu antes.

— Bem, vejo que perdi meu tempo. De fato, não resta nada do homem que um dia eu acreditei amar.

Dei as costas para partir e Leo me segurou pela cintura, obrigando-me a encará-lo.

— Regina, *amore*... Com uma única palavra você pode colocar um fim a tudo isso. Como eu te disse em Roma, na Galleria Borghese, eu deixo tudo. A Camorra, eu deixo a cidade, o continente, a sede de vingança, minha religião, tudo. Eu deixo tudo para trás se vier comigo. Vem comigo, *amore mio*, deixemos tudo isso para trás. Ainda podemos resgatar o que deixamos de viver. Ainda estamos vivos, temos saúde. Não quero passar o resto da minha vida sem você. Venha comigo e eu deixo os Mancini em paz. Para sempre.

— Leo, você sabe que o que me pede é impossível. Amo Marco, ele é o sangue que corre nas minhas veias! Ele e eu somos um. Ele é o homem da minha vida. Você me despertou a feminilidade e a paixão, mas ele me ensinou o que é o amor. Com ele eu vivo intensamente e sou feliz. Com ele construí a minha família.

— Vá, vá encontrar sua família. Eu não estou planejando nada contra eles, mas quero que saiba que não moverei um dedo para impedir que Romano o faça.

Assim que ele disse isso, eu dei as costas e parti.

Triste, afinal nutria um sentimento de ternura e carinho por Leo. Porém o homem que me despertou para o amor, o homem da minha vida, era Marco.

Sempre seria Marco.

Não abrirei mão do meu amor por ele.

Nunca.

---

[6] Italiano: maldito escuro

Capítulo 16

Escalarei alto precipício
Onde o mirto e a rosa
Florescem por mim.
Flores de mirto e rosa para mim

Il Mirto i la Rosa - Alessandro Safina

Leonida

Tê-la tão perto e não tocá-la.

Tê-la tão perto e saber que não é minha me destroçava.

Estivemos por um triz de nos casarmos. Um triz de eu ser o homem mais feliz do mundo.

Não me importava com título de nobreza de minha esposa, a linda russa Alexandra, não me importava com meu filho ou filha, não me importava com minhas obras de arte, com os negócios da Camorra. Nada!

Nada sem Regina tinha sentido. Sobrevivi esses anos todos alimentado pela vingança. E chegou a hora.

Nunca imaginei que apoiar o casamento de Romano pudesse de fato, ser tão vantajoso para mim.

Ele já tinha planos para a jazida da noiva, que seria um local perfeito para o armazenamento de contrabando de drogas. E acima de qualquer suspeita. De quebra, estaria tomando a mulher de um Mancini. Queria que eles, qualquer um deles, sofressem na pele o que eu sofri. E sofro todos os dias dessa vida *maledetta.*

Fiquei mais alguns instantes naquele local, remoendo o passado, meus dias intensos com Regina. Costumávamos nos sentar ali e ver o sol se pôr. Eu a deitava sobre a manta e a beijava com volúpia, desejava-a ardentemente, nossa química era incrível, mas sempre a respeitei, nunca ultrapassando nenhum limite por mais que a desejasse. Eu a queria inteira para mim, pura e intocada.

Esperava recebê-la no altar, vestida de branco, minha rainha, valsaríamos e no fim da noite eu a possuiria e a faria minha. Ela viria a mim e se entregaria de boa vontade, de corpo e alma, e eu seria o homem mais feliz do mundo.

Foi por pouco. Realmente muito pouco...

Agora ela pertencia a Marco Mancini e todos os filhos que era para terem sido nossos, eram dele. Três homens.

Três homens fortes e por quem a comunidade local nutria admiração.

Era para serem *meus* filhos.

No entanto, eu tinha apenas um filho homem. Um imprestável que não se interessava pelos negócios e nunca seria capaz de levar o nome da família a diante.

Tinha *mia piccola farfalla,* minha borboletinha. Ela foi uma criança tão linda, mas eu a rejeitei.

Tinha algo nela que me lembrava tanto Regina que me fazia sofrer. Então a puni, rejeitei-a e hoje já não se interessava por mim ou pelo que eu fazia. Às vezes aparecia em casa, mas não se dignava a falar comigo, tampouco com seu irmão e menos com Romano.

Aquela garota ficou estranha, lembrava que era alegre e de repente passou a ser fria e introspectiva. Possivelmente tinha notado meu tratamento indiferente. Depois que ela saiu de casa para morar sozinha, eu não tinha a mínima noção dos seus atos. Também não procurava saber.

Essa era minha vida.

Era Leonida Lombardo, Capo da Camorra, um homem poderoso que não temia a ninguém e que possuía tudo aquilo que desejasse, menos o amor de sua amada.

Menos o amor de Regina.

Luigi

Quinze dias depois...

Quando voltei de Carrara estava transtornado, transfigurado pela dor, porém convicto do que teria de fazer.

Seria ousado, arriscado e talvez incendiasse mais ainda a rivalidade entre os Mancini e os Lombardos, no entanto, seria a única solução. Prometi a Fanny que não permitiria seu casamento com Romano e assim seria.

Assim que cheguei, dias antes, contei tudo o que houve à minha mãe, que ficou extremamente compadecida de Estefania, sem saber como ajudá-la. Encarei minha *mamma* fixamente e me vi refletido em dona Regina Mancini.

Não sabia o que ela planejava, porém eu tinha um plano.

Tudo estava acertado, a equipe me daria cobertura novamente.

Mais uma vez deixei meus irmãos de fora. Aquilo era problema meu, se atrairia a ira para alguém que fosse para mim, não para meus irmãos.

Bruno estava no Brasil. Marcelo e Donna resolveram prolongar a estadia em Portugal, nos vinhedos que agora também eram responsabilidade de Marcelo.

Papà estava em casa e foi com ele que eu me consultei antes de agir.

— *Papà*, posso conversar com o senhor? — indaguei.

— Claro, *figlio*! Venha aqui.

Entrei no escritório e me sentei em frente a Marco Mancini, meu pai, meu herói, Capo da família Mancini. Homem justo, leal, que apoiava e contava com o apoio do seu povo.

—Bem... Diga, *figlio*, sobre o que quer conversar?

— *Papà*, eu... nunca perguntei, mas o que deflagrou o ódio de Leonida Lombardo contra nós, os Mancini? De onde veio tudo isso? Ouvi algumas coisas e...

— Luigi, por que pergunta isso agora? Está tudo bem?

— Está, porém, estou prestes a fazer algo...

Meu pai riu, levantou-se da poltrona, fechou a porta do escritório, pegou uma garrafa de arak, serviu duas doses, entregou-me uma, sorveu um gole da sua e disse:

— Meus homens me falaram sobre o sobrinho de Lombardo e Estefania. Recebemos o convite para o casamento. Fiquei imaginando quando você viria me procurar para falar sobre isso. Eu não havia percebido seu interesse pela moça, mas sua mãe, sim. Então eu me preocupei com você, *figlio*.

— *Papà*, esse casamento não vai acontecer. Peço perdão, pois tudo isso pode causar um conflito imenso entre nossos clãs, contudo, eu não posso permitir que aquele monstro se case com Fanny.

— E o que pretende fazer, filho?

— Não... Não posso dizer... *Papà,* você não respondeu à minha pergunta. Como conheceu a *mamma*? Como você e Lombardo se tornaram tão inimigos a ponto de ele atentar contra Marcelo?

— Luigi, acho que essa é uma conversa para outra hora. Tudo que posso te dizer no momento é que eu conheço sua mãe desde a infância, precisei mudar de cidade. Anos depois, voltei a Nápoles e quando meus olhos cruzaram com os dela, soube que ela era a mulher da minha vida. Que, por ela, eu mataria e morreria, que seria capaz de absolutamente qualquer coisa para defender nosso amor. E assim tenho feito nesses mais de trinta anos de casamento. Regina é a luz dos meus olhos e você e seus irmãos são nosso legado de amor. Por isso eu te entendo, filho. Se você ama Estefania, faça o que tiver de fazer em nome desse amor. E deixa que com Lombardo eu me entendo. Depois de tantos anos acho que chegou a hora de nós encontrarmos frente a frente.

— *Papà,* eu juro não queria causar esse transtorno.

— *Figlio,* eu tenho um antigo lema de vida: *A sorte favorece os audazes.* Esse lema sempre me acompanhou. Quando eu precisei deixar a cidade, na região do Vêneto, quando tive de lutar entre a fome e a miséria e conseguir me erguer como um homem de negócios, quando voltei para Nápoles bem-sucedido e nomeado chefe de um clã. E quando conheci sua mãe e tracei todo o nosso futuro, juntos. Sem força de vontade, coragem, audácia e amor nós não conseguimos nada nesse mundo. *Figlio*, se é o amor que te move, vá, não olhe para trás. Nessa vida a gente só se arrepende daquilo que não fez.

— Certo, *Papà*. Era exatamente isso que eu precisava ouvir.

Levantei-me de um salto, certo do plano que havia arquitetado e da decisão tomada.

Sempre amei meu pai, respeitei e admirei, porém vê-lo falar daquela forma insuflou em mim algo totalmente novo. Minha admiração por Marco Mancini só cresceu.

— *Papà,* eu te amo e tenho muito orgulho de você.

— Não, meu filho. Eu é que me orgulho de você e seus irmãos.

Eu o abracei e ficamos um tempo presos naquele gesto de afeto.

Saí do escritório, esfuziante, já em alerta, repassando cada passo do plano. Tudo estava preparado e nada, absolutamente nada, poderia dar errado.

Ou seria o fim.

De Estefania e o meu.

Capítulo 17

Eu não sei o que fazer comigo mesma
Filmes apenas me deixam triste
Festas me fazem sentir deprimida
Porque eu não estou com você
Já não sei o que fazer.

I Just Don't Know What to do with Myself - White Stripes

Estefania

Os últimos dias foram os piores da minha vida.

Após o encontro com Luigi, as coisas aconteceram muito rapidamente.

Romano marcou nosso casamento e, de acordo com ele, uma festa digna de um rei estava sendo organizada.

Ele não me drogava mais, ao menos não com a mesma constância de antes.

Não sabia o era pior: estar drogada e não poder fazer nada ou consciente e perceber que de fato não tinha nenhuma escolha a não ser permanecer apática. O medo me fazia curvar à subserviência e obedecer a Romano como uma boneca de pano, sem vontade própria. Olhava para dentro de mim e não me reconhecia. Porém tudo aquilo tinha uma explicação: meu amor por Luigi era tão maior, tão mais altruísta e verdadeiro, que eu não me rebelaria. Não queria trazer o infortúnio aos Mancinis depois de tudo que Luigi fez por mim, depois de ter sido acolhida no seio da sua família.

Aceitei a proposta de Romano ciente de que viveria o inferno na Terra, mas ao menos a vida de Luigi e sua família seriam poupadas.

Romano contratou uma pessoa para cuidar de mim e de minha aparência. Havia perdido muito peso por conta das drogas, porém com uma alimentação adequada voltei a uma forma aceitável como saudável.

Romano era tão orgulhoso que não aceitaria receber no altar nenhuma boneca de retalhos, ele se dizia um rei e queria nada menos que uma rainha, unicamente por isso que ele parou de me drogar, queria exibir sua bela noiva. Não foi por pena e muito menos por amor, foi apenas por vaidade. Quanto mais eu me olhava no espelho, menos eu me reconhecia.

Por dias fiquei incomunicável, até três noites atrás, o dia do jantar de ensaio, quando um banquete havia sido organizado.

Além de Romano e Leonida, não conhecia mais nenhum dos convivas. Romano fez uma entrada dramática, apresentando-me a todos, depois disso nos sentamos para jantar. Durante a refeição, pude ouvir em meio ao burburinho coisas do tipo:

— Que tipo de artíficio Romano fez para conquistar essa beldade?

— Você vendeu a alma ao demônio, não foi, Romano?

— Ela é tão bela e calada. Imagino que tenha muita satisfação com essa mulher.

Ouvi outros comentários tão aviltantes que minha mente se recusava a processar. Senti-me um carneirinho em meio aos chacais, os chacais da Camorra incluindo o líder do clã, Leonida Lombardo.

Leonida nada falou, apenas me observou com o olhar curioso, sem nenhuma lascívia, apenas analítico. Eu também me peguei analisando-o e pensei: *que homem lindo ele tinha sido outrora, tinha uma beleza bem similar a de Romano*.

Sabia que ele era um homem mau, contudo não conseguia superar o sobrinho. A maldade de meu noivo era algo a ser estudado.

Durante dias fui estuprada, violada por ele. Romano me torturava com requintes de mestre, um sadista.

Como eu não estava mais sob o efeito dos entorpecentes que ele propositalmente tirou, assistia prostrada aos seus atos torpes. Todas as noites ele me assolava, violando-me ao seu bel prazer, conspurcando meu corpo e minha carne.

Numa noite, eu não aguentei e tentei pôr fim à minha vida com algumas pílulas, porém ele conseguiu intervir a tempo e chamou o médico com rapidez. Fui levada a uma clínica para desintoxicação. Lembro-me de que quando acordei, Romano estava ao meu lado e segurava minha mão.

— *Você não vai se livrar de mim, minha Jezebel. É minha. Você me pertence desde que nossas vidas se cruzaram e nem a morte poderá tirá-la de mim* — falou e sorriu.

Quiçá o único sorriso sincero que eu presenciei desde que o conhecia, e me beijou, talvez o mais próximo de um beijo que denotasse afeto. Prometeu não mais me tocar até a data de nosso casamento. Eu não sabia se podia crer, porém nessas últimas semanas ele não se aproximou de mim de forma violenta.

— Romano, posso falar com sua noiva por alguns instantes? — Ouvi a voz de Leonida dirigida ao sobrinho, tirando-me de minha bolha de lembranças sombrias.

— Claro, tio! — respondeu Romano, levantando-se da mesa.

Com ares de cavalheiro, pegou minha mão e a colocou entre as mãos do seu tio. Leonida me conduziu a um imenso escritório. Ao entrar, não pude conter o suspiro ao ver tantas obras de arte em um único lugar. Aquele ambiente parecia um museu; o museu do grande Leonida Lombardo.

Eu ouvi falar algo sobre isso na época do roubo da escultura de Perséfone e Hades, aquela que os irmãos Mancini recuperaram para a Galleria Borghese, há dois anos. Que inclusive contou com parte da equipe no resgate, com Donna e Marcelo, no entanto, agora tinha a oportunidade de constatar que os boatos eram verdadeiros: Leonida era um grande colecionador de relíquias e obras de arte.

Perplexa eu analisei cada parede, cada canto do local continha uma obra que remontava algum período da história mundial. Bens de valor incalculável, eu nem sequer sabia precisar o valor de algumas peças ali.

Surpreendi-me quando vi a um canto da sala, a réplica de *Il Rapto di Prosérpina*. Parei algum tempo, contemplando-a.

— Trata-se de uma réplica. A original foi roubada de mim — disse Leonida e eu tive de conter o sorriso ao me lembrar de que na verdade a escultura não foi exatamente *roubada*, sim, devolvida ao seu dono original, à galeria.

Segui explorando as paredes do amplo cômodo. Gravuras, quadros e aquarelas dividiam espaço com obras de todos os períodos barroco, renascentista, uma miscelânea caoticamente perfeita e... *Dio*, até um ovo *Fabergé* estava disposto em uma imponente estante com vários livros, clássicos da literatura mundial.

Não me contive e fui até o móvel imenso, feito de madeira nobre. Suas prateleiras contendo as mais célebres obras da Literatura. Meus dedos tocaram com reverência as lombadas com os títulos mais variados, alguns, gastos pelos anos. Constatei com atônita admiração que algumas obras eram as primeiras edições. Clássicos como *Romeu e Julieta,* de Shakespeare*; Orgulho e Preconceito,* de Jane Austen*; O Amante de Lady Chatterley,* de D. H. Lawrence*; O Morro dos Ventos Uivantes, de Emily Brontë; A Letra Escarlate,* de Nathaniel Hawthorne*; Guerra e Paz,* de Tolstói. Alguns clássicos russos e meu livro favorito, *O Retrato de Dorian Gray*, de Oscar Wilde.

— "Os que acham belas intenções nas belas coisas são cultivados. Esses têm esperança" — Leonida citou as palavras do irlandês *Oscar Wilde* e prosseguiu: — Contento-me ao perceber que pelo menos Romano não escolheu uma *fidanzata* tola e vazia.

Leonida fechou a porta e em seguida se dirigiu a uma adega climatizada, retirou uma garrafa de vinho, serviu-nos e fez sinal para que eu me sentasse. Acomodei-me na poltrona em frente à magnífica mesa de carvalho. Ele se sentou à minha frente do outro lado da mesa.

— Um brinde a sua saúde e sucesso, *signorina* Cavaglieri — proferiu Lombardo, levantando sua taça, inclinando-a em direção a minha.

Depois do brinde feito, sorvi um pouco da bebida e me permiti encarar o homem diante de mim.

— Sabe, Estefania? Estou realmente impactado pela sua força de caráter.

— Minha força de caráter? — perguntei, confusa.

— Sei das condições desse casamento. Regina me contou tudo.

— *Dio!* O senhor esteve com a *mamma*, com *signora* Regina? Como? Quando? — indaguei com espanto.

— Há alguns dias Regina veio interceder em seu favor, soube que você se deu a Romano em troca de ter a vida dos Mancini poupada. Vejo um amor muito grande em você. O mesmo amor que sinto por ela, *mia dolce* Regina.

— Se a ama de verdade, por que persegue a família que ela construiu? Não vê que a faz sofrer com essa atitude vingativa?

— Estefania, *cara mia*. Achei que você entenderia essa situação melhor do que ninguém. Eu não desejo ferir Regina, contudo, tenho direito a me vingar dos Mancini. Quero que Marco sofra a pena que eu sofri quando ele levou Regina para longe de mim e fez um filho nela.

— *Signore*, isso não muda nada, não trará o passado de vocês de volta!

— Mas satisfará minha ânsia por *vendetta*. Daqui a alguns dias Romano será meu instrumento de vingança realizando parte dela, vai tirar uma mulher que um Mancini ama diante dos olhos deles, como convidados e testemunha e, claro, assistirão de perto a cerimônia de casamento sacramentando a superioridade dos Lombardos sobre os Mancini.

— Você só pode estar louco! — exclamei em um rompante.

— Muito cuidado, *signorina*, lembre-se de que está falando com o *don* da Camorra! — bradou Leonida, levantando-se da mesa e colocando-se ao meu lado, exalando fúria. — Diga-me, o que sentiu quando viu Luigi dançar com Donna no casamento? Diga-me o que sempre sentiu ao ver a camaradagem que sempre fluiu entre aqueles dois. Você nunca teve vontade de esganar a *ragazza*? Diga-me!

— Sim, sim, eu tive vontade de matá-la, porém não o fiz e sabe por quê? Porque eu me importo com a felicidade de Luigi e se a felicidade dele fosse ao lado da Donna ou de qualquer outra mulher, eu aceitaria. Ainda que me destroçasse, eu aceitaria.

— E por isso se casará com Romano, para que Luigi seja feliz. Isso é ridículo. Se estivesse no seu lugar eu fugiria... Eu devia ter fugido com Regina, tê-la comprometido quando tive a chance. Sempre a respeitei e veja o que aconteceu, *ela* fugiu com Mancini. Então, se tem uma coisa que eu aprendi é que se temos a chance de ficar com aquele ou aquela que a gente ama, dane-se o resto do mundo!

Eu o encarei, confusa, sem saber o que dizer, a tensão cortando o ar.

— Fuja, Estefania. Eu sei que você é esperta para isso. Fuja.

— Você não pode estar falando sério! Que espécie de jogo está tramando?

— Jogo nenhum, apenas te apontando possibilidades.

— Possibilidades onde a família Mancini será exterminada pelo seu *estimado* sobrinho. Não, muito obrigada! Seguirei meu trato com Romano.

— *Cara*, espero que saiba no que está se metendo. Romano é um tipo *difícil*.

— *Signore* Lombardo, conheço Romano há muitos anos, de certa forma, somos feitos da mesma matéria.

— Sendo assim, você não é a jovem audaz que eu imaginei e me decepciono muito com isso.

Levantei-me e mais uma vez me dirigi à estante, com cuidado peguei o livro *O Retrato de Dorian Gray*, folhei de capítulo a capítulo até chegar ao trecho que queria e li em voz alta:

— *Há uma purificação no castigo. A prece do homem a um Deus justo, longe de ser: "perdoai os nossos pecados", deveria ser: "Castigai-nos pelas nossas iniquidades..."*

Fechei o livro, voltei a encarar Lombardo e disse:

— *Signore*, eu não sou boa, nunca fui. Não há salvação para mim, assim como não houve para Dorian. Eu vendi minha alma ao diabo e não há mais como voltar atrás. Se de alguma forma com tudo o que eu vivi, tudo o que inclusive forjou meu caráter e quem eu sou hoje, puder salvar a família Mancini, não tenha dúvidas de que eu o farei.

— Admiro seu altruísmo, Estefania, porém como o próprio Wilde cita em seu *livro A Alma do Homem Sob o Socialismo*: "A maioria dos homens arruína suas vidas por força de um altruísmo doentio". E você, está caminhando a passos largos para sua ruína.

— Não se pode arruinar algo que a muito já se encontra totalmente destruído.

— Pois bem, apenas não diga que não foi alertada. Case-se com Romano, aguente as consequências e se lembre de que, após seu casamento, toda sua lealdade para com os Mancini acabará e o sacrifício que você fez, será um sacrifício de tolo, pois Romano pode muito bem mudar de ideia e matar seu querido Luigi Mancini.

— Você não permitiria... Você...

— Estefania, Romano será o *don* em meu lugar, a posição dele não poderá ser contestada. Ele ficará a cargo de tudo.

— Ah é? E se por acaso ele resolvesse matar a *signora* Regina Mancini. O que você faria?

— Romano não faria isso. Regina não representa nenhum risco ou perigo aos planos de meu sobrinho.

— Você sabe tão bem quanto eu que seu sobrinho é sequioso por poder, nada nem ninguém se interporá no seu caminho e se a *signora* Mancini for de alguma forma, uma ameaça para ele...

— Retire-se, volte para seu noivo — ordenou Lombardo com o semblante sombrio, não me permitindo completar minha frase.

Caminhei em direção a porta e deixei o escritório.

No fim das contas, parecia que eu tinha dado algo para o *signore* Lombardo pensar.

Capítulo 18

O passado pode ser anulado.
O arrependimento, a negação ou o esquecimento
Poderiam fazê-lo.
Mas o futuro era inevitável.

O Retrato de Dorian Gray - Oscar Wilde

Estefania

Hoje era o dia do meu sepultamento.

Hoje, enterraria Estefania Lira Rimoli Cavaglieri, para tornar-me uma Lombardo. Quem diria?

Nem anos atrás, quando de fato estava enredada com Romano, imaginei um dia subir ao altar para me casar com ele e agora estava aqui, em frente ao espelho encarando meu reflexo.

— *Signorina,* como está bonita! — comentou a ajudante do ateliê, terminando de alinhar a cauda do vestido.

Não tinha tanta certeza de que ela me considerasse bonita se me visse alguns dias antes.

A fortaleza havia se transformado em um verdadeiro QG da noiva. Como Romano prometeu, nosso casamento seria como o de um membro da família real.

Nos últimos dias, a casa foi tomada por profissionais de salões de beleza, Spa e todos envolvidos com o universo matrimonial.

O casamento seria realizado em Nápoles e eu voaria em um jatinho particular até lá. A cerimônia seria em uma igreja muito tradicional, conhecida por seus diversos casamentos de vários membros da máfia.

Tudo foi decidido por Romano. Ele de fato parecia uma criança decorando uma árvore de Natal. Escolheu, recrutou e organizou tudo com todo entusiasmo, em alguns instantes mostrando um lado sensível e humano que eu nunca vi.

Ele perguntava e pedia a minha opinião sobre tudo e eu, apática, simplesmente aquiescia, concordando com suas escolhas.

Algumas semanas antes do jantar de ensaio, alguns dias depois do episódio do suicídio, ele surtou e ensandecido gritou:

— É um absurdo que você, como a noiva, mostre tanta indisposição. *Dio*! Eu estou organizando tudo, levando esse casamento nas costas e você não faz nada! Estou sobrecarregado e você não se manifesta, nem sequer para escolher seu vestido de noiva!

— Escolha você, eu não me importo. Pode ser qualquer um.

— Não pode ser qualquer um. Você será a *signora* Lombardo agora.

— A senhora Lombardo é russa, esposa de seu tio.

— Em breve ela deixará de ser uma pedra no sapato, meu tio me nomeará líder da Camorra e *você* será a *signora* Lombardo. Escolha o vestido, Jezebel. Isso eu não posso fazer. Dá azar o noivo ver o vestido antes da cerimônia.

— Nosso casamento não precisa desse tipo de superstição.

— Exato — Romano concordou, e eu completei minha frase anterior.

— Já está fadado ao fracasso sem precisar de crendices.

O som do tabefe ribombou no ar e sua força me atirou à cama na qual Romano me encurralou. Furioso, usando todo o peso de seu corpo, subjugou-me e disse:

— Sua *puttana* ridícula! O que eu estou te oferecendo é muito mais do que você merece. Sabe disso, sua prostituta! Por acaso acha que Mancini te ofereceria mais? Você chega a ser hilária. Eu tentei, Deus viu como eu tentei ser bom e gentil com você, mas você só entende quando eu a maltrato, quando eu... — Ele interrompeu sua fala e suas mãos, lascivas, percorreram meu corpo até que uma delas se enfiou embaixo da minha saia.

Romano rasgou minha calcinha e meteu o dedo em minha feminilidade de forma dolorida e seca.

— Você só entende quando eu a empurro ao limite. Já se acostumou a ser tratada como vadia, não é? Não aceita gentileza? Então, vamos lá. Se é isso o que você deseja...

Ele me deu mais um tapa e começou a desafivelar o cinto da calça sem nenhum cuidado e se despiu.

— Romano... Há dias que você não... Você prometeu que só me... Prometeu que só depois que nos casarmos.

— Pelo jeito você precisa refrescar sua memória e lembrar *quem* é seu dono.

— Romano, você não tem palavra nem honra e...

— Cale-se!

— Não vou me calar! Você quer me tomar feito um bárbaro, como sempre. Prossiga. Quer acossar sua futura noiva e continuar estuprando-a como sempre fez? Ok. Isso só prova que tudo o que disse há poucos minutos sobre tentar ser melhor é uma mentira. Você nunca será melhor, porque não importa o quão atraente você seja, por dentro você é feio e fede como uma tumba. Quer enfiar seu pau dentro de mim e me rasgar como você sempre fez? Vá em frente. Mas, lembre-se de que você nunca arrancará desse corpo e desses lábios desejo verdadeiro. Sempre será mecânico como se você estivesse com uma boneca inflável ou um robô. Eu nunca te darei prazer. Nunca.

Outro tapa acertou minha cara e um soco no estômago me deixou um pouco sem fôlego.

O treinamento que fiz para entrar na equipe me ajudou a suportar cada vez mais dor.

Romano se lançou sobre mim, invadindo-me, rasgando-me com seu membro duro e incômodo. A respiração dele rareava e ele gemia em cima de mim, um som lúgubre.

Eu permanecia inerte sendo assaltada por Romano mais uma vez.

Ele se erguia e se lançava cada vez mais fundo em mim, dilacerando-me por dentro. Seria um milagre se algum dia eu voltasse a gerar algum filho, pensei com tristeza. As investidas dele eram tão duras e furiosas que sacudia nossos corpos na pesada cama de dossel, onde uma vez sonhei estar nos braços de Luigi.

A realidade era dura, Romano estava lá, dentro de mim com toda a sua brutalidade. Até que ele chegou ao seu limite alcançando seu objetivo e desabou ao lado ofegante.

Eu não conseguia racionar com clareza. A dor se espalhou por todo meu corpo. Uma rápida ideia surgiu em minha mente. E se eu o matasse naquele momento?

Meu olhar se desviou para a mesa no canto, onde estava sua pistola.

— Você não seria tão rápida... Não seja patética! — Romano balbuciou.

Em seguida subiu em mim. Seu membro novamente ereto e ele pronto para mais uma sessão de tortura, voltou a investir violentamente contra mim me exaurindo por completo. Quando terminou seu assalto, vestiu-se.

— Talvez já tenha uma semente minha plantada aí — falou, gesticulando para minha barriga.

De repente seu olhar escureceu, ele pareceu perdido. Passou as mãos no cabelo, sentou-se à beira da cama e perguntou:

— Estefania. O que aconteceu com aquele bebê?

— Não falemos sobre o passado. Se você quer um filho, é bem provável que eu tenha engravidado hoje.

Romano pareceu perturbado de alguma forma. Suas mãos alcançaram meu rosto, acariciando-me e eu me esquivei. Não sabia o que mais me incomodava: quando ele era carinhoso ou rude e violento. De repente, levantou-se, olhando-se no espelho, conferindo sua aparência, lançou mais um olhar sobre meu corpo apostado na cama e disse:

— Se ficar, assegure-me de que eu seja o primeiro a saber.

E saiu do quarto, deixando-me sozinha.

Estávamos somente eu e minhas dores.

Alguns dias depois, segui a ordem de Romano e aceitei escolher meu vestido de noiva.

Fui apresentada a vários modelos, nenhum me agradava. Estava cansada e mentalmente exaurida. Até que me lembrei do dia do casamento de Donna com Marcelo e de Luigi dançando com ela.

Eu não sabia se as outras pessoas notaram, salvo Lombardo, o olhar de cobiça. Vi a ânsia com a qual Luigi a desejava e parecia que a qualquer momento a agarraria e fugiria com ela para transar ardentemente. Lembro que olhava tudo aquilo e pensava: "Como eu gostaria que Luigi olhasse para mim dessa forma, que me desejasse com tanta paixão! Como seria se em vez do casamento de Marcelo e Donna, aquele fosse o dia do meu casamento com Luigi?"

Lembrar aquilo me ajudou na escolha do vestido e desde então criei meu sofisma de que aquele seria meu casamento com Luigi. Depois de uma busca minuciosa, achei o modelo que me agradava.

O vestido foi confeccionado bem rapidamente. As costureiras trabalharam dia e noite para que eu pudesse ter o vestido de noiva perfeito.

E lá estava eu, envolta em um branco tão níveo como nunca visto antes.

O vestido de mangas em estilo medieval, confeccionado em tafetá e renda. Nas mangas o detalhe dos bordados em fios de prata. O *corset* do vestido acinturado, salientava minha silhueta esguia. A saia do vestido se abria majestosa lisa com alguns bordados em fios de prata nas barras. Um trabalho primoroso.

Estava de fato, muito bonita, mal acreditava em meu reflexo no espelho. Como queria estar de fato me casando de verdade! Casando-me por amor.

Pensei em meus pais e me esforcei para não chorar e arruinar a maquiagem.

Por sorte, recuperei parte da minha boa aparência. Quem me visse agora, não diria que há alguns dias estava totalmente drogada e dopada.

A longa grinalda seria colocada e arrumada somente à chegada ao hangar, em Nápoles.

Uma batida à porta me fez despertar, saindo da frente do espelho.

Uma das responsáveis pelo dia da noiva avisou que a limusine que me levaria ao aeroporto em Pisa já estava me aguardando.

— Vamos, *signorina*.

— Sim, Lucia. Vamos

Deixei meu quarto na fortaleza de mármore pela última vez como Estefania Lira Rimoli Cavaglieri.

A próxima vez que retornasse ali, se um dia retornasse, seria como a *signora* Lombardo.

Eu sabia que Deus não gostava de mim. E eu também não tinha feito nenhum esforço para tal, contudo, naquele momento, fiz uma prece silenciosa pedindo que Ele me ajudasse, para que eu tivesse a força e a frieza do mármore para encarar o que viria.

Meu futuro era incerto.

Meu infortúnio 100% garantido, ainda assim rezei.

E que Deus me ajudasse!

Capítulo 19

Se um dia eu pudesse ver
Meu passado inteiro
E fizesse parar de chover
Nos primeiros erros. Ah!

Primeiros erros (Chove) - Capital Inicial

Estefania

Entrei na limusine sem sequer conversar com seu condutor. Nem pelo intercomunicador.

Como qualquer noiva, estava nervosa. Ainda que não pelos motivos de todas as noivas, porém estava com os nervos à flor da pele.

A moça contratada para me acompanhar até o aeroporto e ajudar a me acomodar no jatinho, tentou puxar assunto, mas eu não conseguia entabular um diálogo, mínimo que fosse.

Cerca de uma hora depois, chegamos ao aeroporto de Pisa e ela novamente me auxiliou a me acomodar no assento de forma que amassasse o mínimo possível o precioso vestido de noiva. E seu trabalho terminava ali. Ao chegar a Nápoles outra ajudante estaria me aguardando para me auxiliar.

Tive uma sensação estranha quando o avião começou a taxiar para levantar voo. O motorista da limusine havia aberto o vidro do carro. Eu não estava certa daquilo, a distância não podia precisar, mas ele lembrava alguém que eu conhecia.

A sensação passou e o jatinho se colocou em pleno voo.

Tanta coisa passou por minha cabeça naquele momento. Um filme resumindo todos os meus erros até aquele momento.

Como falhei com meus pais! Fui uma péssima filha. Sempre fui uma pessoa difícil, porém conhecer Romano aflorou o pior de mim. Ele e eu sempre fomos tóxicos juntos e agora estaríamos unidos até que a morte nos separe e com certeza ele garantiria que fosse a *minha* morte, não a dele. Seus planos de ambição davam a ele sofismas de um imortal.

Seguiram-se mais flashbacks da minha vida e eu me peguei recordando todo o mal que fiz a Gianluca e Kat. Eu sabia que hoje podia chamá-los de amigos, porém ainda não me perdoava pelo mal que lhes causei. Quanta coisa eu poderia ter feito diferente, quiçá, até a morte de Valentim, irmão de Gianluca, poderia ter sido evitada.

E foi por causa de tudo isso que eu conheci Luigi, Luigi único amigo que eu tive na minha fase adulta.

Minha única outra amizade foi Sheila. Precisava tentar encontrá-la. Saber como estava.

Passou-se o tempo e eu, presa em minhas conjecturas, preparando-me para o acerto de contas.

Tudo o que maquinei e prejudiquei durante esses anos, pagaria hoje meus débitos.

Depois de um tempo fiquei impaciente. Eu não tinha certeza, pois não tinha um relógio ou nada que mostrasse as horas, mas parecia que o voo levava muito mais horas do que de fato seria o percurso de Pisa até Nápoles.

O que estaria acontecendo?

Pior? Eu não queria me levantar em pleno voo para descobrir. Se levantasse sozinha sem o auxílio, corria o risco de cair e estropiar totalmente o vestido. Romano teria um treco se visse o lindo dia dele perfeitamente planejado, ser maculado por sua noiva vestida em andrajos.

Então permaneci sentada, tentando acalmar meu medo de tudo o que viria. De tudo o que viveria essa noite.

Capítulo 20

Porque me faz tremer
A vida que se vai
Você a leva contigo
Contigo
A minha vida.

La Vita Mia - Amedeo Minghi

Leonida

A igreja escolhida era a mais bela e mais requisitada em Nápoles e por tradição, local no qual todos os membros importantes dos clãs se casavam. Ostentava uma decoração digna da nobreza.

Não poupamos em nada. Um casamento, para nós da máfia era sempre a nossa oportunidade de nos exibir e exibir nosso poderio.

A igreja foi decorada com lírios brancos e rosas, muita renda e seda e tudo o que um belo casamento tem por direito. Afinal, um membro e futuro *don* da Camorra se casaria hoje.

Minha relação com meu sobrinho era melhor até do que o meu relacionamento com meus filhos.

Filhos...

Messi só pensava e respirava Química e a minha filha, há algum tempo deixou o lar...

Alexandra era uma pobre coitada, vítima de meu ressentimento com a vida, nosso casamento nunca deveria ter acontecido. Cada vez que meus olhos repousavam nela, eu constava o quanto a pobre era infeliz.

Olhei ao meu redor, satisfeito com o que via. Homens e mulheres circulavam usando os mais belos e exclusivos trajes. Tudo exalava a opulência e poder.

Além dos presentes oferecidos aos noivos, como era o nosso costume, altas somas em dinheiro eram depositadas em envelopes, um competindo com o outro tentando ser o mais *generoso*. Além de ser a celebração de uma nova união, o casamento também era a oportunidade de os Capos dos clãs deixarem as rivalidades de lado. Todos se uniam respeitosamente. Serenidade e civilidade eram palpáveis no ar.

No entanto, isso não se aplicava aos Mancini, claro. Soube o exato momento em que chegaram, pois senti o perfume de jasmim no ar.

O cheiro dela.

Mia dolce Regina.

Virei-me e deparei-me com a visão dela em longo azul-marinho em organza, elegância e beleza clássica em pessoa. Ela cintilava mais que uma estrela, mas ao lado dela lá estava ele... Marco Mancini, o homem que eu mais odiava no mundo.

Meu ressentimento contra ele tinha raízes muito profundas, coisas que o tempo nem distância podia apagar. Coisas que eu não podia entrar no mérito nesse momento.

Caminhei até eles parando diante dela. A beleza dessa mulher me emudecia. Seus olhos sempre límpidos, sua feição sempre genuína me cativavam.

— Regina...

— Olá, Leo!

Queria congelar esse momento. Ela aqui, bela, sorrindo.

Acordei do meu devaneio ao ouvir a voz de barítono de Marco.

— Olá, Leonida! Pelo visto se tornou uma tradição nos vermos em casamentos, não é?

— Sim, talvez porque seja a única chance de nos vermos frente a frente e eu não encher essa sua cara cínica de balas.

— Creio que já passou da hora de nos sentarmos para conversar civilizadamente e abandonarmos esse antagonismo — Marco disse calmamente.

Ele, sempre racional e centrado.

— Leo, parabéns pela escolha da igreja! Eu pessoalmente sempre achei belíssima a arquitetura dela — Regina comentou, sua voz sendo música para meus ouvidos.

— Era aqui que eu planejava me casar com você, se esse *moro*[7] não a tivesse roubado de mim.

— Eu não *roubei* Regina de você, Leo. Nós nos apaixonamos. Foi algo inevitável.

— Fácil para você dizer, foi você quem levou a melhor no fim das contas. Construiu uma família com ela, teve filhos enquanto eu... Enquanto eu...

— Leonida, isso não é uma competição. Não é sobre quem leva a melhor, é sobre sentimentos e neles não há como mandar.

— Sim, você tem razão. Nos sentimentos não mandamos, então você não se importará se eu, depois do casamento, claro, matá-lo.

— Leo, por Deus. Acalme-se! — intercedeu Regina. — Estamos em uma igreja e não em uma arena nem vocês não são gladiadores. Por favor, controlem-se!

---

[7] Italiano: escuro

— Regina tem razão — Marco disse. — Esse não é o momento, hoje é o dia do seu sobrinho e se eu fosse você, iria até o altar para conversar com ele. Ele está ansioso.

Olhei de Regina para Marco e fui até onde Romano estava. Ao chegar ao altar, inquieto ele me disse:

— Tio, sei que toda noiva atrasa, mas esse atraso de Estefania... não está me cheirando bem. E não vejo Mancini aqui.

— Romano, acalme-se. Pode ter acontecido algo. O voo pode ter atrasado por algum motivo.

— Ela está vindo de jato particular, não há razão para atrasos.

— Às vezes se atrasou com a roupa ou maquiagem. Não sabe como são as mulheres?

— E por falar em mulheres, cadê a prima?

— Não foi localizada. Não faço ideia de onde esteja.

— É, primo, parece que vai ser abandonado no altar. Que lástima! — falou meu filho, Messi, zombando do primo.

Furioso, Romano respondeu:

— Pelo menos eu cheguei ao altar. E você? O que faz da vida? Vive com a cara nos livros de Química. Nem deve saber como foder gostoso com uma mulher.

— Romano, por Deus, modere seu palavreado. Estamos em uma igreja! — Alexandra repreendeu Romano, que lançou em sua direção um olhar que eu não aprovei nem um pouco.

— Mãe, cadê minha irmã? Alguém conseguiu falar com La...

— Vocês podem, por favor, se calar e tentar me ajudar a averiguar o que está acontecendo? — pediu Romano, exasperado. — Já são mais de duas horas de atraso. Os convidados já estão impacientes. Isso não é normal. Algo *tem* de ter acontecido.

— Espere aqui, Romano, vou averiguar.

Mal desci do altar e um dos meus homens me chamou ao canto da igreja. Fomos até a sacristia.

— E então, Santino, diga-me.

— Desapareceu — contou o homem ofegante.

— O que desapareceu? — perguntei, intrigado.

— O jato em que a *signorina* Cavaglieri está. Desapareceu dos radares.

— Como? Isso é impossível! Não pode ser, Santino. Tem certeza de que essa moça entrou naquele jatinho?

— Tenho, *don*. Nossos homens a escoltaram da fortaleza até o aeroporto em Pisa e a viram embarcar no jatinho. Já verifiquei e a limusine foi a contratada por nós, assim como o jatinho em Pisa, cada detalhe confere. O avião desapareceu em voo. Não temos maiores informações. Já contactamos o aeroporto *Capodichino*, o aeroclube, o campo de Marte e nada. Também já entramos em contato com o pessoal do ENAC[8] a EASA[9] e eles também não sabem informar o que houve.

---

[8] Ente Nazionale per l'Aviazione Civile - Autoridade civil de aviação italiana.

— *Dio*! Teremos de adiar o casamento. Já estamos indo para quase três horas de atraso. Santino, traga-me Romano.

Alguns minutos depois, Romano entrou furioso na sacristia.

— Foi ele. Eu tenho certeza. Foi o maldito Mancini!

— Romano, acalme-se. Não sabemos de nada. O avião sumiu do radar. Quanto a Luigi, você está errado. Ele foi visto com uma moça, em Moscou.

— Pode ter planejado com os irmãos.

— Marcelo está com Donna em Portugal e nem sequer sabe o que está passando. Bruno ainda está no Brasil.

— Eles mexeram os pauzinhos de fora. Alguém está agindo por eles. Alguém que não conhecemos.

— Romano, chega de levantar hipóteses infundadas! O avião desapareceu, você tem noção do que isso significa? Pode ter explodido no ar ou caído, não sabemos. Os órgãos aéreos italianos e até a EASA já foram notificados e não temos notícias. Teremos de suspender a cerimônia.

— Inferno! — Romano, em um acesso de fúria, derrubou todos os objetos da mesa, quebrou a imagem da Madonna di Cassia e saiu transtornado como se fugisse de mil demônios.

Pedi a Santino que trouxesse o padre e expliquei o que estava acontecendo, informando-o de que a cerimônia seria cancelada.

Olhei para o ícone da Virgem segurando o menino Jesus tentando entender o que se passava ali. A imagem da Virgem fez com que me lembrasse de Regina, aguçando mais ainda minha suspeita. Não quis dizer a Romano, no entanto, tinha minhas suposições.

Saí da sacristia no exato momento em que Marco e Regina se levantavam no banco, prontos para deixarem a igreja. A linguagem corporal deles confirmava o que eu já desconfiava. Corri atrás do casal, interpelando-o.

— O filho de vocês está metido nisso, não está? *Caspita*! Regina, eu lhe prometi uma trégua, contudo se ficar confirmado que Luigi tem algo a ver com isso, não terei como deter a fúria de Romano.

Regina fitou Marco e algum tipo de acordo mútuo selou-se no olhar. Marco então disse:

— Estaremos prontos.

Marco sustentou meu olhar. Anos de ressentimento pairavam no ar naquele momento. Aquele homem que outrora foi um amigo, destruiu minha vida e agora estava aqui, de mãos dadas com a mulher que eu amo, usurpando um lugar que me pertencia. Sentia que realmente havia chegado a hora do nosso ajuste de contas. Marco me encarou com ainda mais veemência.

---

[9] European Union Safety Agency - Agência de Segurança de Aviação da União Europeia.

— *Regina, fiore mia*[10], vá à frente. Eu a alcanço em alguns minutos — pediu ele e assim Regina assentiu. Tão logo ela desceu a escada, Marco prosseguiu: — Não aqui e agora. Em outro lugar e no momento certo. Temos muito que conversar e acertar.

— Marco, você vai me pagar, *Maledetto*. Minha vingança será implacável, eu juro!

— Leonida. Já disse não aqui e não agora. Essa é a casa de Deus, respeitemos! Aguardemos o desenrolar do que ocorreu hoje e, no momento certo, teremos nossa conversa.

Dito isso, saiu, descendo as escadas e alcançou Regina na calçada. O motorista deles já havia manobrado o carro no qual eles entraram e calmamente partiram.

— Que o diabo me carregue! — bradei, exorcizando minha cólera, o eco na igreja vazia retornando ao meu ouvido.

Em um canto, Alexandra, minha esposa, assistia a tudo calada.

Ela sempre aguentou tudo em silêncio.

Uma coitada.

Perguntava-me até quando suportaria aquela vida de negligência e desprezo da minha parte.

Até quando?

---

[10] Italiano: minha flor

Capítulo 21

Estou lançando a cautela pelo ar
E aí como será?
Essa noite os ventos da mudança sopram selvagens e livres
Se eu não partir dessa cidade
Eu simplesmente poderia incendiá-la

Caution - The Killers

Estefania

Acabei adormecendo por alguns minutos, acordando apenas quando o avião taxiava na pista.

O jato parou, a porta abriu e uma jovem me auxiliou a descer cuidadosamente. Outra limusine já estava à minha espera e fui conduzida até o veículo. Entrei e logo reparei que essa era diferente da que me conduziu até Pisa, não tinha os vidros escuros.

O carro se colocou em movimento e eu segui observando tudo ao meu redor e percebi que algo não estava batendo.

Constatei assim que desci do jato que não estava na Itália. Afinal, onde eu estava? Onde seria o casamento?

A ansiedade e o medo que tinham me abandonado durante o sono, voltaram e eu me esforçava para me manter tranquila.

O automóvel percorria uma via muito ladeada de palmeiras. A paisagem fez com que me lembrasse da Flórida ou da Califórnia, mas não. Já estive nos dois lugares várias vezes e tinha certeza de que não era nenhum dos dois.

Além de tudo, dava para perceber mais natureza, o clima mais quente, hotéis de luxo e resorts.

O percurso levou em torno de trinta minutos. O carro estacionou e a jovem pediu que eu a aguardasse dentro do veículo para ver se tudo estava pronto. Eu assenti.

Depois de alguns minutos, a moça veio até mim e me ajudou a saltar, alinhando meu vestido. A jovem trouxe uma maleta retocando algo em minha maquiagem e naquele momento eu me lembrei da grinalda.

— Ouça, onde está minha grinalda?

— Sem grinalda — respondeu a moça e prosseguiu: — Pedido do noivo.

Romano e seus caprichos! Ele me fez gastar em um vestido exorbitante que eu nem sequer queria e agora não desejava que eu usasse a grinalda. Ótimo!

Analisei o local com minúcia e com curiosidade percebi que não estávamos na frente de uma igreja, sim, de um hotel. Um luxuoso e opulento hotel.

— Senhorita, siga o violinista. Eu estarei logo atrás, auxiliando-a com o vestido.

— Está certo — respondi e respirei fundo. — Estefania, chegou a hora.

Caminhei cruzando o hall de entrada no hotel fazendo com que várias cabeças virassem em minha direção.

Uma jovem baixinha se aproximou e me entregou um buquê de rosas, que eu segurei e segui caminhando logo atrás do violonista.

Reconheci a música *Born to Die* no violino e me emocionei muito. Fui tomada de um misto de melancolia e tristeza, porém não poderia retroceder.

A porta foi aberta e o violinista seguiu adentrando o salão vazio.

Vazio? Estranho.

Com exceção do juiz de paz e o padre, não havia mais ninguém.

Onde estavam todos os convidados? Onde estava Lombardo? E onde estava o noivo?

Luigi

Eu não me lembro de vê-la assim tão deslumbrante antes.

Ah, Dio!

Fanny vestida de noiva. O vestido branco era tão resplandecente que fazia sua pele brilhar. O modelo era arrojado e ao mesmo tempo tradicional. Lá estava Estefania, a mulher da minha vida, vestida em renda, tafetá e bordado, flutuando para seu destino, meus braços.

Eu a observava de uma sala anexa ao salão principal e quando o violonista parou de tocar ela estava de frente ao juiz e ao padre, com a expressão confusa.

Escolhi aquele momento para me revelar.

O rosto dela se transformou da triste consternação a uma felicidade indizível.

— *Dio*... Luigi!

Caminhei até ela, seguro de mim, seguro da minha decisão, dos meus passos e das consequências daquele ato. Eu jamais permitiria que ela se casasse com Romano.

Sei que tudo se tornaria muito perigoso agora, provavelmente seria o início de uma guerra, porém joguei a cautela para o alto. Amava Estefania e, assim como meu pai defendeu e lutou pelo amor de minha mãe, eu também o faria. Lutarei pelo amor de Fanny com todas as minhas forças.

Parei a sua frente, segurei sua mão entre as minhas e rocei meus lábios com devoção. Depois me demorei alguns segundos olhando para ela e disse:

— Sem véus, sem meias verdades ou segredos. Eu te amo! Essa é minha verdade inteira e quem eu sou. Sou todo seu.

Estefania sorriu e uma lágrima rolou pelo seu rosto a qual amparei e colhi com minha mão. Em seguida, viramos de frente para o juiz e o padre e foi iniciada nossa união.

Estefania sorria de orelha a orelha, feliz, e foi assim que permanecemos por toda a cerimônia. Assim assinamos nossos nomes, dissemos nossos votos e fizemos a troca das alianças. Eu não cabia em mim de felicidade quando foi proferido o "Eu os declaro marido e mulher".

E foi naquele momento que nossos lábios se encontraram em um beijo tão intenso que reverberou em cada célula do meu corpo, coração e mente. Era muita fome, desejo e um amor irrefreável dentro de mim. Nossos lábios se buscavam com avidez, com ímpeto. Quanto tempo sem sentir o sabor daquela boca. Na verdade, era como se somente hoje, pela primeira vez eu de fato a estivesse beijando. E em breve ela conheceria outro lado meu, que desejo de todo o coração que ela compreenda. Iria me despir do meu segredo mais obscuro e estaria exposto como nunca estive e que Deus me ajude por isso.

Nossos lábios se desgrudaram, ambos estávamos ofegantes.

— Luigi! *Dio*! Como você conseguiu? Como você fez tudo isso? Onde estamos? Sei que não estamos na Itália.

— *Amore, amore* espera. Prometo que logo, logo explicarei tudo, mas agora preciso que você venha comigo. Tenho muito que dizer e me desculpar. Receio que esse seja um longo dia. Está pronta para conhecer um lado de Luigi Mancini que você nunca viu?

— *Amore*, mal posso esperar.

Estefania

Eu ainda tentava processar como meu destino se transformou de uma hora para outra.

Há algumas horas estava apática e infeliz, diante da iminência de um casamento sem amor, que optei apenas para proteger aquele a quem verdadeiramente amo e sua família. Mas, não contava com o amor e a obstinação de Luigi Mancini e agora estava aqui, casada com ele.

Não mais Estefania Lira Rimoli Cavaglieri, nem Estefania Lombardo, agora era Estefania Lira Rimoli Cavaglieri Mancini.

Luigi contou que estávamos na Riviera Maya, um trecho litorâneo do Caribe no nordeste da Península de Iucatã, no México, e que ele estava nos levando para onde ficaríamos hospedados.

Enquanto dirigia contou com detalhes como organizou tudo com a ajuda da equipe. Ele esteve com Sarah e Ilya em Moscou e de lá fizeram todos os arranjos para que nada desse errado. Infiltraram-se entre os homens de Lombardo e descobriram cada detalhe sobre o casamento, as empresas que prestariam serviço durante o cerimonial, limusine e aéreo e assim, traçaram o plano.

Sarah e Ilya também conseguiram com a ajuda de Derek fazer com que o jatinho não constasse em qualquer radar para que não fôssemos rastreados e com a ajuda de alguns euros nem a ENAC, EASA ou outros órgãos aéreos nos notariam. A única forma de nos rastrear era o chip subcutâneo que Sam havia implantado em cada membro da equipe.

Depois de alguns minutos dirigindo, chegamos ao resort, que ficava em uma das partes mais idílicas e isoladas da península.

Claro, a hospedagem não estava em nosso nome verdadeiro. A equipe fez tudo de forma que não nos rastreassem e até nossas contas e cartões de créditos seriam os que usávamos nas missões, sem nenhum vínculo com nossas verdadeiras identidades.

Depois de feito o *check-in*, caminhamos para a nossa acomodação. A escuridão já começava a engolir o azul e flamingo que coloria o céu, transformando em uma escura noite de primavera.

De repente, paramos em frente de um belíssimo bangalô. Luigi entrou na frente, acendeu a luz e abriu as imensas portas deixando todo o frescor do ar noturno invadir o cômodo. Em seguida, entrei, ficando embevecida com o que vi.

O pé-direito alto em toras de madeira de eucalipto estruturava o teto todo recoberto por piaçava do amplo quarto. Percorri o ambiente, sensibilizada e tocada por cada detalhe. A acomodação ideal para um casal em lua-de-mel.

Dispunha de um divã cor areia, uma enorme poltrona em vime, um prático guarda-roupa e uma cômoda verde mar.

Cruzei o quarto até o banheiro, também grande e devidamente equipado. Toalhas brancas e robes preparados para receber os recém-casados e ofurô completavam o ambiente.

Voltando para o quarto, só então notei a enorme e rústica cama de casal de dossel, que empregava ainda maior romantismo ao quarto. As cortinas, os lençóis de cama todos de um branco imaculado e eu ali, contemplando tudo. Sentia-me como se estivesse em um sonho. Eu não merecia nada daquilo, Deus sabia, porém parecia que mesmo eu não sendo próxima Dele, Ele, resolveu me dar uma nova chance na vida.

— Fanny, você não faz ideia de como está linda nesse vestido. Eu mal posso acreditar que somos casados, *rosa mia.*

— Nem eu, Luigi. Ainda estou tentando me convencer de que isso tudo é real, pois a verdade é que... o que você está me oferecendo é muito mais do que eu mereço. Não me sinto digna de carregar seu nome.

— Você não apenas é digna de carregar meu nome, como carrega meu coração entre suas mãos.

— Eu tenho tanto medo. Tenho medo do que Romano e Lombardo possam fazer com você, com sua família. E tudo por minha causa, tudo porque me apaixonei por você.

— Não, Fanny. Tudo porque *eu* me apaixonei por você. E assim como meu pai fez o que esteve ao seu alcance para conquistar minha mãe, eu faço e farei por você, *rosa mia.*

Nesse instante, Luigi cruzou o quarto e se colocou a minha frente. Sua mão segurou a minha e com gestos em círculos, acariciou minha palma. Aquele contato me acalmava, relaxava-me. Fechei meus olhos e saboreei a sensação. Luigi se aproximou mais, seus lábios a pouca distância de mim, murmuraram:

— Além disso, você agora se tornou uma Mancini. Estamos nisso juntos, *amore.*

Aquela voz tão íntima, nossos corpos tão próximos, fazia meu coração acelerar e uma sensação luxuriante me invadir. De súbito, Luigi se afastou dizendo:

— *Amore mio*, antes que haja qualquer intimidade entre nós, preciso lhe contar coisas... Coisas sobre mim, sobre meu passado. Talvez você se assuste e até se enoje com alguns detalhes, mas como eu te disse no hotel, sem mais véus, meias verdades ou segredos. Não quero levá-la para uma cama cheia de mentiras.

— Luigi, eu o conheço. Nada que me disser me assustará ou fará com que meu sentimento por você diminua.

— Talvez, mas de qualquer jeito eu preciso... Preciso te dizer toda a verdade. Só dessa forma nosso casamento será sólido e verdadeiro. Por outro lado, gostaria de pedir que compartilhasse comigo também cada detalhe do seu passado. Dessa forma, o que dissermos essa noite será sepultado, nosso passado esquecido e poderemos olhar para o futuro. Temos um trato? — perguntou, carinhoso.

— Sim, temos um trato. Quem começa?

— Em outra ocasião eu diria que primeiro as damas, contudo, permita-me começar.

— Ok — concordei e sorri para transmitir coragem e confiança.

— Bem, há alguns anos eu descobri meu problema. Alguns zombam da condição, considerando uma bênção. Bem, eu considero quase uma maldição e luto por me manter no controle. Essa condição já me colocou em problemas e inclusive uma situação muito desconfortável, para dizer o mínimo, com Marcelo.

— Tem a ver com Donna? — indaguei.

— Não, tem a ver com a falecida esposa dele.

— Com Norma?

— Sim.

— O que houve?

— Norma e eu transamos.

Capítulo 22

Não pretendo mudar o mundo
Desde que você seja minha garota
É mais do que suficiente
Ser o homem que você ama.

The Man You Love - IL Divo

Luigi

— Como assim?! Você transou com a mulher do seu irmão? Você traiu Marcelo? — Estefania perguntou, indignada, seu tom de voz subindo uma oitava.

Ela deu um passo atrás, tomando distância.

— Estefania, por favor, ouça-me com atenção — pedi. — Nem tudo é como parece.

Minha esposa seguia me encarando, confusa. Sentou-se no divã com uma expressão perdida. Ajoelhei-me diante dela e comecei a minha história.

— Nós nos conhecemos em uma boate, Norma e eu. Eu havia acabado de sair da casa de Donna, que seguia inconsolável por descobrir que Marcelo estava namorando. Eu estava apaixonado por ela e partia meu coração vê-la aflita sem poder fazer nada para amenizar sua dor. Quando saí da casa de Donna, deveria ter ido direto a mansão Mancini. Não fui. Em vez disso, entrei no carro e segui para a boate mais badalada de Nápoles daquela época. Cheguei lá me sentindo meio deslocado. Estava perdido entre a neblina da pista e os corpos dançantes. De repente, bateu um arrependimento, afinal, eu nem devia estar ali. Justo no momento que me preparava para sair, eu a vi.

Parei por um instante, revendo minhas lembranças.

— Ela era alta, alguns centímetros a mais que você, longo cabelo escuro ondulado, pele bronzeada e olhos felinos. Era a tentação em pessoa. Eu ainda não tinha percebido que eu era... diferente... Talvez aquele encontro tenha sido o estopim para eu entender coisas que aconteciam comigo, mas que eu não sabia o que era. Norma cruzou a pista me convidando para dançar. Foi tudo muito rápido, parecia que eu era combustível e ela o fósforo. Quando nossas peles entraram em contato, pegamos fogo. Ela era uma predadora sabia como, onde e o que fazer para deixar um homem louco de tesão. Fomos parar em um quartinho escuro onde ela me ofereceu droga e eu aceitei, provando pó pela primeira vez.

Tomei fôlego, mas não tinha como parar.

— *Papà* Mancini detestava drogas e o que elas fazem com os jovens, sempre nos advertiu a respeito, porém naquela noite eu esqueci todos os seus conselhos e me afundei. Provei da droga, transei com a garota. E foi aquilo. Logo em seguida me senti estranho, vazio. Não soube explicar se o sentimento era efeito da droga ou arrependimento. Parti acreditando que nunca mais voltaria a vê-la. Contudo, mesmo que eu quisesse, minha vida jamais voltaria a ser a mesma. Norma despertou em mim um... vício.

— Drogas? Luigi você é viciado? — Estefania indagou, incrédula.

— Não, não esse tipo de vício. Eu sempre notei que meu comportamento... sexualmente falando, é diferente e depois do meu encontro com Norma aquilo ficou mais latente. Desenvolvi um apetite sexual intenso. Por alguns dias sumi, isolei-me tentando entender o que estava acontecendo.

Levantei-me, afastando-me de Estefania e me pus a caminhar pelo quarto, ansioso, corri os dedos pelo cabelo e prossegui:

— Tentava entender por que cada mulher que passava, despertava meu desejo. Se elas estivessem dispostas, eu imediatamente trepava com elas não importando o lugar, a situação. Transava sem parar. Meu corpo podia não aguentar mais, eu me empurrava testando meus limites, no entanto não sentia satisfação alguma, então seguia buscando e buscando. Durante dias permaneci nesse círculo vicioso. Participei de ménages, visitei as mais diversas casas noturnas e prostibulos de Nápoles, rendendo-me às mais diversas lassidões.

Parei em frente a Estefania procurando seu olhar. Ela seguia me encarando, atenta.

— Transei com várias mulheres, de várias etnias, em diversas posições, e nada me satisfazia. Masturbava-me em quase todo meu tempo livre e passei a me sentir uma ameaça social, pois salvo algumas exceções, como minha mãe e Donna, todas as mulheres que eu enxergava, eu me sentia tentado a seduzir, levar para cama, colocar meus jogos em prática em busca de uma satisfação inexistente. Ultrapassei todos os limites e ainda assim não me sentia pleno. Mal acabava de transar e já tinha uma ereção. Muitas mulheres desistiam, não queriam estender a noite, quando percebiam que estavam com um cara totalmente descontrolado. E eu me sentia péssimo!

Nem conseguia acreditar que estava contando essas coisas, mas tinha de dizer tudo.

— Dias depois, voltei à mansão Mancini, foi justamente no dia que Marcelo trouxe a namorada para apresentar a nossos pais. Eles se conheceram na faculdade e Marcelo era completamente fissurado nela. Vivia falando de como Norma era bonita, inteligente e charmosa. Quando a vi ao lado do Marcelo não pude crer na jogada do destino. Quis sumir naquele exato momento, não conseguia encarar aquela pérfida, que exibia a expressão de uma namorada recatada e puritana. Sua roupa, em nada lembrava o traje diminuto que eu a vi usando na boate. No primeiro momento que Marcelo nos deixou a sós, ela me abordou.

— Então, você se chama Luigi. Naquela noite não tivemos a chance de nos apresentar, não é mesmo? Foi tudo tão fugaz...

— Você traiu meu irmão. Já era namorada dele e mesmo assim transou comigo. Como pôde?

— Você também o traiu.

— Eu não sabia que a mulher com quem eu trepei alguns minutos em uma noite se tratava da namorada do meu irmão.

— Podemos contar para ele agora e ver o que ele acha. Talvez até role um ménage.

— Você é doente, sabia?

— Não, doente é você e nem sequer se deu conta ainda... Bem, já que você não vai contar a verdade e não vai me dar o que eu quero, seguirei com seu irmãozinho. E me tornarei a signora Mancini.

— Marcelo nunca fará de você a esposa dele.

— E você acha que ele escolherá quem? A tal Donna? Você é apaixonado por ela, mas ela é apaixonada por Marcelo, e agora?

— Você a conhece? Conhece Donna? Como você sabe de tudo isso?

— Eu apenas sei. Sei também que você nada mais é do que um invejoso, que sempre está à sombra de Marcelo, esperando um pouco das migalhas que cair da mesa. Comigo você poderia se sentar e ser parte do banquete, no entanto você é puritano demais para tal.

— Já chega! Afaste-se de mim. Exijo que não me dirija mais a palavra, você é a pior vadia que eu já conheci e eu amaldiçoou o dia em que trepei com você.

— Eu não, foi uma das melhores transas que já tive e não me arrependo, a única coisa da qual me arrependo é de não tê-lo conhecido antes do Marcelo. Você seria meu.

— Seria um pesadelo e quero que você olhe bem para mim, olhe bem nos meus olhos. Não importa o quão fodido ou errado eu seja, nesse corpo você não encosta mais. Poderá ter todos os outros que você quiser, porém meu corpo jamais estará disponível para o seu prazer novamente.

Respirei fundo, calando-me. O peso, aos poucos deixando meus ombros. Estefania se levantou do divã foi até a porta inspirando ar noturno e perguntou:

— O que aconteceu depois disso?

— Meses depois, Norma e Marcelo se casaram, e todas as vezes que meu irmão viajava, ela me buscava. Eu sempre a rejeitei, nunca voltamos a transar. Um dia ela me procurou, estava estranha, sem o ar autossuficiente de sempre. Confessou que me amava, que estava apaixonada por mim e que pediria o divórcio para Marcelo. Eu a aconselhei a não fazer aquilo pensando em ter algo comigo, deixei bem claro que não a desejava, que tampouco a amava e que não entendia o fazia fazendo com Marcelo. Pedi que ela se esquecesse de mim como homem e não me procurasse. Norma se ajoelhou, jurou que faria de tudo para se redimir, chorou, contudo, suas lágrimas e sua mudança de comportamento não surtiram efeito nenhum em mim. O que Norma e eu tivemos foi uma transa inconsequente de uma noite e nada mais. Ela não era a mulher da minha vida.

— Donna era a mulher da sua vida — Estefania disparou.

— Era o que eu pensava, foi uma ilusão que nutri durante anos e talvez até tenha me ajudado a não me afundar no mar de perversões para o qual eu me dirigia.

— E como você tem lidado com essa...

— Satiríase é o nome. É um distúrbio psicológico que acomete homens, sua versão feminina é a ninfomania. Identificar o que causa ou o desenvolve a satiríase não é uma tarefa fácil. Os especialistas na área consideram fatores como estresse um elemento desencadeador, mas não o único.

— Agora tudo faz sentido — Estefania disse, em seu rosto a surpresa da revelação.

Seu olhar buscou o meu, varrendo-me. E em seguida ela prosseguiu:

— Você estava bem e de repente, surgia algum imprevisto ou problema, você sumia... Sumia do nada, isolava-se e depois aparecia normalmente, como se nada tivesse acontecido. Foi por isso que você fugiu em Carrara depois da leitura do testamento. Por isso se mantinha distante de mim. Por isso não quis transar comigo. Não era porque não se sentia atraído por mim, era...

— Era porque minha atração por você é tão forte que a opção era fugir ou encará-la, mas não queria arrastá-la para isso... Quando percebi que o que sentia por você era mais do que atração, entrei em estado de negação. Não queria trazê-la para o meu mundo, para a vergonha que sinto disso. Há anos, sigo em tratamento. Sam conseguiu uma excelente sexóloga e terapeuta, porém a satiríase não tem cura, é algo com que eu tenho de lidar sempre e para isso, além fazer acompanhamento psicológico, tomo alguns sedativos e tranquilizantes que auxiliam na liberação do estresse. Tirar meu brevê, voar, também me ajudou a controlar meus impulsos e não me autodestruir. Quando comprei a primeira boate e passei a me ocupar com os negócios, isso também me permitiu manter minha mente ativa e auxiliando a me manter no controle.

— Nunca tinha ouvido falar dessa doença — Estefania falou, voltando a se sentar no divã.

Aproximei-me novamente, sentando-me a seu lado.

— A doença também é conhecida como *Donjuanismo* e inclusive figuras como os atores Michael Douglas, Robert Downey Jr. e o tenista Tiger Woods são portadores assumidos desse transtorno. Ninguém, além do Bruno, sabe sobre esse meu problema. Compartilhar isso não é nada fácil, é vexatório no geral, as pessoas, os homens não levam a sério, creem ser maravilhoso ter várias ereções e apetite sexual insano, porém parece uma maldição, não há sentimento, apenas culpa e vergonha. Não há prazer ou satisfação completa só... uma sensação de vazio, como se a pessoa fosse incapaz de amar. Contudo, quando você me mandou partir de Carrara, a cada dia sentia mais sua ausência.

Toquei seu rosto, fitando-a e me permitindo mergulhar nos olhos azuis cintilantes. Ela estava deslumbrante vestida de branco. A emoção daquele momento enchia meu coração de felicidade. Uma felicidade que almejei sem sequer saber se era merecedor.

— Sentia falta da sua voz — continuei —, do seu sorriso, do seu jeito impulsivo, das suas manias de tudo. Senti falta de você, Fanny, e percebi que não sou tão quebrado assim. Percebi que te amo e que o amor que sinto me dá força redobrada para lutar contra os meus monstros e ser digno de você, *mia rosa selvatica*. Fanny, eu não sei como será nosso casamento, não prevejo o nosso futuro, mas desde que você esteja ao meu lado eu serei um homem melhor, o homem que te ama.

Não me contive e as lágrimas vieram, banhando meu rosto.

Estefania me abraçou e me beijou. A sensação era de que nos beijávamos pela primeira vez. Os lábios, as bocas, moviam-se lentamente, degustando o sabor e a textura. Estefania insuflou para dentro de mim o sopro de vida, reviveu-me naquele beijo. Um beijo puro, repleto não apenas de desejo, mas de um sentimento profundo que corria pelas minhas veias e assaltava meu corpo de paixão. Nossos lábios se afastaram e nos encaramos. Em seu olhar eu via o brilho vívido da confiança e da fé em mim.

Eu havia me revelado a Estefania, mostrando minhas fraquezas, como era e ela estava aqui, ofertando-me não apenas o consolo, mas a aceitação de quem eu de fato era.

Falho. Cheios de defeitos. Mas, ainda assim o homem que a amava.

Bastava saber se ela igualmente me amava.

Capítulo 23

Quando tudo fica difícil
E minhas forças não são o bastante
Eu te vejo surgindo como nunca
Essa batalha pelo meu coração
Você encarou desde o início
Você é a paz quando minha mente está em guerra.

Fighting for me - Riley Clemmons

Estefania

Luigi havia se revelado a mim com todas as suas falhas e imperfeições, surpreendendo-me ao revelar sua compulsão.

Eu nunca havia ouvido falar sobre Satiríase. Ninfomania, sim. No entanto, uma coisa era você ouvir falar sobre, outra bem diferente era viver com o peso disso todos os dias. E era justamente isso que Luigi fazia bravamente.

Eu nunca desconfiaria de algo assim se ele mesmo não houvesse revelado. A força de caráter desse homem e a intenção dele de me proteger de tudo e todos, inclusive de si mesmo, era heroica. Mas do amor ninguém, nem o mais forte guerreiro e nem a mais arredia mulher, podia fugir.

Agora chegou a vez de eu me revelar a Luigi, revelar todo meu passado de vergonha.

Ao contrário dele, eu não tinha nada de altruísta em minha história, nenhum ato de heroísmo nem compaixão. Fui egoísta, egocêntrica e má. Testei meus limites, joguei-me de cabeça no mundo das drogas em busca das mais loucas sensações e quase não conseguia sair de lá.

Agora estava ali, nos braços do homem que amava, seus olhos fitando os meus intensamente. Estava diante do momento mais difícil da minha vida.

Revelar toda a verdade a Luigi poderia me custar nosso casamento que mal começou, porém ele havia sido totalmente sincero comigo, o mínimo que merecia era a verdade.

Então, relutante, afastei-me dele sem perder seu olhar, respirei fundo e disse:

— Luigi, ouça... O que eu te disser agora pode mudar totalmente sua percepção a meu respeito e eu vou entender se depois de tudo, você quiser anular nosso casamento...

— Fanny, eu nunca faria isso. Não importa o que você disser, não me importa o que você fez no seu passado, eu a aceito pelo que você é hoje.

— Apenas me prometa que eu nunca perderei sua amizade. Sua amizade e seu apoio foi o que mudou minha vida. Lembro-me de um livro que Kat me emprestou no hospital, depois do incidente com Valentim. É de um autor e poeta brasileiro, Carpinejar. Nesse livro ele dizia: "Amigo não dá nem para contar nos dedos, pois sempre estará segurando a nossa mão". Luigi, as coisas que eu vou te contar são sórdidas, confesso, porém te peço, encarecidamente, que você não solte a minha, por favor! Você a tem segurado há tanto tempo... Você pode desistir de me amar, só não desista de mim e de nossa amizade, nunca.

— Fanny, venha cá.

Luigi se sentou na cama, apontou o espaço a seu lado. Assenti e com passos hesitantes fui em sua direção, com cuidado me sentei. Seus dedos roçaram meu rosto até alcançar meu queixo, levantando-o sutilmente, colocando-me à altura do seu olhar doce, causando-me formigamentos e um calor delicioso se espalhou pelo meu corpo.

Luigi sorriu e disse:

— Acalme-se, *amore mio*, não estou aqui para julgá-la, estou aqui para amá-la e o farei com tudo o que tenho e tudo o que sou. Apenas desabafe, abra-se comigo.

Quando percebi, meu rosto já estava banhado em lágrimas rebeldes e incontroláveis. Por um instante, Luigi se levantou e foi até o frigobar, pegando uma garrafa de água, serviu um copo e me entregou, voltando a se sentar a meu lado. Sorvi alguns goles da água, ganhando tempo e coragem. Após esvaziar completamente o copo, percebi que não adiantava procrastinar mais, era o momento da verdade. Respirei fundo e falei:

— Sabe, Luigi, eu sempre fui um poço de egoísmo e maldade durante boa parte da minha vida. Lembro-me com clareza do quanto maltratei meu primo, Ignazio. Ele sempre foi glutão e eu sempre o ataquei por isso, era extremamente... gordofóbica, hoje em dia é esse termo que se usa, contudo, eu sempre o diminui por conta do seu peso e ele, entre meus primos, era o único que acima de todas as minhas maldades aceitava brincar comigo. Já adulta, o único que se preocupava quando eu me metia em encrenca. Ele foi o primeiro a me alertar a respeito de Romano...

Respirei fundo mais uma vez e prossegui:

— Conheci Romano no meu primeiro semestre da faculdade, lá também conheci seu primo, Messi. Ambos muito bonitos, porém Messi era um tanto quanto reprimido, sempre estava muito focado nos estudos. Quanto a Romano... Romano ele era muito atraente, alto astral, sempre lindo, exibindo um sorriso no rosto que, infelizmente, apenas anos depois eu fui capaz de decifrar.

Parei para organizar meus pensamentos e retomei:

— Enfim, em uma festa da fraternidade, conversamos pela primeira vez e assim desenvolvemos uma amizade bacana. Passamos a ir a algumas festas e sermos vistos juntos pela galera. Ele parecia legal, eu tinha a atenção de todos voltada para mim e principalmente o olhar de Romano. A primeira vez que ele me beijou eu sabia que ele seria o homem que colocaria minha vida de pernas para o ar. Eu soube que ele era problema e dos grandes, mas já estava envolvida e não conseguia me afastar. Um dia, após voltarmos de uma festa, ele me levou até o apartamento dele em Roma. Chegando lá bebemos um pouco e ele começou a usar drogas, ali, na minha frente. Perguntou se eu queria. Eu já havia provado com algumas colegas e em algumas festas que fui com ele, porém naquela noite não estava a fim.

Eu ainda me lembro dele dizer:

— Estefania, não seja careta! Prova um pouco. Essa é das boas, se não quiser, se preferir tenho balinhas também...

— As balinhas eram meu ponto fraco e cedi — revelei. — Lembro-me como se fosse hoje da mistura de inconsciência e sexo bruto. Romano não era nada daquilo que eu pensava. Ele era lindo, contudo, sua maldade era extrema... Foi difícil, porque eu estava semiconsciente, mas não conseguia pará-lo. Lembro que dizia *não* e ele ria com crueldade. Ele rasgou o vestido que eu usava, reduzindo-o a trapos e me tomou com força, sucessivamente. Eu me sentia uma boneca de pano, maleável, fraca. Acho que minha mente apagou ou foi meu corpo que não resistiu às duras investidas dele e eu desmaiei.

Parei mais uma vez tomando fôlego. Aquelas lembranças me enchiam de vergonha e horror. Respirei fundo.

— Quando acordei no dia seguinte, sentia meu corpo dolorido e havia hematomas por toda a minha pele. Caminhar era um trabalho hercúleo. As machas de sangue no lençol só me apontavam o tamanho da barbárie que se passara naquele quarto. Diante do que vi e vivi, estava disposta a deixá-lo, comecei a arrumar meu vestido do jeito que podia para ir embora. Romano voltou ao quarto parecendo um deus. Banho tomado, cabelo molhado e um sorrido de satisfação intenso. Disse que eu foi incrível, que ele estava muito feliz com o passo que havíamos dado em nosso relacionamento, que eu fui adorável e que ele amou cada segundo da nossa noite juntos.

Ri escarninho, com raiva.

— Eu não me lembrava de nada como ele pintava, o pouco que não estava envolvido em brumas ou anestesiado pelo efeito das drogas era de violência e dor, uma dor real, que jazia em meu corpo. Sem dizer nada, caminhei em direção a porta, porém Romano me interpelou. Levando-me novamente para a cama. Seu toque gentil naquela manhã era a antítese de tudo o que houve na noite anterior. Mais uma vez ele me subjugou, não com a brutalidade da noite anterior, mas com gentileza, paixão. Eu o adorava, adorava o chão que ele pisava, afinal ele era um dos jovens mais cobiçados da universidade e ser alvo da atenção dele era um privilégio. Eu achava que o problema era comigo.

Respirei mais uma vez, preparando-me para a parte mais difícil.

— Com o passar do tempo, estar drogada e transar com ele era uma rotina, às vezes ele era mais gentil, às vezes mais bruto. Tive algumas experiências mais traumáticas que a outra, uma delas foi quando ele trouxe Messi e propôs um *ménage* e eu disse *não* rotundamente, porém ele sabia exatamente como me dobrar. Romano me drogou e logo eu fiquei mais do que disposta a tudo o que ele propusesse. Os dois compartilharam meu corpo a noite inteira, Romano mais selvagem que nunca e Messi parecia que estava aprendendo muito bem com o primo. No dia seguinte, ao acordar com os dois na cama, meu estômago se revirou com asco. Eles perceberam que eu estava acordada e recomeçaram a tortura, molestando meu corpo. Eu estava consciente, o efeito da droga havia passado. Por experiência, eu sabia que se me rebelasse, seria pior, então permiti que eles me tomassem mais uma vez, da forma que quisessem.

Fiz uma pausa e a expressão de Luigi seguia impassível, não demonstrando emoção alguma, provavelmente ele já havia se arrependido de ter se casado comigo. Ainda assim, segui meu relato.

— Todas as vezes que Romano estava entediado com o sexo, ele trazia alguém diferente para nossa cama, nunca transou com outras mulheres, o prazer dele consistia em me ver subjugada, violentamente tomada por outro homem. Essa rotina de sexo ultrajante e drogas começou a cobrar seu preço. Eu me sentia apática, fraca e já não conseguia comparecer às aulas. Em um feriado, fui visitar meus pais e eles me forçaram a ficar uns dias com eles. Foi o melhor período que tive. Fiquei limpa, meu organismo se recuperou e ganhei paz de espírito. Algo que estava longe de conseguir se continuasse na companhia de Romano, mas precisei voltar para a universidade e lá estava ele. Lindo como sempre.

Como era difícil expor todas essas coisas!

— Eu era completamente viciada na beleza dele — confessei —, passei a chamá-lo de meu Marte. Assim como o deus da guerra, ele trazia toda a aventura e caos das batalhas para minha vida. Depois de dias sem nos vermos, ele reclamou por eu ter me afastado, pediu perdão pelas coisas que fez, prometeu que não voltaria a me compartilhar com ninguém. E assim o fez. No entanto, a cada dia seu apetite sexual se tornava mais voraz e violento e eu a cada dia mais drogada, viciada, rendida às drogas. Foi quando eu decidi fugir dele. Tranquei a matrícula na universidade e passei um período em Carrara com meus pais. Em um jantar, lá conheci Gianluca e fiquei encantada por ele. Gianluca tinha tudo que Romano não tinha. Era gentil e educado em cada gesto, na sua forma de falar e se sentiu atraído por mim. Começamos a sair e em pouco tempo estávamos namorando. Meu primo Ignazio ficou muito feliz a princípio e nos apoiou. O inocente não sabia a gravidade dos meus problemas...

Interrompi meu relato por um instante para tomar fôlego.

— Quando tive relações com Gianluca pela primeira vez, chorei. Foi tão diferente de Romano, o toque e a sensibilidade dele me fizeram perceber o quanto eu era maltratada e abusada. Giani e eu passamos a nos ver com mais frequência, viajamos para lugares lindos e pela primeira vez sorria e vivia feliz de verdade. Nosso relacionamento foi ficando mais sólido. Infelizmente, Romano havia me estragado para qualquer tipo de relacionamento saudável e eu passei a agir com Gianluca, de forma possessiva. Com ciúmes de tudo, todos que se aproximassem, queria dominá-lo assim como Romano fazia comigo. Passei a persegui-lo, insultar as fãs em redes sociais. Gianluca sempre levou a carreira muito a sério e não aguentou mais o modo como eu me comportava com ele e de forma muito sincera e transparente rompeu nosso compromisso. Ele nunca me iludiu, nunca me fez falsas promessas, sempre foi autêntico. Eu que estraguei tudo, como sempre. Eu não aceitava nosso término, passei a persegui-lo, *stalkeá-lo*.

Quão errada fui com ele... *Dio Santo*!

— Enfim, voltei para Roma e para minha vida viciada e lá estava Romano de braços abertos e disposto a me dar toda a droga que desejasse. Aquela volta me lançou a um poço sem fundo, eu me afundava cada vez mais. Meus pais me ligavam, desesperados, pediam para eu voltar a Carrara ou Nápoles com eles, e eu negava com veemência. Um dia, em uma balada em Roma, encontrei os meninos do *IL Ragazzi*: Piero, meu primo Ignazio e Gianluca. Nós nos divertimos bastante naquela noite. De lá Gianluca e eu fomos para seu apartamento e transamos sem compromisso. Eu estava ciente de que não havíamos reatado e aceitei de bom grado e voltei para o apartamento que dividia com Romano. Ele estava furioso porque se inteirou que eu havia passado a noite com Giani. Discutimos, eu disse que ia embora, que estava cansada de ser tratada feito lixo por ele. Eu comecei a fazer minhas malas, mas ele me impediu. Romano injetou uma droga forte em mim. E quando minha consciência voltou, eu estava na cama, nua.

— Jezebel, por que você insiste em se separar de mim? Não vê como eu sou seu e você é minha? Ninguém te entende como eu. Ninguém entende a sua necessidade de ser dominada como eu. Eu te dou tudo o que você precisa, aqui você tem sexo quente, paixão, drogas. O que mais você quer?

— Algo que está muito fora do seu alcance e que jamais você será capaz de dar a ninguém.

A cada lembrança, a cada palavra compartilhada com Luigi mais mortificada eu ficava, porém não podia voltar atrás.

— Segui mais alguns meses naquele relacionamento totalmente tóxico. Meus pais me ligavam pedindo, implorando para que eu voltasse para casa. Eles não gostavam de Romano e começaram a perceber que eu estava presa a um romance ruim. Como não fui ao encontro deles, eles vieram ao meu. Por uma rara coincidência, nesse dia eu estava em meu apartamento. Quando minha *mamma* me viu, chorou muito. Meu pai se desesperou e a comoção foi tanta que acabei passando mal e fui hospitalizada e lá recebi a notícia mais dura na minha vida: eu estava grávida.

Nesse momento, o olhar de Luigi mudou. Em seus olhos vi a miríade de perguntas que ele queria fazer, contudo como cavalheiro que era, manteve-se calado com os ouvidos atentos ao que eu diria a seguir.

— A notícia me assustou. Fiquei em pânico. Fiz as contas e aquele filho tinha uma chance de ser de Gianluca, assim como ser de Romano, pois tive relações com ambos em um curto espaço de tempo. O médico me alertou de que aquela era uma gravidez difícil, de risco. Eu pedi sigilo ao doutor e assim que voltei para casa com meus pais, pedi que eles me acompanhassem em uma viagem para fora do país. Expliquei para eles meu problema de dependência química e eles, sendo os melhores pais do mundo, me apoiaram. Estava quase de partida quando Romano, sem cerimônia, entrou em meu apartamento exigindo uma conversa particular comigo. Quando eu contei sobre a gravidez, seu olhar ficou vazio. Aqueles olhos brilhantes que eu tanto apreciava estavam desprovidos de emoção.

— Estefania, como pode ser uma puttana tão estúpida? Como pôde engravidar? Não vê que estragou tudo? Eu exijo que você aborte essa... "coisa" aí dentro.

— Romano, você não exige mais nada. Eu estou te deixando. E pode ficar tranquilo, esse bebê não é seu figlio.

— Não seja ridícula! É claro que é meu. De quem mais poderia ser?

— Esqueceu a noite que passei com Gianluca?

— Por favor, não queira me convencer do contrário. Sei que esse filho é meu.

— Não. Esse filho é meu e eu o terei e cuidarei dele. Eu o educarei para que não se torne um monstro como você. Agora, por favor, deixe-me. Eu estou saindo em viagem.

— Você não irá a lugar algum, volte aqui.

Respirei fundo, acalmando meu coração, e prossegui:

— Nesse momento Romano estava completamente fora de si. Começou a me chacoalhar igual a um louco. Meu pai apareceu, colocando-o para fora e ameaçando chamar os *carabinieri*[11]. Meus pais me acompanharam em viagem. Chegamos a Miami e encontramos uma excelente clínica. Fui internada e não contei aos meus pais sobre a gravidez. Na clínica fizeram todos os exames e a gravidez foi tratada com muito zelo à medida que eu passava pelo processo de desintoxicação. Os médicos alertaram para o risco de um aborto espontâneo, por conta da minha saúde debilitada.

Luigi se moveu ao meu lado, mas nada falou.

— O acompanhamento era feito por um obstetra maravilhoso, em boa parte da minha gestação eu me sentia bem. Os meses se seguiram

---

[11] Soldado pertencente a um braço especial das Forças Armadas, ao qual em tempos de paz são confiadas a proteção da ordem pública e funções de polícia judiciária, segurança pública e polícia militar.

tranquilos até que um dia passei muito mal. Estava no sexto mês, quando comecei a sentir as contrações. Pensei que não podia ser. Fui atendida às pressas, estava entrando em trabalho de parto prematuro, tinha apenas vinte e duas semanas. Os médicos intervieram, tentaram segurar o bebê com medicações, mas ele tinha pressa de nascer e assim foi. Com apenas 494 gramas e 25 centímetros *mio bambino*, que cabia na palma da minha mão, veio ao mundo. Frágil, foi imediatamente conduzido para a UTI neonatal passando trinta e seis horas lá, lutando arduamente, porém não resistiu. Meu pequeno guerreiro perdeu sua maior batalha.

Nesse momento não aguentei e rompi em lágrimas. Luigi me abraçou, oferecendo conforto e percebi que ele também chorava. Ambos choramos e soluçamos por alguns minutos, seus olhos cheios de compaixão, compreensão e amor. Aos poucos me acalmei e Luigi secou minhas lágrimas.

— Fanny, *amore*, não precisa prosseguir. Eu...

— Não, eu consigo, porque essa será a primeira e última vez que tocarei nesse assunto. Meu pequeno Eros foi enterrado em Miami no *Neptune Memorial Reef,* um cemitério no fundo do mar a quilômetros da costa. Antes disso coletei material para guardar para um futuro teste de DNA. Eu me recuperei bem fisicamente da perda do meu bebê, no entanto mentalmente e emocionalmente estava exaurida.

Parei mais um instante, tomando fôlego.

— Meus pais, alheios ao que havia acontecido, insistiam em me visitar. Pedi que não fossem, eu insistia que estava bem seguindo meu tratamento e que em breve sairia da clínica e os visitaria. Assim que meu tratamento havia sido concluído, voltei a Roma com um plano em mente. Consegui me aproximar de Gianluca e assim pude ter uma mecha de seu cabelo. De Romano foi um pouco mais complicado. Precisei procurá-lo. Ele não havia perdido o interesse em mim, mas estava obcecado com uma missão que seu tio o incumbira e não passávamos tempo o suficiente para que tivéssemos algo. Em minha primeira chance com ele, recolhi o material, fiz os testes e descobri a paternidade: Romano era o pai do meu bebê, do meu pequeno Eros que jazia no fundo do mar no Atlântico. Depois disso, consegui despistar a todos e desapareci. Apenas para meus pais disse meu paradeiro e eles concordaram em não dizer a ninguém. É isso. Essa é minha história. A parte sobre Valentim você já sabe.

Suspirei. Era isso. Estava nua. Totalmente despida moralmente diante de Luigi. Ele ainda chorava, comovido. Abraçou-me mais uma vez. Depois de um tempo, levantou-se e começou a caminhar pelo quarto.

— Vou matá-lo! Romano pagará por tudo o que te fez passar, Estefania, eu juro! — disse, enfurecido.

— Não, *amore,* não. Por favor, *ti prego*[12]. Isso está no passado, não quero *vendetta*.

---

[12] Italiano: eu te peço

— Impossível! É impossível o que me pede, Fanny. Terei de matá-lo. Sangrá-lo com minhas próprias mãos. Ele tem de pagar por cada vez que abusou de você. Por cada vez que te drogou que te tocou indignamente. Por toda devastação que ele trouxe para sua vida. Ele *tem* de pagar!

— Luigi, você não entende? Romano é ruim, porém eu também não fui uma santa ingênua. Busquei meu próprio infortúnio, infelizmente. Eu me fascinei pelo mundo que ele me apresentou, eu me permiti ser seduzida pelas drogas...

— Não, claro que não! Você foi uma vítima. *Dio*! Ele a drogou e a estuprou, tomou sua virgindade a força, ele te violou de tantas formas que eu queria poder matá-lo mil vezes se possível!

— Mas não vai. Luigi, *amore*, prometa que você não o buscará, que não sairá em busca de vingança!

— Fanny, não posso prometer nada agora. Estou com mil demônios em meu corpo e tudo o que tenho vontade é de estripar aquele estuprador maldito.

— Mas não vai. Por favor, por mim, não faça isso.

Luigi me abraçou, um abraço tão forte, com tanto sentimento, que nesse abraço eu senti o tamanho da fúria que ele tentava conter, o tamanho do amor que ele sentia. Nós nos encaramos fixamente. Aquele era o nosso xeque-mate, chegamos ao ponto que não havia como retroceder, trouxemos à luz todos os nossos segredos mais sombrios, nós nos desnudamos um diante do outro e nos revelamos com toda nossa complexidade.

— Fanny, diante de você e de *Dio* onipresente eu juro. Romano nunca mais fará mal a você. Eu estou aqui, você me tem agora. Sou seu amigo, seu marido e seu protetor. Eu sei que uma vez você disse que é seu próprio cavaleiro e demonstrou isso muito bem até hoje. Você enfrentou e lutou contra muitas adversidades que a vida lhe impôs, porém a partir de hoje não terá de enfrentar mais nada sozinha. Eu te amo, *ti amo, rosa mia.* Venha o que vier, enfrentaremos juntos, *vita mia.*

— Devo estar horrível, com o rosto inchado de tanto chorar.

— Para mim, você nunca esteve mais bela quanto essa noite, *cuore mio.*

— Essa supostamente deveria ser nossa noite de núpcias — disse com a voz embargada.

— Essa noite é a primeira do resto de nossas vidas. Teremos tempo para tudo. Por ora, recomendo um banho e descanso — Luigi disse, acariciando meu rosto, seu gesto fazendo todo meu corpo se aquecer.

Nós nos beijamos, nossos lábios contendo uma promessa de mais. Foi com relutância que eu interrompi nosso beijo, levantei e me dirigi ao banheiro. Por um instante, parei à soleira.

— Sabe, Luigi? Eu já não consigo me ver sem você em minha vida.

— Nem eu sem você, Estefania Mancini. Já não existo sem você.

Capítulo 24

Não quero um amor mais ou menos.
Lutei e sofri tanto que mereço
algo inteiro, intenso, indescritível.

Frida Kahlo

Estefania

Depois de um banho longo e relaxante, voltei ao quarto e Luigi não estava. Especulei onde ele teria ido. Nossa conversa foi intensa. Tive receio de que de uma forma, ainda que indireta, eu tivesse ativado algum gatilho nele.

Descobrir que Luigi tem satiríase foi algo surpreendente. Ele sempre escondeu tudo tão bem de todos. O quanto sofreu ocultando esse lado dele?

Pensei em ficar apenas de roupão, visto que eu não tinha bagagem nenhuma comigo, mas notei uma mala com meu nome. Abri e vi algumas peças de roupa que me eram familiares.

Como ele conseguiu? Luigi realmente pensou em tudo.

Vesti um conjunto de lingerie e uma bata longa e sem mais saí do quarto.

Caminhei a esmo até que o vi deitado em uma esteira de palha, na areia. Observei-o à distância. Ele estava alheio a tudo. Também não vestia mais o terno. Agora usava uma bermuda e camisa. Tão perto e tão longe. De onde eu o observava, podia notar que seu corpo estava ali, porém sua psique estava longe. *Dio* sabia onde.

Caminhei devagar, meus pés absorvendo o contato com a areia fofa, sendo acariciado por ela e sentindo a energia que emanava.

— Pensei que já estivesse dormindo, Fanny — Luigi disse, assustando-me.

— Como notou minha presença?

— Há sempre uma mudança no ar quando você chega. Eu sinto. É quase palpável.

— Vejo que você também trocou de roupa. Pensa em dormir aqui?

— É melhor assim. Pelo menos essa noite.

— Posso lhe fazer companhia?

— Na verdade, eu meio que estou fugindo de você, *amore* — confessou e em seu tom percebi a cautela.

Chegamos ao ponto que eu temia. Mesmo sendo a *signora* Mancini, mesmo tendo casado com Luigi, estávamos mais distantes do que nunca. Sabia que a bagagem que traríamos uma hora iria pesar na nossa conta.

Respirei fundo, sentei-me ao seu lado na areia.

— Sabe, Luigi, você não precisa se afastar de mim. Não precisa temer estar comigo. Eu confio em você.

— Não confio em mim. Não depois de hoje, não depois de tudo o que há entre nós. Fanny, *amore*, eu te amo com todo meu coração e desejo que nossa primeira vez juntos seja tão perfeita quanto merece... Mas não essa noite, não.

Eu entendi Luigi. Não insistiria. Havia entendido que quanto mais pressão houvesse da minha parte, pior ele se sentiria. Então resolvi dar o espaço que ele precisava.

— Bem, se precisar de qualquer coisa. Sabe onde me encontrar. *Buonna notte, amore*.

Delicadamente deslizei minha mão por seu rosto, em uma carícia suave e depositei um beijo casto em sua testa. Levantei-me e fiz meu caminho de volta ao dormitório.

Luigi

Acordei com os primeiros raios de sol no meu rosto.

Não foi uma noite fácil.

Foi extremamente difícil ver Fanny se afastar em direção ao nosso quarto, o quarto dos noivos. O quarto no qual, juntos, nós deveríamos ter passado nossa primeira noite como marido e mulher. Porém, meu amor por Estefania era tão maior que eu me afastei. Sabia que não seria para sempre, seria apenas essa primeira noite.

Foram muitas revelações... Minhas e dela e agora eu entendia muito melhor o complexo quadro que era Estefania Cavaglieri, agora Estefania Mancini, minha esposa.

Ah Dio! Meu corpo definitivamente despertou e uma ânsia de tê-la em meus braços me acometeu. Até quando conseguiria suprimir esse desejo?

Suspirei, exasperado, e me coloquei em pé indo para o quarto.

Quando entrei, Fanny já estava em pé. Vestia uma saia longa verde água e uma blusa branca, deixando parte do seu abdômen e umbigo aparente. Tive que respirar fundo e me conter para não me atirar aos pés dela e fazer odes ao modo como estava bela.

Estefania exibia um frescor que eu jamais havia visto. Sua pele parecia mais acetinada. Seus olhos que sempre me chamaram atenção, continham um brilho novo, uma genuína alegria.

— *Buon Giorno, amore!* — saudou-me com um leve roçar de lábios.

— Bom dia, Fanny! Você se importa se eu usar o banheiro?

— De maneira nenhuma. Enquanto isso, eu peço nosso café da manhã.

Percebi que Estefania havia organizado nossas roupas no guarda-roupa. Peguei uma camisa, bermuda, uma boxer e segui para o banheiro. Tomei meu banho e fiz minha higiene matinal.

Quando saí uma mesa já estava posta para o café.

— Venha, Luigi. Estava apenas esperando por você, porém devo dizer que estou faminta!

Sorri e me sentei à mesa dividido entre comer e contemplar essa nova Estefania a meu lado. Se a antiga já me envolvia, essa me cativou definitivamente.

Durante o café conversamos sobre várias coisas e rimos bastante. Sempre foi algo natural estar ao lado dela, tanto que demorei a notar a invisível transição para a qual fluímos e me neguei a entender que o que eu sentia por ela era muito mais que amizade.

Após o café, sugeri a ela que saíssemos para turistar, afinal estávamos em um dos lugares mais belos do mundo.

Visitamos o museu Frida Kahlo, almoçamos em um restaurante e descobri que Estefania não era muito fã da culinária local, então à noite ficamos no quarto, pedimos pizza e assistimos seu filme do momento*: Operação Red Sparrow*. Assim que o filme terminou, ela adormeceu.

Levantei-me e a cobri com o lençol. E arrumei alguns cobertores no chão ao lado, deitei-me e em seguida, dormi.

No dia seguinte fomos até à Playa del Carmen e lá visitamos o *Nicte Ha, Jaguar e Parque Dos Ojos*. Cada um desses *cenotes*, pequenas ligações entre a água subterrânea e a superfície, um mais lindo que o outro. Era impressionante. Eu sentia uma energia, algo como uma espécie de conexão ancestral com aquele lugar. Fizemos tirolesa em Jaguar e eu confessava nunca ter visto Fanny rir tanto. Mergulhamos em *Nicte Ha* e sua caverna de águas frias. Já em Dos Ojos, praticamos *snorkel* e voltamos para casa, exaustos demais até para comer.

Em nosso terceiro dia arrumamos nossa bagagem, fizemos *check-out*, deixando o hotel para nos hospedarmos no *Hotel Xcaret*, onde passaríamos o restante de nossa viagem para visitar o Parque Xcaret e aproveitar tudo o que ele tinha para oferecer.

O lugar realmente nos encantou com toda a uma profusão de atividades para fazer. O parque Xcaret era um complexo de 80 hectares envoltos por fauna e flora únicas. Vimos araras, flamingos, tucanos, raras borboletas, tartarugas marinhas, *cenotes* escarpados por pequenos cânions e uma vegetação exótica incrível. Praticamos caiaque e um dos momentos mais memoráveis foi Fanny nadando com os golfinhos. Retratei em milhares de fotos aqueles instantes, o desabrochar de uma nova Estefania. Aquela aura pesada, destrutiva ocultava toda a pureza de uma menina que se abria diante dos meus olhos.

Foram os dias mais belos, mas também de muito tormento.

Vê-la em trajes de banho e não tocá-la era a mais cruéis das torturas. Ver seu corpo delineado por biquínis ou maiôs estava me matando aos poucos. Usava tudo o que aprendi em anos de tratamento para me manter sob controle e conter meus impulsos sexuais, mas estava cada vez mais difícil. Em um dos dias, precisei me afastar dela e fazer uma teleconsulta com minha terapeuta que me ajudou, aconselhando-me a não reprimir tanto meus sentimentos, pois o efeito poderia ser justamente o contrário e tudo o que eu não queria era magoar Estefania.

Por outro lado, não sabia quanto tempo Fanny suportaria estar casada sem ter consumado o casamento. Sabia que ela me amava e me desejava, notava o quanto se esforçava sendo paciente, sem cobranças ou pressões.

A semana transcorreu rapidamente e seguimos com nossos passeios e visitas turísticas. Tiramos várias fotos e em cada uma delas Estefania resplandecia, exalava vida e minha determinação em ficar distante dela esmorecia.

Essa era nossa última noite no México, teríamos de voltar a Nápoles e encarar nossa vida e as consequências do nosso casamento. Mas antes, faríamos uma parada em Matera.

Durante os dias que estivemos ali, comuniquei-me com Sam pedindo que informasse Marcelo e Donna, para que eles tranquilizassem meus pais. Enquanto isso, Ilya e Sarah plantavam fotos, reforçando a ideia de que eu estaria na Rússia.

Isso foi de suma importância para despistar Romano e Lombardo, que ainda acreditavam que o avião de Estefania havia desaparecido. Agora que voltaríamos, tudo viria à tona, mas não permitirei que minha família sofra retaliações por minha decisão de unir minha vida a de Estefania. Fiz por amor e faria tudo de novo. Se alguém tiver de enfrentar a ira de Romano, esse alguém será eu.

Também entrei em contato com Alex, que me informou que todos os homens de Romano deixaram a Fortaleza de Mármore. Pedi a Alex que imediatamente enviassem uma nova equipe para a mansão e para a jazida. Eles conversaram também com Lucca e pediram em sigilo que contratasse uma secretária para auxiliar Estefania.

— Vou sentir falta desse lugar — ela disse, tirando-me de meus pensamentos.

Nesse momento ela estava se preparando para tomar banho.

— A beleza da natureza. Tudo é tão presente em cada lugar, tudo tão verde e tão lindo. Ter de voltar para a fortaleza de mármore me deixa deprimida — confessou. — Aquelas paredes estão impregnadas de lembranças que eu quero esquecer.

— Faremos novas lembranças, *amore mio,* lembranças lindas. Eu te juro. Ouça, preciso ir até a recepção para fazer alguns contatos. Volto em alguns minutos.

— Sem problemas. Enquanto isso, eu me arrumarei para nosso último jantar no México.

— Hoje quero te levar para dançar — avisei, pousando meus lábios nos dela em um beijo casto, deixando o quarto em seguida.

De volta ao quarto, Fanny ainda estava no banho. Foi só então que notei o computador ligado. Algumas telas de busca estavam abertas e para minha surpresa ela estava pesquisando sobre a satiríase.

Estefania estava buscando informações sobre como lidar com isso. Meu coração se dividiu: metade com vergonha por eu ser o que era e metade com orgulho pela mulher maravilhosa com a qual eu me casei. Percebi nesse momento que de fato Estefania era realmente uma heroína e estava em busca de salvação para mim.

Deixei o quarto antes que ela saísse do banho. Não queria que ela percebesse que eu sabia sobre o que estava pesquisando.

Minutos depois, voltei para o quarto me deparando com a mais bela visão.

Dio! Estefania estava linda. O vestido azul-marinho destacando seu cabelo dourado que ganhou um tom especial com o sol. A pele levemente bronzeada lhe dava uma aparência saudável e ainda mais jovem.

— *Dio Santo!* Fanny, você está... — Segui em sua direção, não me contive e tateei seu corpo, suas formas. — Você é real! Não é fruto da minha imaginação.

— Sou real e sou sua esposa. Só sua.

Estefania me abraçou e seu calor imediatamente me envolveu.

Precisei afastá-la com delicadeza. Era tentação demais.

— Vamos? — Ofereci minha mão.

Com um sorriso contido, ela aceitou e fomos para o restaurante.

Capítulo 25

Amor que vive
Amor que ama
Amor que quer
Este amor não se mata
Mesmo que seja proibido
Que eu te ame tanto.

Sólo un Suspiro - Alejandra Orozco & Oscar Cruz

Estefania

Nossos dias em Riviera Maya estavam sendo mágicos. Todos os lugares que visitamos, as praias, museus, teatros, parques, toda beleza exótica e natural de tudo ali preencheu meus sentidos e estava costurando em minha mente e coração lembranças inesquecíveis. Sentia-me, de fato cortejada por Luigi.

Ele se comportou como um cavalheiro. Da minha parte, pesquisava sobre como poderia ajudá-lo a melhorar sua vida com essa doença, que no que pude constatar não tinha uma cura específica, sim, uma série de atitudes que a pessoa precisa adotar e algumas medicações para ajudar a aliviar os sintomas. Também me preocupava, pois, sabia que nossa volta à Itália estava próxima e com ela, o fim do nosso idílio.

Mas, não queria pensar nisso. Não nessa noite, nossa última noite no México. Lutei um pouco com a culinária local ao longo dos dias que passamos aqui, por fim, encontrei algumas opções que me agradavam. O jantar dessa noite foi esplêndido. E agora estávamos na pista de dança.

Luigi demonstrou muita energia ao dançar e eu logo me vi eletrizada também.

A noite começou com ritmos latinos, claro, conforme foram avançando as horas as músicas foram ficando cada vez mais lentas. Com o passar dos dias aprendi um pouco de espanhol e entendia algumas coisas.

Como, por exemplo, a música que dançávamos agora. Era lenta, não sensual, mas extremamente romântica. Luigi me estreitou em seus braços, eu fechei os olhos e me permiti ser tocada pelas vozes e pelo poder daquela música *Sólo un Suspiro*.

Só um suspiro
Que te enche de nostalgia
Que nos leve com suas asas
Aquele passado
Comprometido com este amor

Quando dei por mim, já cantarolava um trecho da música.

— *Não tenha medo de perder-me, não deixarei que nada tente. Arrebatar-me, esta vida contigo.*

Abri meus olhos para encontrar os de Luigi, que me fitava com uma intensidade jamais vista, seus olhos como duas chamas queimando intensamente.

Meu coração acelerou e sentia minha pele suar, o desejo se apoderando de mim. Abri meus lábios para respirar e fui tomada pela voracidade dos de Luigi em um beijo inesperado, porém desejado com desespero.

O bailado de nossas línguas se buscando, nossas peles se tocando. A insensatez daquele momento despertando todos meus sentidos. Luigi, até esse momento sempre distante e contido, lançou-se sobre mim faminto e eu estava mais do que disposta a aplacar sua fome e a minha também. Seu toque se tornou tão exigente quanto seu beijo, eu sentia que explodiria a qualquer momento. A língua dele invadindo e devastando tudo dentro de mim. Nunca senti nada tão forte ou tão poderoso quanto esse beijo.

Nosso amor assim como o da canção. Nossos lábios se desgrudaram. Sorri, tomando fôlego murmurando para o Luigi o refrão:

— *Amor que dói, amor que mata, amor esse sente que não engana, ainda que minta desafiando o destino.*

Nossas bocas voltaram a se colar com volúpia redobrada. Nós nos perdemos mais uma vez na miríade de sensações. Luigi não se continha mais, dava tudo de si, entregava-se completamente aos nossos beijos. Sentia a possessividade do seu toque ao me envolver, seu abraço me levando a um mundo de carinho, paixão e amor. Estava irremediavelmente enlevada pelo momento. Luigi interrompeu nosso beijo, arfando. Eu tentei dizer algo, porém a voz não saía, estava embotada pela emoção. Quando consegui falar, minha voz encontrou eco na de Luigi, que disse:

— Vamos sair daqui.

Luigi

Deus sabe o quanto eu tentei, o quanto eu resisti, e fui vencido.

Estefania me venceu e eu não via outro remédio a não ser me render, entregar-me de corpo e alma e parar de lutar contra meus sentimentos.

Saímos do restaurante e fomos para o quarto.

Ainda na penumbra do cômodo eu via os olhos dela, brilhando como faróis no meio da tempestade que eram meus sentimentos, ela meu farol, guiando-me até seus braços.

Por alguns instantes permaneci parado, apenas abraçando-a, contemplando a sensação de tê-la entre meus braços. Ainda tentava conter a avalanche de sentimentos que me envolvia. Queria ir com calma. Ainda me martirizava lembrar como Fanny foi usada e maltratada. Queria fazê-la sentir totalmente o contrário comigo. Queria amá-la sem reservas, com paixão, também com doçura, delicadeza e cuidado.

Nunca imaginei viver algo assim. Meu sentimento por Estefania era tão forte que extrapolava qualquer razão, enfrentava qualquer adversidade e transcendia tudo.

E havia chegado nosso momento. O momento de nos entregarmos totalmente. Sem reservas. Sentia que ela estava tão pronta quanto eu, no entanto ainda seguia cauteloso.

— Luigi, eu confio em você e, acima de tudo, eu te amo. Não tenho medo algum. Eu conheço você e sei que o que vamos compartilhar agora será lindo.

As palavras dela eram tudo o que eu esperava para me lançar aos seus braços e assim o fiz.

O beijo nos uniu, uniu pele, corpo e alma. Seus lábios macios e quentes em contato com os meus desencadearam uma onda de desejo indescritível.

Nós nos separamos apenas o suficiente para Estefania alcançar o fecho do vestido. Com um gesto ágil ela o abriu, fazendo a peça azul-marinho cair no chão, revelando a beleza do corpo de uma deusa em lingerie preta. Respirei fundo para conter minhas reações. Tirei minha roupa rapidamente, espalhando desordenadamente as peças pelo quarto.

Estefania voltou, despiu-se do soutien e da calcinha ficando completamente nua e colou seu corpo ao meu. Ao senti-la no toque de minhas mãos, não resisti.

Em poucos minutos estávamos no abrigo da confortável cama.

Mãos, lábios, corpos em um ritmo delicioso e quente. Minha boca deslizou até seus mamilos abocanhando um enquanto minha mão acariciava o outro. Sentia Estefania relaxar e se abrir assim como uma rosa abria suas pétalas à brisa morna do verão. Seus seios subiam e desciam no ritmo de sua respiração entrecortada. Meu deleite era que ela aproveitasse, sentisse cada sensação.

Segui com minha adoração pelo corpo dela, cada curva deliciosa, minhas mãos abarcavam um tesouro de valor imensurável. A pele acetinada e levemente bronzeada pelos dias de sol respirava e transpirava, livre. Contemplava aquela beleza com meus olhos, mãos e boca. Suas mãos leves como o toque do vento caminhavam por todo meu corpo nu e eu sentia que poderia explodir a qualquer momento.

Meu corpo se retesou e eu senti meu membro duro latejando, mas ainda não. Naquela noite nada seria feito às pressas. Refreei meu desejo e prossegui minha viagem pelo corpo dela.

Minha boca deslizou pelo pescoço onde depositei beijos cálidos, descendo rumo aos seios fartos. Não me cansava de apreciá-los com mãos, boca e língua.

Estava dividido entre agradar um e outro, mordiscando de leve e chupando. Fanny gemia e serpenteava embaixo de mim, seu corpo ansioso se inclinava em minha direção pedindo mais.

Sorri e segui minha boca cada vez mais viciada pelo contato da pele dela, do cheiro que ela exalava, doce e hipnotizante. Provava cada pedacinho do corpo de Estefania, amando a textura, o sabor. Segui a trilha do prazer parando entre suas pernas. Estava diante de sua feminilidade aberta e orvalhada como uma flor e eu seu beija-flor, não me furtei em provar do seu néctar. Ao primeiro contato dos meus lábios com sua intimidade, Estefania arqueou o corpo e deu um gritinho de excitação que chegou ao meu ouvido como uma bênção, a deixa que eu precisava para prosseguir.

Minha língua ousada passeava por cada dobra das pétalas acetinadas, chupando-as, sugando-as com vontade, o desejo se apoderando de mim. Fanny transpirava, gemendo e ofegando palavras desconexas enquanto minha língua se dedicava ao prová-la, deliciava-me com sua vulva. Buscava cada pequena saliência, cada reentrâncias e investia impiedosamente, fartando-me das sensações que despertava em mim e nela.

Que banquete era Fanny!

Suas mãos se afundaram em meu cabelo, puxando-o selvagemente, incitando-me a ir cada vez mais fundo. Como se precisasse de algum incentivo. Minha vontade era de devorá-la completamente, vê-la se desmanchar em fluidos e muito, muito prazer. Um prazer pecaminoso inconfessável e descontrolado.

Bebia dela como um sedento que ao encontrar no deserto um oásis, saciava minha fome e sede dela. Senti-la sob minha língua me dava um prazer inenarrável.

— Ah, Luigi... *Amore*...

Sua voz baixinha, um murmúrio apenas, porém senti minha alma ser acariciada. Em minha boca senti sua intimidade estremecer e com uma última investida da minha língua o orgasmo dela verteu. Estefania se arqueou totalmente controlada por seu orgasmo, desabando em seguida na cama.

Deitei-me ao seu lado, fitando-a. Seu cabelo, fios dourados revoltos emoldurando o rosto molhado. Notei algumas lágrimas rolando pelo rosto e meu coração se compadeceu.

— Fanny, *amore,* o que aconteceu? Você está bem? Eu fui rude? Eu a machuquei?

Fanny sorriu e todo seu rosto se iluminou ao dizer:

— Nunca me senti melhor em toda minha vida. Nunca imaginei experimentar sensações assim, como as que você me fez sentir hoje.

Meu coração se tranquilizou com a resposta.

Estefania deslizou a mão alcançando meu membro, altivo, duro e latejante e revelou:

— Luigi, eu quero mais. Quero tudo o que você estiver disposto a me dar.

Aquela petição teve um efeito devastador em mim. Aos poucos, posicionei meu corpo sobre o dela.

— *Amore*, cuidado com o que você deseja — falei com um sorriso divertido.

Fitei-a por alguns instantes, alcançando a magnitude do que compartilharíamos a partir daquele momento.

Olhos nos olhos, pele a pele, corpo a corpo e coração a coração.

Chegou o momento no qual dois se tornariam... um.

Capítulo 26

Eu preciso de amor como nunca precisei antes
Quero fazer amor com você
Eu tive um pouco de amor, agora estou de volta querendo mais
Quero fazer amor com você
Liberte seu espírito, é a única forma de ser

2 Become 1 — Spice Girls

Luigi

Meu coração estava totalmente descompassado e ainda que soubesse como prosseguir, a insegurança tomou conta de mim. Queria fazer dessa noite a mais perfeita para Estefania. Respirei fundo, mirando seus olhos, imensos diamantes a abrilhantar tudo ao redor. O quarto permanecia na penumbra, a luminosidade que nos alcançava vindo das luzes de fora que adentravam a janela, lançando feixes de luz sobre a silhueta da minha *bella*.

Movi-me com cuidado, posicionando meu corpo sobre o dela, meu membro roçando a sua feminilidade. Estefania se mexeu, arqueando seu corpo, provocando um maior contato entre nós. Contei até três e com o máximo de cuidado que consegui e investi. Sua intimidade me acolheu, macia e cálida, fazendo meu corpo estremecer de excitação.

Aos poucos, iniciei meus movimentos. Um vai e vem lento, cadenciado. Estefania lançou suas longas pernas em torno de mim, exigindo mais contato. Seu corpo bailava junto ao meu e nos perdíamos um dentro do outro.

— *Amore*... Não há por que ter pressa, essa noite é nossa, só nossa — balbuciei, sem deixar de me mover, deleitando-me com a delícia e o privilégio que era estar dentro dela.

Suas mãos acariciaram meu torso e costas, agarrando-se ao meu quadril, faminta.

— Luigi, ah! Luigi, por favor... Por favor!

Tentava ir o mais lento possível, mas a verdade era que estava perdendo o controle.

— Luigi, liberte-se e me liberte, *amore*. Eu sei que você não vai me machucar. Sei que você tem muito para dar, então se entregue... Entregue-se todo para mim.

Não conseguia, simplesmente não conseguia mais resistir àquela rosa selvagem.

— Fanny, *tesoro*...

Em poucos segundos me perdi. Minha mente já não raciocinava mais, meu corpo obedecia ao ritmo ditado pela paixão estarrecedora que nos envolvia. Eu a invadia, perdendo-me no mar de luxúria. Minhas estocadas cada vez mais intensas, nossos suores se misturando produzindo nosso próprio perfume. Poderia ficar horas naquela união perfeita, nossos corpos se encaixavam tão bem, que parecia que nos reconhecíamos, que em algum outro momento, noutra era já tínhamos sido amantes.

Sentia a intimidade de Estefania me apertando, seu ápice se aproximando e seu corpo demandando, exigindo mais e mais. Ela se agarrava a mim, braços e pernas enroscados. Aquela sereia queria me levar com ela a um mar totalmente desconhecido e eu como tripulante viajando em águas desconhecidas, lancei-me. Meu corpo assumiu 100% o controle.

Balbuciamos incoerências e gememos juntos, enlaçados em um galope veloz.

— Hoje eu sei. Luigi, agora eu sei... Eu descobri...

Isso foi tudo o que eu ouvi entre uma arfada e outra, antes de Estefania ser levada pelo orgasmo. Segui, cavalgando-a, sentindo-a apertando meu membro, envolvendo-o em um casulo de maciez e calor ardente até que meu clímax veio detonando em cada terminação nervosa minha, um prazer imensurável.

Dio! *Dio*!

Nunca, nunca, nunca na vida senti algo semelhante. Qualquer outra experiência que tive não apenas empalideceu como foi varrida para o limbo. Achei que meu coração fosse parar tamanha adrenalina. Nada me preparou para viver um momento como esse.

Meu corpo estava completamente desperto, cheio de energia. Não sentia a culpa que sempre me acometia em seguida das minhas relações sexuais, porque de fato aquilo não foi sexo.

Era amor.

A entrega mais pura de duas pessoas que se amam.

Eu descobri o amor nos braços de Estefania.

Aquela *ragazza* errada, tão certa para mim. Deitei-me a seu lado, buscando-a, meus braços envolvendo seu corpo ainda trêmulo pelo êxtase, assim como o meu.

— *Luigi, grazie, amore mio.* Graças a você eu descobri que posso ser amada.

— Estefania Mancini, se existe um alguém que merece ser amada, esse alguém é você. Sou eu quem deve agradecer por você confiar e por se doar a mim. Esse momento, o que compartilhamos hoje nessa cama, nada nem ninguém poderá tirar de nós. Eu te juro, não vou deixar ninguém se interpor em nosso caminho. Somos um só. Somos uma alma só, *rosa mia.*

Estefania

Sim, eu fui completamente engolfada, engolida pelo orgasmo. Aquela noite com certeza apagou todas as outras. Sentia-me como se nunca antes houvesse me relacionado com ninguém. Das experiências mais atrozes às mais delicadas, como com Gianluca. Ainda assim, nada se comparava ao que estava vivendo nesse momento, sendo envolvida, acarinhada e abraçada por Luigi.

Desde o início ele teve o maior cuidado e delicadeza, uma sensibilidade ao me tocar. Suas mãos, seu corpo, seus olhares me fizeram sentir uma deusa. A adoração que eu vi naqueles olhos me lançou anos atrás, quando eu presenciei Luigi dançar com Donna no casamento dela. Foi naquele dia que eu descobri que queria ser eu nos braços dele. E quem diria que a vida realizaria muito mais do que eu sonhei ou sequer merecia. A vida me deu de presente um Luigi de corpo, alma e coração entregue a mim. Mal podia acreditar na sorte que tinha e em como fui abençoada por ser amada por ele.

Sim, eu havia me tornado oficialmente a *signora* Estefania Mancini. Mais que isso, havia me tornado a mulher, amiga e amada de Luigi. Eu ainda o sentia em cada extensão do meu corpo, por dentro e por fora. Estremeci. Em minha cabeça, sua voz ecoando:

— *Eu te juro, não vou deixar ninguém se interpor em nosso caminho. Somos um só. Somos uma alma só, rosa mia.*

Sua promessa me acalmou e me acalentou. Em meu coração e mente, as guardaria para sempre.

— Fanny, *amore*, você está bem?

—Magnifica — respondi, o sorriso exultante no rosto.

— Fiquei preocupado, você está tão calada.

— Ainda não acredito nisso que estamos vivendo. Essa felicidade... Luigi, você melhor do que ninguém sabe o quanto eu falhei, quão errada eu sou e todos meus pecados. Sinto que não mereço tudo isso.

— Fanny, sei que você tem uma tremenda dificuldade de acreditar em Deus, mas Ele não apenas existe, como resolveu te dar uma segunda chance. Todos nós merecemos. Eu também não fui nenhum santo, você sabe.

— Luigi, é diferente, você é vítima de uma síndrome, uma compulsão. Quanto a mim, não há desculpa para minhas más atitudes. Eu sou má, não sou uma boa pessoa.

— Estefania, *amore*, perdoe-se, deixe todos seus erros para trás. Você sabe que já não é aquela pessoa há um bom tempo. Não se sinta acusada, eu nunca vou apontar meu dedo e acusá-la de nada, não faça isso consigo mesma. *Rosa mia*, esse encontro nosso foi muito mais que um encontro de corpos e você sabe. Eu nunca, nunca me senti completo. Sempre que transava me sentia sujo, culpado e vazio. Com você foi diferente. Sinto-me forte, digno, completo. Seu amor fez isso comigo.

Então Luigi se moveu, acendendo o abajur. Não contente, ele se levantou e acendeu todas as luzes do quarto que de repente foi invadido pela luz incandescente. Ele parou no meio do cômodo, fitou-me e disse:

— Quero todas as luzes acesas, quero que você me encare, enxergue-me bem e não tenha resquício de dúvidas sobre o que vou dizer... Esse Luigi que está aqui, diante de você, não é apenas o homem que lhe deu seu sobrenome, mas o homem que pela primeira vez, em uma vida inteira de devassidão, foi tocado pelo milagre do amor. Estefania, Fanny você é esse milagre e ainda que seja necessário a vida inteira para convencê-la, terei imenso prazer em passar cada segundo dos meus dias te amando e te adorando com meus olhares, corpo, alma e coração.

As lágrimas rolaram incontroláveis pelo meu rosto. Definitivamente eu me converti em uma chorona. Em seguida, senti as mãos de Luigi as enxugando.

— Não quero ver esses olhos lindos derrubar mais nenhuma lágrima de dor ou tristeza, *amore*. Que suas lágrimas sejam de alegrias por toda uma vida que teremos pela frente.

Sorri, permitindo-me ser enlevada pela esperança nas palavras dele.

— Prometo não chorar mais, porém tenho uma condição.

Luigi me encarou e estreitou os olhos, parecendo adivinhar o que eu diria em seguida.

— Ame-me. Faça amor comigo mais uma vez essa noite.

— *Amore*, nem precisa pedir, *rosa mia*. Meu corpo e todo meu ser são seus. Só seus.

Capítulo 27

Aí vai o nocaute
Minha chance é essa
De te derrubar
Eu vou com tudo
Aí vai o nocaute
Até o último round
Eu vou lutar

Knockout - Bon Jovi

Luigi

Os dias que se seguiram a nossa primeira noite de amor e nossa chegada em Matera foram maravilhosos.

Tinha pendências a resolver da minha casa noturna na cidade, com isso aproveitei e levei Fanny para conhecer um dos meus lugares favoritos na Itália.

Enquanto me reunia com o meu gerente, Fanny preferiu ficar no hotel e traçar o roteiro dos lugares que desejava visitar em nossos dias na cidade.

Passeamos por algumas ravinas, fomos ao bairro de Sasso Caveoso, onde as habitações eram escavadas nas rochas e visitamos igrejas rupestres. A que mais encantou Fanny foi a *Santa Lucia alle Malve,* por se tratar de um local que outrora tinha sido o primeiro mosteiro feminino da ordem beneditina. Seu interior encantador de murais e pinturas que remontam ao século VIII dava realmente a impressão de que viajamos no tempo. Foram dias de passeios belíssimos e noites de amor e ternura. Estefania me surpreendia a cada dia. E agradecia a Deus pelo presente de tê-la em minha vida.

Todos os meus anseios e medos estavam sendo superados graças a ela, sua presença de corpo e alma. Descobrimos muito a respeito um do outro. Como Fanny sempre ansiou ter uma família grande, por exemplo. De como desejou ter tido mais irmãos e da frustração de ser filha única, de seu relacionamento com o primo Ignazio, o único que mesmo sendo maltratado por ela sempre a compreendia e oferecia amizade sincera. Da saudade que ela sentia dos pais e do arrependimento por todos seus erros.

Falamos sobre o jeito que ela sempre gostou de crianças, embora não soubesse se aproximar delas. Falei sobre o relacionamento que tinha com meus irmãos, como sempre me sentia à sombra de Marcelo, ainda que sempre o apoiasse incondicionalmente. Falei da minha amizade e companheirismo com Bruno, meu irmão caçula, da minha preocupação com ele que há anos estava obcecado por uma jovem que de acordo com ele, vira apenas poucas vezes. Sentia medo do platonismo do Bruno. Amava meu irmão, contudo tinha a impressão de que seria por ele, não por mim, a ruína dos Mancini.

Bruno era autêntico, leal e tinha um coração enorme, mas ele era uma mistura do gênio explosivo e possessivo de Marcelo, com a teimosia de *mamma* Regina e às vezes, só às vezes, ele era centrado como *papà* Mancini.

Sorrimos muito, assistimos a filmes, saímos para dançar e no fim da noite sempre nos amávamos. Eu estava encantado por ela. À noite velei seu sono por muito tempo. Observei-a atentamente me lembrando daquele mesmo dia pela manhã, quando ela viu um *bambino* chorando na rua e imediatamente se colocou a conversar com ele, acalmando-o, tentando entender o que havia acontecido: o menino havia se perdido da mãe. Estefania, então buscou o guichê de informações na *piazza*, explicou tudo e em poucos minutos, a *polizia* conseguiu localizar a mãe da criança.

Fiquei surpreso com a calma e o carinho com o qual Fanny conduziu a situação e tive a certeza de que um dia ela seria uma mãe amorosa, generosa e atenta. Aquele pensamento louco me manteve mais algum tempo acordado. Tínhamos um pouco mais de duas semanas de casamento, porém eu já ansiava por ter um filho com ela. Um *bambino* ou uma *ragazza*, bela como a mãe com aqueles olhos azuis vivazes e cabelo loiro. Claro, morreria de ciúmes *della nostra bambina,* zelaria dela e a protegeria de todo o mal, assim como a mãe.

O jatinho da equipe que nos trazia de volta a Nápoles acabou de pousar. Durante toda a viagem Estefania esteve tensa, receava as consequências que nosso casamento causaria aos Mancini. Assim que o avião parou, levantei-me preparando nossas coisas para nosso desembarque. Estefania me tomou pelo pulso e disse:

— Tenho medo, Luigi. Tenho um medo terrível do que vai acontecer assim que Romano souber que...

— Fanny, nós dois juntos vamos lidar com essa situação. Eu mesmo me encontrarei com ele e com Lombardo. Vamos tratar disso como se trata: de homem para homem. Ele não tem mais poder algum sobre você. Para chegar até você terá de me matar primeiro e eu não pretendo facilitar as coisas para ele.

— *Dio*! Como eu queria nunca ter conhecido aquele crápula.

— Fanny, *amore*, vou emprestar uma frase de Wilde que diz: "Lamentar as experiências é uma forma de impedir o próprio desenvolvimento". Olhe para você! Eu sei que não foi fácil o caminho que trilhou. Foi tortuoso, cheio de falhas e dores, porém olhe para si mesma, orgulhe-se de quem você é hoje. Eu não apenas me orgulho, mas amo, a cada dia, a mulher que eu conheci em você. Pense nisso.

Minhas mãos envolveram seu rosto e a beijei com todo meu coração, esperando que ela sentisse naquele gesto a segurança e o amor que eu queria transmitir. Seus lábios tremulavam sob os meus e sentia o palpitar desritmado do seu coração. Abracei-a e passamos alguns minutos aninhados até Estefania desfazer o contato, corrigir sua postura e dizer:

— Ok, chega de ser chorona. Sou Estefania Cavaglieri e não...

— Estefania Mancini — corrigi-a.

— Certo, sou Estefania Mancini e não permitirei que aquele demônio me perturbe ou tire minha paz.

— Essa é minha garota! — gracejei, segurando suas mãos para descermos rumo a nossa nova vida.

Marcelo

Claro que Donna e eu aguardávamos a chegada de Luigi no hangar. Assim que Sam nos sinalizou que eles haviam entrado no espaço aéreo italianos, corremos para cá.

Aquele doidivanas fez tudo pelas minhas costas, pelas costas da família, desaparecendo para se casar com a problemática Estefania. Ainda queria entender que tipo de romance barato Luigi leu para tecer aquele plano mirabolante.

Quando Donna e eu chegamos de Portugal, o caos reinava em Nápoles. Soubemos do sumiço do avião onde Estefania estava no dia do seu casamento, sobre meu irmão supostamente ser visto na Rússia. Imediatamente contatei Sam e ela me inteirou de que meu *querido irmão* e *consiglieri* havia se casado com ninguém menos do que com a noiva de Romano Lombardo. Como se já não tivéssemos problemas suficientes pelo que quer seja que aconteceu no passado entre *mamma*, *papà* e Lombardo, agora, Luigi tinha roubado a noiva de Romano, justo quando Lombardo nos deu uma trégua de seus ataques e atentados.

Luigi há de se ver comigo.

E lá vinham os dois pombinhos, mãos dadas, sorrisinhos apaixonados. Meus punhos se fecharam para controlar minha ira.

Como Luigi se atrevia a caminhar tão seguro de si e displicente, alheio a tudo o que sua atitude detonou?

— *Amore*, por favor, controle-se — Donna pediu.

Sua voz melíflua sempre despertava o melhor de mim e por ela, respirei fundo, tentei me acalmar e esbocei um sorriso falso.

— Marcelo, *fratello*, que bom te ver aqui — Luigi me deu um semiabraço, enquanto Donna cumprimentava Estefania.

— Estefania, você está linda. Está tão diferente, mais leve. Parabéns pelo casamento!

— Muito obrigada, Donna! — Estefania agradeceu um pouco tímida.

— Marcelo, não vai parabenizar Estefania pelo casamento? — Donna indagou.

— Claro que vou, *principessa mia,* apenas creio que seria ideal irmos à mansão Mancini, assim *Papà e mamma* também poderão cumprimentá-los, visto que nenhum de nós esteve presente nessa cerimônia de casamento.

Tentei ao máximo controlar meu tom de voz, falhando miseravelmente e imprimindo uma crítica velada a Luigi.

Estefania trocou um olhar com meu irmão, que acariciou seu rosto em seguida a beijando. E de repente, sem mais, os dois passaram a se agarrar, alheios a presença dos demais.

Donna pigarreou, trazendo-os a realidade.

— Bem, pessoal, vamos indo. Estefania, quero que me conte tudo.

Donna agarrou a mulher do meu irmão, conduzindo-a em direção ao carro à nossa espera.

— Luigi, você sabe que temos de conversar muito seriamente.

Meu irmão me encarou fixamente por alguns instantes e respondeu:

— Claro que temos muito que conversar, estou ciente e não fugirei de minhas responsabilidades.

— Acho bom — disse, dirigindo-me ao veículo, deixando meu irmão para trás.

Luigi

Já devia imaginar que *mamma* Mancini prepararia uma festa para nos receber. Assim que adentramos a mansão, *papà*, *mamma*, Bruno e alguns dos nossos trabalhadores mais leais se reuniram para dar as boas-vindas a Fanny e a mim.

O clima durante o trajeto foi opressor, porém Donna tratava de conversar animadamente com Fanny, perguntando sobre nossa viagem e os lugares que visitamos.

Marcelo não disfarçava a animosidade, nem mesmo ali na grande sala da mansão. *Papà e mamma* vieram até nós e nos envolveram em um abraço cheio de carinho.

— Olhe só para você, *figlia mia*, está linda! — *Mamma* comentou, segurando Estefania pela mão. — Sua pele, seu olhar. Olhar de quem é amada. O amor de um Mancini é mais quente que a brasa e mais valioso que qualquer diamante.

Estefania corou ante o comentário de *mamma* Regina. E eu só pensava em como queria estar a sós com ela, depositar beijos em toda aquela face corada e em sua boca linda.

Mamma e Donna arrastaram Fanny para a cozinha com o pretexto de fazê-la comer algo, porque segundo minha mãe Estefania ainda estava um pouco magrinha.

Marcelo se dirigiu a mim pela primeira vez desde que saímos do hangar, dizendo:

— Venha, vamos ao escritório ter aquela conversa.

— Cello, pega leve. Luigi acabou de chegar — Bruno pediu.

— E já tem de ser informado das consequências da sua fuga.

— Marcelo, Bruno tem razão — *Papà* se pronunciou segurando minha mão e a de Marcelo em um gesto conciliatório. — Lembrem-se de que acima de tudo vocês são irmãos. E, Marcelo, já tivemos essa conversa. Para ser um bom *don* seja firme, nunca tirano, tiranos sempre caem.

Dito isso, *papà* chamou Bruno, deixando Marcelo e eu seguirmos para o escritório.

— O que diabos você tinha na cabeça para agir com tamanha irresponsabilidade? — Marcelo vociferou assim que fechou a porta, manifestando toda sua ira.

— Marcelo, eu pensei que, melhor do que ninguém, você fosse me entender.

— Entender o quê? Que você se enrabichou por aquela lá e...

Não me contive e desferi um soco na cara do meu irmão, que caiu sentado na poltrona, em seguida se levantando e se colocando diante de mim, lívido.

— Quero deixar algo bem claro aqui, Marcelo... Lembre-se, está falando da *minha* mulher. Fanny é uma Mancini agora. Achei que nós Mancini protegíamos os nossos. Estefania é a minha vida e não permitirei que nada nem ninguém a destrate ou a diminua. Nem você, irmão.

— Certo, admito que me excedi e não foi minha intenção ofender você ou sua *esposa*, porém, por acaso você parou para pensar nas consequências de tudo o que fez até agora? Já imaginou quando Romano descobrir que você armou todo um imbróglio para se casar com a noiva dele? Você acha que ele ficará inerte? Não, caro irmão, ele não ficará e com certeza exigira vingança. Vingança contra todos nós!

— Pare de gritar, eu não sou surdo! Sei muito bem o que fiz e assumirei todas as consequências. Sim, eu raciocinei muito antes de planejar tudo isso. Não havia outra saída. Fanny se casaria com Romano. Ela se sacrificaria para manter a *famiglia* Mancini salva. Aquele canalha a chantageou e, em troca da minha vida, Estefania aceitou se casar com ele. Como você se sentiria vendo Donna indo rumo ao altar com outro homem? Um sujeito monstruoso, um crápula que a subjuga, maltrata e estupra constantemente. O que você faria, hein? — Colérico, gritei: — Responda-me!

Marcelo ficou mudo por alguns instantes. E eu, irritado, prossegui:

— No fundo, talvez você nutra algum ressentimento por eu ter tentado impedi-lo de se casar com Donna.

— E teria toda razão. Não pense que eu não vi a forma lasciva como você a olhava enquanto dançava com ela no *nosso* casamento!

— E eu peço que me perdoe. É verdade eu ainda não havia me conformado com o casamento de vocês, no entanto eu mudei, Marcelo. Fanny me mudou. Já fazia um tempo, eu desconfiava, mas não queria admitir meus sentimentos por ela. Achava se tratar apenas de atração, apenas a minha... Ah, deixa para lá! Você não entenderia. Enfim, ela é uma linda mulher, quem não se sentiria atraído por ela, pensava se tratar apenas disso. Contudo, quanto mais tempo passávamos juntos, mas meus sentimentos por ela se transformavam. Eu fiquei confuso, não entendia. Ela se aproximava e eu me esquivava. Fanny se cansou e me mandou embora e foi só ali que eu percebi o que de fato estava acontecendo. Eu estava perdidamente apaixonado por ela, mas, infelizmente, com o nosso afastamento Romano, que já a estava cercando querendo informações privilegiadas para nos atacar, voltou a atormentá-la.

Respirei fundo e prossegui:

— Ele a drogou, estuprou, violentou física e psicologicamente. Você não sabe o que eu passei, o que eu senti ao vê-la reduzida a um espectro do que era. A pele de aparência macilenta, o cabelo embaraçado, magra e cheia de hematomas. O que você faria, Marcelo, se encontrasse Donna no mesmo estado?

— Eu a resgataria, levaria dali e cuidaria dela e daria cabo do desgraçado Romano.

— Foi o que eu tive vontade de fazer, porém Romano armou uma cilada na qual Estefania se visse forçada a se casar com ele para proteger a todos nós. Ele me permitiu levá-la no mesmo instante se quisesse, no entanto, se eu o fizesse estaria assinando o extermínio de todos os Mancini. Com uma dor dilacerante, deixei-a nas mãos daquele *maledetto*, voltei para Nápoles e arquitetei tudo. Com a ajuda da equipe consegui inclusive que o avião em que Estefania estava sumisse do espaço aéreo.

— Admira-me Sam ter participado de tudo isso.

— Eu contei a ela tudo. Ela nunca permitiria que um membro da equipe passasse pelo que Fanny estava passando e não só me apoiou como deu cobertura irrestrita e assim, por todo esse tempo, conseguimos despistar a atenção dos Lombardo de nós.

— Isso é o que você pensa. — Marcelo buscou uma garrafa de vinho na adega, serviu-nos uma taça e contou: — Leonida Lombardo esteve aqui.

— O quê?!

Capítulo 28

Um beijo pequenino
Um pequenino beijo
Como esta boquinha
Que parece uma rosinha
Boca pequenina, diminuta

A Vucchella - Mario Lanza

Marco

Dias antes...

Regina estava na parte da casa que ela mais apreciava: a estufa onde cultiva suas várias flores, plantas e ervas. *Mia bella fiore* tinha um dom para a botânica e assim passava seus dias, criando nossos filhos com muito amor e cultivando seu imenso jardim além de toda a flora naquela estufa, enquanto eu comandava o clã.

Eu não escolhi a máfia, ela me escolheu ainda jovem. A vida árdua me obrigou a abraçá-la.

Cresci órfão de mãe, um *bambino* esmolando pelas ruas de Nápoles para sustentar meu pai doente dos pulmões. Aos doze anos era um jovem forte e usava da minha força física em trabalhos braçais nas feiras, carregando e descarregando produtos. Nas lojas de grifes descarregava caixas de finos trajes e tecidos destinados as lojas nas quais jovens endinheiradas compravam suas roupas. Jovens como Regina Giardino.

Um dia, estava descarregando um estoque de seda chinesa quando uma *ragazza* atravessou meu caminho, colidindo comigo.

— Mi dispiace[13] *— pediu em uma voz suave, tão doce que me lembrava do canto de um rouxinol. Preocupada, perguntou: — Você está bem?*

Eu nunca vou esquecer a beleza e meiguice em seu olhar.

— Sí, sto bene[14]*. — Respondi, levantando e organizando novamente as caixas que foram ao chão.*

---

[13] Italiano: desculpe-me

[14] Italiano: sim, estou bem

— Regina, figlia! — Não dirija a palavra a esses miseráveis de rua — Bradou o pai dela. Ela, constrangida, me ajudou rapidamente a organizar as caixas e novamente disse:

— Desculpe-me. Preciso ir. Arrivederci[15]*!*

E foi ali, naquele momento, que eu descobri o amor em sua forma mais pura.

Regina sempre frequentava a mesma *via*. Às vezes com seu *papà* ou sua *mamma*. Quando acompanhava a mãe, conseguia escapulir alguns instantes e conversávamos, saíamos para tomar um *gelato* e assim nos tornamos amigos.

O tempo passou e à custa de muito trabalho e esforço, consegui me mudar do bairro paupérrimo onde morava, para um bairro mais próximo do centro.

Tinha dezesseis anos, quase dezessete, quando meu pai não resistiu à doença que o acometeu durante anos. Regina conseguiu escapar dos olhos vigilantes do pai e foi até o velório, prestar-me sua solidariedade. Chorei em seu ombro e encontrei a lealdade de uma verdadeira amiga.

Passados alguns meses da morte do meu pai, fui dispensado do emprego e as despesas da casa no centro não poderiam mais serem pagas. Foi quando o conheci. Pelegrino Vitale recrutava jovens para trabalhar com ele na região do Vêneto. A princípio eu não sabia exatamente do que se tratava, contudo algo ficou claro para mim: um homem sem dinheiro era um homem sem honra. Eu sem dinheiro era um ninguém, jamais poderia sonhar em me aproximar de uma *signorina* rica como Regina Giardino, o pai dela jamais permitiria, então, decidi me lançar à sorte e aceitei a proposta de Vitale.

O dia mais triste em minha vida não foi quando meu pai morreu, não. O dia mais triste foi deixar minha amada Nápoles e a amada do meu coração. Sim, em tenra idade meus olhos, coração e meu corpo inteiro estavam apaixonados por Regina Giardino. E se um dia quisesse fazer dela a *signora* Mancini, teria de lutar muito por isso. Foi difícil dizer adeus a ela. Seus olhos pareciam dois lagos inundados.

— Marco, eu sei que você precisa ir, vai à busca de um futuro melhor. Nápoles é muito bela, porém muito cruel.

— Muito cruel com gente da minha classe.

— Você sabe que eu não me importo com essas coisas de classe...

— Mas eu, sim. E é por isso que eu vou. Vou para o Norte lutar por uma vida mais digna. Por isso que preciso te pedir algo. Sei que é injusto, mas...

— Peça, peça, Marco.

— Espere por mim, fiore mia.

---

[15] Italiano: até nos encontrarmos novamente

Regina se colocou na ponta de seus pés e roçou meus lábios com um beijo. Eu não deveria, não era digno de tocá-la, porém meu coração tomou frente da situação. E aquilo que começou com um beijo casto se transformou em algo maior me desafiando e desafiando ela. Regina insuflara fôlego e ânimo para que eu trilhasse minha jornada e para que eu viesse a me tornar o que me tornei.

Se era o que era hoje, devia tudo isso única exclusivamente a ela e ao seu amor.

Voltando ao presente, entrei na estufa silenciosamente e a abracei. Regina, virando-se para mim sorriu e me beijou.

Os anos passaram cronologicamente, mas nosso amor permanecia tão forte e verdadeiro como no início. As intempéries, as tempestades, as quatro estações, nada daquilo se sobrepôs ao nosso amor. Em seu beijo eu sentia sempre uma certeza genuína e cada vez que fazíamos amor nós nos renovávamos. Amava Regina Mancini e amava a família que construímos. Cada um de meus filhos era motivo de muito orgulho, amava-os de todo meu coração.

Nossas bocas dançavam com sutileza e nossos lábios de perdiam um no outro. Aquela mulher era minha vida!

Regina interrompeu o beijo e eu me lembrei do motivo pelo qual havia ido buscá-la na estufa.

— *Fiore mia,* Idalina pediu que eu a avisasse que o almoço está pronto e apenas aguarda suas ordens para servi-lo.

— *Dio*! Há quanto tempo estou aqui? Nem me dei conta de que já é hora do almoço! Aguarde um minutinho, *amore*. Vou lavar as mãos e já iremos. Alguma notícia de Luigi?

— Tudo que Ilya disse é que a "encomenda" chegou ao local de destino e nesse momento se refresca na Península de Yucatán.

— Marco, de verdade, não está chateado com fuga de nosso filho e por ele não ter compartilhado seu plano conosco?

— Na verdade, nunca estive mais orgulhoso de Luigi como estou nesse momento. Sabe que amo cada um dos nossos filhos, porém sempre senti Luigi um pouco preso, meio que submisso à aprovação de Marcelo e tive receio de que não trilhasse seu próprio caminho. Se essa jovem é a responsável por tamanha mudança em nosso filho e por despertar nele o amor, só posso agradecer e torcer que eles sejam tão felizes quanto nós somos.

— E quanto a Leo e o sobrinho? — Regina terminou de lavar as mãos e as secava com uma toalha, enquanto me encarava com olhos de uma matriarca preocupada.

Antes que eu pudesse responder, Pepe entrou na estufa.

— Com licença, *signore*, *signora,* desculpem pela interrupção, mas os seguranças acabaram de avisar que à frente da casa os aguarda Leonida Lombardo.

Os olhos de Regina demonstravam todo o seu temor. Em todos esses anos Leo nunca nos procurou em nossa casa. Nós nos vimos no casamento de Marcelo e Donna, óbvio, como *don* da Camorra ele foi convidado. Também nos vimos na noite da inauguração do escritório de Donna, onde eu me inteirei da tentativa dele de assassinar meu primogênito, algo que me deixou aflito e preocupado. E mais recentemente, no malfadado casamento de Romano.

A presença dele aqui só podia significar algo.

— *Amore*, Leo desconfia de Luigi e desconfia de que sabemos seu paradeiro.

— *Fiore mia,* sei que é pedir demais a alguém tão autêntico quanto você que finja, porém apenas pense que Luigi de fato está na Rússia com seu amigo Ilya. Não se assuste, *amore*. Foram anos e, afinal, esse momento chegou. Leo está aqui na casa Mancini e vamos recebê-lo e descobrir qual é o propósito dessa visita. Pepe, *signore* Lombardo veio na companhia de mais alguém?

— Não, *signore*. Ele veio só, inclusive sem a escolta que sempre o acompanha e sem o sobrinho, cão de guarda.

— Por favor, autorize sua entrada, e reforce a segurança no perímetro da mansão, peça a Idalina que o acomode sala e a avise que teremos um convidado para o almoço.

— *Dio*! A última vez que nos vimos assim, os três juntos, já faz tanto tempo, tantos anos...

— Quem sabe não é nossa chance de colocar uma pedra no passado?

— Você crê que Leo possa... relevar o que fizemos.

— Apenas acho que quase quarenta anos é tempo demais para nutrir um ódio tão intenso, que talvez isso possa estar começando a custar demais para ele.

— Sabe, Marco, eu amava Leo. Amava a companhia dele, seu humor e inteligência, sua paixão pela arte, contudo, não era ele em meu coração, nunca foi. Nele só havia espaço para você. *Tu sei mio único il vero amore*[16] — Regina declarou.

Não resisti e a tomei em meus braços mais uma vez para beijá-la ardorosamente. Sempre me perdia em seus braços, em seus beijos. Com muita relutância, ambos interrompemos nosso beijo.

— Eu sei, fiore mia, Eu sei — falei. — *Allora andiamo*[17]!

---

[16] Italiano: você é meu único e verdadeiro amor.

[17] Italiano: Agora, vamos!

Capítulo 29

Aqui vem ela de novo
Problemas tatuados na testa
Aqui vem ela de novo
Com preocupações que ela não consegue esconder.

Here She Comes Again - Röyksopp

Luigi

— Eu não acredito que Lombardo teve a audácia de vir até aqui!

Eu não sabia se ficava surpreso ou furioso.

— Ah, ele veio. Consegue imaginar meu espanto e o de Donna ao ver a tríade sentada à mesa, almoçando? E o pior de tudo? *Papà* e a *mamma* não me disseram nenhuma palavra sobre o que eles conversaram. Eu tentei, sondei, abordei, porém *papà* ordenou que eu não mais buscasse saber nada. Que o que foi discutindo naquele dia pertencia aos três e mais ninguém. Porém, garantiu que não havia problemas, que tudo estava em paz. Uma paz que eu duvido que vá durar muito, agora que você voltou.

— Não ficarei por muito tempo. Pretendo ir com Fanny para Carrara. A propriedade e a jazida já ficaram relegadas por muito tempo. Sorte que Estefania já cumpriu a cláusula e agora não há mais o risco de ela perder o legado dos pais.

— E quanto às suas boates?

— Alex vai gerenciar a daqui e Bo a de Matera.

— Bem, de fato, parece que você já pensou em tudo. Luigi, ouça, eu posso ter sido rude com você, no entanto, sou o responsável por essa família e me preocupo com o que possa acontecer.

— Então, agora estenda sua preocupação e proteção a Fanny. Ela precisa e já sofreu demais. Eu, de minha parte, farei até o impossível para realizá-la, para fazê-la feliz. Eu a amo, Marcelo. E agora ela e eu somos um só.

Meu irmão se levantou da cadeira, veio até mim e me abraçou, finalmente.

Senti um imenso alívio. Detestava discutir com Marcelo, eu amava meu irmão e não estava aqui para desautorizar sua autoridade de futuro *don* do clã e irmão mais velho, mas precisava me impor e foi o que eu fiz.

Marcelo se soltou e disse:

— Venha, vamos descobrir o que as mulheres das nossas vidas estão fazendo.

Ao chegarmos à sala, Donna e Estefania comentavam animadamente sobre a grande reforma que a fortaleza passaria enquanto *mamma* dizia, animada, que ficaria responsável pelo jardim.

Ver Estefania sorrir despreocupada e feliz trazia um imenso prazer ao meu coração.

Papà, Bruno, Marcelo e eu nos retiramos para a varanda, para discutirmos os negócios. O ramo marítimo estava cada vez melhor, indo de vento em popa. Bruno soube verdadeiramente dar um fôlego novo aos negócios com uma grande margem de lucros, empregando boa parte da juventude napolitana. Todos que trabalhavam para os Mancini se sentiam parte de uma grande família.

Marco Mancini sempre foi um bom *don*. Compassivo, inteligente, generoso e ao mesmo tempo firme, não admitia traições dentro do clã, embora aquilo não fosse algo recorrente. A fama de Marco Mancini e de como ele se levantou do nada, era como se fosse um conto de fadas napolitano, exemplo de que com trabalho e persistência era possível contruir um império.

As pessoas tinham a ilusão de que por sermos mafiosos não trabalhávamos arduamente, que as coisas vinham fáceis. Não. As coisas eram escusas e tinha toda uma rede de proteção.

Estava dentro da lei? Não, contudo foi a forma que *papà* usou para conquistar seu lugar no mundo, o amor da mulher da sua vida e era isso que éramos, mafiosos. Nem os políticos, pessoas de bem ou mesmo a Igreja faziam tanto ou empregam tanta gente da região quanto os mafiosos.

Claro, devia-se obedecer a um código de honra e tínhamos alguns.

E aqui estava um deles: a *famiglia* em primeiro lugar, sempre.

Essa era a regra de ouro dentro de qualquer clã mafioso. Embora nem todos a seguissem, aqui na família Mancini era real.

Outra regra: amar a Deus. Éramos católicos fervorosos e várias igrejas, instituições e trabalhos sociais eram mantidos com o dinheiro da máfia que imperava em Nápoles. Outra regra, mas essa era de *Papà* Mancini: todo filho de empregado ou jovem aprendiz do clã devia cursar uma faculdade, patrocinada por *Papà* e só depois abraçar a máfia e fazer o juramento. Cada um assumia funções de acordo com seu perfil; arquiteto, engenheiro, químico ou advogado. Tínhamos os melhores advogados, especialistas em analisar e se valer de brechas na lei para erigir qualquer caso de defesa, se necessário. Toda essa gente beijava a mão do *Don* e lhe jurava lealdade.

E assim vinha sendo no clã Mancini.

A tarde passou voando, já se fazia noite alta e acabamos pernoitando na mansão para na manhã seguinte irmos para Carrara.

Assim que tranquei a porta do meu antigo quarto, lancei-me aos braços de Fanny arrancando beijos tórridos da minha rosa selvagem.

E fizemos amor apaixonadamente. Era mágico como nossos corpos se queriam e se desejavam com avidez. O contato com a pele de Fanny me enlouquecia, perdia-me nas delícias daquele corpo. Passamos boa parte da noite nos amando, a paixão clamava por nós dois.

Na manhã seguinte, descemos para o café da manhã e mal nos acomodamos à mesa, Bruno nos dirigiu um olhar curioso.

— *Buongiorno* a todos — cumprimentou e, jocoso, comentou: — Para você a noite deve ter sido muito melhor, pelo que vejo alguém trabalhou com afinco noite passada para perpetuar o sobrenome Mancini.

Estefania se engasgou com o suco de laranja. *Mamma* e *Papà* riram, divertindo-se, e Bruno seguiu:

— A culpa não é minha se na cara de vocês está tatuado: *sexualmente e apaixonadamente ativos*.

— Bruno, falando em apaixonado... Você não soube mais nada sobre a jovem do aeroporto? — perguntei.

— Não. Às vezes a sinto tão perto, outras tão longe, mas nunca mais a vi. Lara foi tragada pela terra.

— Lara? Quem é Lara? — perguntou *mamma* com uma expressão estranha.

— Conte a eles, Bruno. Conte quem é Lara — pedi.

Bruno encarou a todos nós à mesa e disse:

— Em outro momento.

— Lara — minha mãe repetiu o nome, que parecia lembrá-la de algo.

— *Mamma*? Você conhece alguma Lara? — Bruno indagou, esperançoso.

— Não, apenas achei o nome sonoro, bonito.

— É *mamma*, é um lindo nome — Bruno concordou.

Notei minha mãe parecendo cada vez mais introspectiva.

Terminamos o café e em seguida nos despedimos dos meus pais, colocando o pé na estrada. Estefania sugeriu que nos revezássemos na direção, assim ninguém ficaria cansado. Em mais algumas horas chegamos à fortaleza.

Ao adentrar a casa, Estefania estremeceu.

— Meu amor, o que houve?

— Essas paredes... Tudo é tão belo e tão frio aqui. Sei que meus pais amavam esse lugar, mas eu sempre o detestei. Nunca consegui ver como um verdadeiro lar. Hoje, com mais motivos. Nos últimos meses vivi o pior da minha vida entre essas paredes. Elas estão surdas de tanto ouvirem meus pedidos de socorro. O mármore caríssimo que erige essa casa nunca poderá pagar todo o sofrimento que passei aqui — Estefania confessou.

Meu coração doía cada vez que lembrava tudo o que Fanny vivenciou. Todos os dias renovava dentro de mim a promessa de que jamais ela passaria por todo aquele horror novamente. Fitei-a e vi em seus olhos todo o pavor e em um ímpeto a agarrei, pegando-a no colo.

— Luigi, o que está fazendo? — perguntou, hesitante.

— Mostrarei que podemos construir lindas lembranças aqui, *rosa mia*.

Com Estefania no colo, subi as escadas em direção aos dormitórios e entrei no quarto que ela ocupava quando eu parti, meses atrás. Tudo estava na mais completa ordem.

Com delicadeza, coloquei-a na cama e tranquei a porta.

— E quanto à nossa bagagem — perguntou, levantando-se da cama. — Está tudo largado no hall?

— Elas podem esperar. Eu, não.

Tomei-a em meus braços e beijei-a com todo meu ardor. Estefania despertou em mim não apenas uma paixão estarrecedora, mas o amor é a mistura de ambos que nesse momento vibravam por todo meu corpo, ansioso por fazê-la minha.

Apressadamente tirei minha roupa e despi as dela, conduzindo-a em meu colo novamente de volta à cama, onde eu a amaria em sua totalidade.

Sim, construiríamos lindas lembranças nesse lugar.

Capítulo 30

Quando te conheci, tentei te evitar
Eu não sabia que estava à procura de amor
Até que te encontrei.

I Didn't Know I Was Looking for Love - Everything but the Girl

Luigi

Com a ponta dos dedos senti sua pele arrepiar e gemidos brotarem do seu íntimo. Subi na cama, completamente nu. Meu membro ereto, pulsando de desejo. Percebi Estefania o olhando com interesse, seus lábios deslizaram pela boca.

Coloquei-me em cima dela e capturei sua boca em um beijo longo e demorado. Nossos corações batendo juntos como tambores, o som era ancestral, a fome recente e o desejo implacável.

Meus lábios fizeram uma expedição por seu corpo, beijando, lambendo cada pedacinho dela. Seus seios se projetavam famintos em minha direção e eu os abocanhei. Enquanto me fartava, chupando-os, uma de minhas mãos alcançou o meio de suas pernas e um dedo imiscuiu-se na fenda protegida pelas pétalas da sua intimidade. Estremeci. Ela já estava úmida e desejosa. Com movimentos leves deslizei o dedo, espalhando a umidade entre cada pétala com calma, sem pressa.

Estefania gemia, contorcendo-se e eu ficando cada vez mais excitado, abocanhava seus seios, mordiscando os mamilos durinhos, pagando tributo à beleza deles.

Minha boca os abandonou, descendo a trilha de seu corpo, depositando beijos e mordiscadas. Meti de leve minha língua em seu umbigo e ela arqueou o corpo gemendo alto, já estava rendida à paixão. Eu a queria assim, descomposta.

Desci chegando ao meio das pernas dela onde meu dedo se deliciava banhado na umidade e a invadi com minha língua.

Estefania deu um gritinho de prazer. Eu tinha fome dela. Meu dedo se enfiou em sua intimidade em movimentos de vai e vem e minha língua imitava percorrendo cada centímetro da maciez da cavidade cálida. Estefania projetava seu corpo para frente, oferecendo total acesso a parte mais reservada de seu corpo. Segurei ambas as pernas dela, abrindo-as, agarrando suas nádegas enquanto impiedoso sugava toda a doçura de sua fenda. Bebia e me lambuzava mergulhado nela. Meu dedo acelerou com o vai e vem mais rápido e fundo, Fanny retesava sob mim, sentia que seu prazer era grande e já chegava ao seu clímax.

— Oh, Luigi. *Dio*, Luigi!

Sua intimidade se fechou em torno do meu dedo, apertando-o enquanto ela se derramava em orgasmo, deleitando-me com a visão mais linda que meus olhos já contemplaram.

Aos poucos sua respiração voltou à normalidade. Deitei-me ao seu lado, fitando-a cheio de carinho. Estefania então se colocou de joelhos na cama, fitou meu membro e em seguida o tocou.

Ele estava duro feito o mármore, quente, queimava por ela, pelo seu toque.

Estefania o envolveu com sua mão, deslizando-a. Apertava-o com firmeza em movimentos de baixo para cima, seus dedos macios acariciando-o, arrancando-me gemidos.

De repente ela o abocanhou e passou a chupá-lo para minha total perdição. Eu a encarei por alguns segundo e vi em seus olhos a luxúria estampada. Sim, ela queria muito isso. Em seguida fechei os olhos, enlevado pelo prazer de ter meu pau todo metido em sua boca. Era um prazer tão grande que chegava a ser perverso. Segurei as madeixas loiras em um coque segurando a cabeça dela em direção a pélvis, incitando-a. Ela chupava com vontade, com determinação metia tudo na sua boca. Os sons de sua engasgada me excitavam ainda mais. Alcancei sua fenda novamente e ela estava toda úmida.

Estefania seguia me devorando com sua boca gulosa, exigente, chupava com tudo de si. Senti meu corpo tremer. Sim, aquela mulher me fazia tremer de tanto tesão e eu havia sido catalisado pelo furacão que era Estefania Mancini, minha esposa.

— Ah! Fanny... *Amore*. Que boca é essa? *Dio*!

Estefania seguia com fome redobrada sugando, chupando e me engolindo todo. Não resisti muito mais tempo e me entreguei, derramando-me todo em sua boca. Estefania bebeu cada gota, cheia de si enquanto eu desabava na cama.

Ficamos aninhados um nos braços do outro por alguns minutos. Satisfeitos, mas não plenos.

Estefania serpenteou pelo meu corpo e em poucos minutos já estava com meu membro ereto.

Acariciei sua intimidade mais úmida que antes e decidi não esperar mais. Posicionei-me em cima dela e a penetrei.

Quase gozei apenas por sentir meu pau dentro dela, envolvido, enluvado pela maciez e calor.

Estefania projetou seu corpo para frente, recebendo-me mais fundo enquanto eu deslizava, cada centímetro mais dentro dela, movendo-me no vai e vem e estocava ora devagar e fundo, ora mais rapidamente.

Tudo era tão bom, tão completo e tão perfeito. Estefania me realizava. As sensações que provava com ela, nunca tinha sentido antes. A entrega era verdadeira, cheia de tanto sentimento. Ainda que vivesse uma vida inteira, ainda que fosse imortal, não conseguiria explicar em palavras o que sentia quando eu estava em seus braços, quando estávamos presos, nossos corpos se consumindo.

Amor. Puro e simples amor e essa era a única definição possível.

A cada investida sentia uma nova onda de prazer se avolumar. Estefania se agarrou em mim, suas pernas me puxando para que eu fosse mais fundo, mais forte.

Meu coração acelerou tanto, a adrenalina a mil.

Estefania passou de sons inexprimíveis a gemidos e gritos de prazer.

— Luigi. Ah, Luigi, eu estou perdida. Eu estou...

Sua intimidade apertou com tanta força meu pau, estreitando e engolindo-o. O corpo de Fanny todo foi sacudido pelo clímax e vê-la tão completa, feliz e tão entregue, fez com que meu orgasmo também viesse com a força de um temporal. E me derramei dentro dela, preenchendo-a da minha semente.

— *Dio*! — gemi, abalado com a força do que compartilhamos aqui.

Nossos corpos molhados de suor repousaram na cama, vencidos pela avalanche de sentimentos que nos assomou. Fanny, exaurida, em poucos segundos adormeceu em meus braços.

Sim, criaríamos belas lembranças para aquele lugar. Encheríamos de muito amor.

Estefania

As semanas passaram voando e já havia quase dois meses que estávamos em Carrara.

Quase dois meses que estava casada com Luigi. Os primeiros dias foram muito tumultuados. Uma série de providências teve que ser tomada. Finalmente a casa contava com um corpo de empregados, pessoas excelentes que me auxiliavam em tudo. Luigi trouxe novamente os seguranças para a fortaleza e para a jazida, Alex novamente nos ajudou e garantiu que cada homem da equipe era da sua máxima confiança.

Donna iniciou as reformas e estava tudo ficando tão mais acolhedor, a fortaleza começava a se parecer um lar de verdade.

Voltei à jazida e pude ver meu amigo Lucca. Luigi me contou que tinha sido ele quem o buscou em Nápoles para alertá-lo sobre Romano e o que estava acontecendo comigo. Abracei-o e agradeci por seu apoio. A jazida, por sorte, contava com um grupo de trabalhadores honestos, homens leais e os negócios com mármore iam bem.

Como não era muito boa com a parte econômica, precisava de alguém da minha inteira confiança que revisasse minhas finanças. E me lembrei de Sheila, minha amiga da adolescência que era ótima em matemática, na época da escola vivia dizendo que faria Economia ou Ciências Contábeis. Pedi a ajuda de Sam para localizá-la e consegui.

Quando nos encontramos foi tão comovente. Fazia anos que não nos víamos e ela achou que eu não me lembrava mais dela. Como não poderia lembrar? Ela foi a única amiga que eu tive na vida!

Conversamos muito e descobri que ela fez seu curso na mesma faculdade que eu. Infelizmente, nunca nos encontramos. Ela era formada em Economia e trabalhava para grandes empresas, prestando serviços de consultoria financeira e análise de risco e investimentos. Estava totalmente segura em deixá-la a cargo das minhas finanças. Sheila seria meu braço direito.

Luigi e eu estávamos cada vez mais apaixonados. Era estranho, mas ao mesmo tempo bom. Nunca me imaginei em uma vida conjugal, casada e com uma casa só minha. Na adolescência, esse nunca foi meu sonho, como era o de algumas colegas da época. Na verdade, eu era estranha, nunca nutria sonhos, ilusões ou objetivos sobre nada, talvez esse tenha sido meu problema. Se tivesse algum foco, não tivesse um espírito tão mundano, não teria me envolvido com Romano.

Romano.

Todo esse tempo tudo estava tranquilo. Ele não nos procurou mais, nem um telefonema, contato, nada.

No dia seguinte da nossa partida a Nápoles, dois meses atrás, Luigi me contou que Marcelo disse que Leonida esteve na mansão Mancini conversando com Don Marco e *mamma* Regina, também disse que o teor da conversa era mantido sob sigilo pelos meus sogros. Suspeitávamos de que uma nova trégua devia ter sido negociada, pois Romano não havia aparecido sequer para reclamar nada sobre o casamento.

Eu ainda me perguntava como tinha sido possível, Marco, Regina e Lombardo conversando civilizadamente e me lembrei da conversa que tive com Leonida, dias antes do casamento. Ele era um homem de personalidade forte, intelecto admirável e enigmático. Não o compreendia e nem tentaria.

Eu não tentaria compreender nada sobre a situação toda, nem como tudo havia sido esclarecido perante a sociedade, e olha que havia muito esclarecido, principalmente eu estar a caminho do altar com um Lombardo e retornar de viagem casada com um Mancini.

Soube por Luigi que recebemos muitas felicitações e presentes, ainda que uma cerimônia não tenha sido feita para oficializar nossa união.

Aprendemos a nos dividirmos entre Carrara e Nápoles. Em uma cidade eu aprendia mais sobre a jazida e o negócio bilionário do mármore, na outra Luigi e eu passávamos um tempo com Marcelo e Donna ou com meus sogros. Encontrei em *mamma* Regina e Marco o afeto de verdadeiros pais. Eles sempre nos recebiam com muito amor e *mamma* sempre fazia praticamente uma festa todas as vezes que chegávamos à mansão. Passei a me dar melhor com Donna e quase não me lembrava mais da animosidade que nutri por ela. Bruno era sempre muito amigo e dizia que havia ganhado duas irmãs em mim e Donna. Marcelo era um pouco mais taciturno, mas passou a me tratar com certa deferência.

Hoje estava na jazida, fazia um calor sufocante. Eu detestava o calor excessivo, assim como frio demasiado, mas se aqueles muitos trabalhadores suportavam, eu não faria corpo mole.

Sheila me ligou, informando sobre o resultado de um novo investimento. Estávamos com lucros excelentes e eu fiquei muito feliz com a notícia. Aos poucos aprendia a lidar melhor com meu patrimônio. Contava com pessoas dedicadas e que me apoiavam incondicionalmente. Tudo aquilo trazia um sentimento de completude. Tudo estava dando certo em minha vida profissional, minhas amizades, meu lar, meu amor.

Luigi provou ser um homem carinhoso, leal e apaixonado. Nunca me cansava de estar em seus braços, de abraçá-lo, beijá-lo. Eu não tinha a mais remota ideia do que era amor até conhecê-lo. Luigi ajudou a forjar a Estefania que eu era hoje, mais leve, centrada. Por ele, lancei todo um passado sujo para trás. Ele me fez sua *signora*, amiga, amada, amante.

Todas as vezes que fazíamos amor, poderíamos fornecer energia para o mundo inteiro com o calor que nos aquecia. E eu que temia tanto viver na fortaleza de mármore, antes um iglu, agora esta se tornou um templo vestal cheio de fogo, um fogo que nada nem ninguém poderia apagar.

Luigi ainda se consultava com o psicólogo e a terapeuta e seguia seu tratamento à risca, mas nesse nosso tempo juntos, ele nunca teve nenhum surto ou manifestação. Todas as vezes que partilhávamos da cama, sentia que fluía amor e sentimento verdadeiro e não uma simples conjunção carnal.

Pensava em tudo isso e caminhava contemplando a jazida.

Há alguns meses aquilo não significaria nada, contudo hoje era minha herança e império. Eu que outrora me intitulava de forma depreciativa como "Princesa do Mármore", hoje tinha orgulho de ser a proprietária e dona de tudo isso. De quanto trabalho aquela jazida provia, quantas famílias trabalhavam ali. Algumas tinham três gerações. Os trabalhadores, sempre que possível, partilhavam comigo seus conhecimentos sobre o mármore e sua beleza fria. E eu era muito grata a eles.

Caminhei por parte da mina e fazia meu caminho de volta quando comecei a me sentir estranha.

A visão turvou e passei a não sentir meus passos no chão e uma confusão tomou conta da minha mente. Ouvia as vozes, mas não enxergava, minha visão foi totalmente escurecida e de repente o baque surdo no chão.

E foi a última coisa que ouvi.

Capítulo 31

Não conseguia me reconstruir
Com apenas alguns Band-aids e ataduras
Sentada, desejava que aquela situação chegasse ao fim
Acreditava existir algo melhor, melhor
Então dei um salto de fé.

Healing - Riley Clemmons

Luigi

Estefania saiu toda sorridente naquela manhã para ir à jazida para mais um dia de trabalho, enquanto eu gerenciava parte das boates e resolvia questões com fornecedores.

Essa era nossa rotina. Trabalhávamos durante o dia, à noite jantávamos, passeávamos e fazíamos vários programas de casais como cinema, teatro e saíamos para dançar. Adorava vê-la dançar.

Meu maior prazer era estar na companhia dela. Estefania e eu construímos um relacionamento sólido e puro nesses dois meses de casamento, quase três. Ela me fazia rir, vibrar, enchia-me de paixão e tanto amor que não cabia no peito. Aquele Luigi atormentado, com um apetite sexual insaciável, deu lugar a um Luigi que se satisfazia de forma saudável e apaixonada no ato de fazer amor. Todas as vezes que Fanny e eu estávamos na cama, nunca era só paixão, desejo e egos, éramos movidos pelos nossos corpos e corações, em uma partilha. Nós nos doávamos e quando alcançávamos o clímax eu sentia, que de alguma forma, estava mais perto da eternidade. E todas as noites nós nos amávamos assim, apaixonadamente.

A família Mancini a abraçou e meus pais a tinham como filha, assim como Donna ao se casar com Marcelo e assim nossa família aumentava em número e amor.

Nessa tarde viajaríamos para Nápoles, para passarmos o fim de semana com minha família e Estefania estava muito entusiasmada. Portanto, causava-me muita estranheza que ela ainda não tivesse chegado. Liguei várias vezes no celular, mas provavelmente estava sem bateria. Fanny era muito relapsa com seu telefone.

Liguei mais uma vez no celular e nada. O que teria acontecido?

Preparava-me para ligar pela trigésima vez, quando a governanta anunciou que eu tinha visita. Lucca Tolimini entrou no escritório, o cenho franzido, estranho.

— Olá, Lucca! Como vai?

— Luigi, venha comigo, por favor! — pediu direto.

— Está tudo bem?

— Estefania foi encaminhada para o hospital — disparou Lucca.

Eu senti todo o sangue gelar em minhas veias.

— O que você disse? Como? O que houve? — indaguei, desesperado.

— Eu não sei, havia ido ao centro para negociar com alguns clientes como Estefania me pediu. Quando retornei à mina, os trabalhadores disseram que tudo o que viram foi ela desmaiando e que a levaram até o hospital. *Signore* Amedeo Gentili a levou.

— Em que hospital ela está? — perguntei procurando a chave do carro.

— No Apuane. Eu pensei em ligar, mas preferi avisá-lo pessoalmente. Venha comigo, eu estou com meu carro lá fora.

Anuí com a cabeça e segui Lucca. Eu estava completamente atordoado.

O que teria acontecido com *mia* rosa selvagem?

Uma série de possibilidades passou pela minha cabeça e agradeci a Deus por Lucca estar ali, pois de outra forma eu não teria como dirigir, minha mente estava um turbilhão.

O caminho até o hospital foi um tormento e, quando cheguei, desbaratado fui à busca de informações. O *signore* Gentili disse que até agora, ninguém o atualizou. Ele era um dos mineiros mais antigos da jazia e me explicou com o máximo de detalhes o que viu. Ele disse que Estefania estava caminhado, parou em um determinado ponto contemplando o horizonte e de repente, caiu desmaiada.

— *Signore* Mancini, assim que vi *signora* Mancini ir ao chão, fui até ela. Chamei, tentei acordá-la, ela não reagia. Então, junto de meu filho Andrea, eu a trouxe. Assim que chegamos, pedi que Andrea voltasse à jazida e tentasse localizar o engenheiro Tolimini.

— *Dio*! O que terá acontecido?

— Pode ter sido a temperatura. O ambiente da jazida é belo, mas inóspito e suas temperaturas podem ser cruéis. A *Signora* tem uma força indolente, mas não foi criada nesse ambiente. A rotina de trabalho nas minas, mesmo para aqueles que são mineiros, pode ser extenuante.

— Sim, é verdade — concordou Lucca. — Aguardemos o que os médicos dirão.

Eu detestava esse ambiente de hospital, lembrava o incidente em Havana, quando Donna foi baleada, salvando a vida de Marcelo. Todos nós tememos por ela, Marcelo principalmente e agora eu estava passando pelo mesmo. Estava aqui, angustiado aguardando notícias.

Tinha vontade de invadir a sala médica e perguntar o porquê da demora. Estava sendo consumido pela dor.

Mais alguns minutos se passaram até que um doutor, jovem, veio até nós.

— Quem é o responsável pela *signorina* Mancini?

— É *signora* Mancini — corrigi o médico, petulante. — Sim, sou o esposo dela.

— *Signore* Mancini, por favor, acompanhe-me.

Levantei-me imediatamente e segui o médico. Finalmente veria *mia rosa*.

Passamos por vários corredores e nada de entrarmos em quarto algum. O médico parou a frente da porta de um consultório e a abriu, dando-me passagem. Entrei reticente, o medo me assolava.

— *Signore* Mancini, primeiro de tudo, quero informá-lo de que a *signora* Mancini se encontra bem.

— Não entendo. Se ela está bem, por que está aqui? O que houve com minha esposa? O que ela teve? — Levantei-me bruscamente derrubando a cadeira.

— *Signore* Mancini, acalme-se ou não poderei levá-lo até sua esposa.

Respirei fundo, levantei a cadeira e voltei a me sentar.

— Como eu estava dizendo... Sua esposa se encontra bem de saúde, como o senhor poderá constatar em alguns minutos. Fizemos uma bateria de exames para comprovação. O que ocorreu foi uma queda de pressão. Ela me informou que não havia se alimentado bem essa manhã e o ambiente no qual ela trabalha é muito quente, o que pode ter colaborado para o mal-estar. Isso é tudo, os demais detalhes ela poderá lhe dar pessoalmente. Vamos?

Estefania

Acordei no leito de um hospital, um tanto zonza e aturdida, mas me sentia bem. Não recordava muita coisa, apenas do baque no chão.

Depois de vários exames o médico me informou algo que me tomou de surpresa. E agora Luigi acabava de entrar no quarto com o doutor que me atendeu.

Vê-lo sempre fazia meu coração transbordar, mas naquele momento eu temia pelo que precisava dizer. Receava sua reação.

— Bem, vou deixá-los a sós! — disse o doutor e saiu fechando a porta.

Assim que ele se foi, Luigi se lançou em meus braços, roçando seus lábios nos meus em um beijo casto, mais cheio de sentimentos.

— *Amore,* o que aconteceu? Como você se sente, *vita mia*? — Luigi perguntou, aflito.

Podia ouvir seu coração descompassado.

— Eu estou bem, foi só uma queda de pressão... devido ao calor e ao meu estado — disse, tentando reunir coragem para dar a notícia.

— Qual estado? O médico acabou de me afirmar que você está bem de saúde. Eu sabia que devia ter acertado aquela cadeira na cabeça dele. Mentiu para mim, o filho de uma put...

— Eu estou grávida — disparei.

— O que disse? — Luigi perguntou, saltando da cama.

— Eu... Eu estou grávida, Luigi. Vamos ter um bebê.

Luigi ficou em silêncio por alguns minutos, o que eu mais temia. Ele estava parado, mudo, concretizando todos os meus temores. Ele, assim como Romano, não queria ter um filho comigo. Meu coração se apertou diante daquela possibilidade, pois, por mais que me doesse, assim como da outra vez que optei pela criança, dessa vez não seria diferente. Teria meu *bambino* com ou sem Luigi. Ainda que o amasse acima de tudo se ele me fizesse escolher entre ele e o meu filho, seria sempre meu filho.

Foi quando que vi uma lágrima rolar pelo rosto dele. Luigi novamente se lançou aos meus braços e me agarrou alegremente, banhando-me em suas lágrimas, cobrindo-me de beijos, confundindo-me.

— Luigi... Você está *feliz*? — perguntei, incrédula.

— Por quê? Você não está? — indagou de volta, franzindo cenho.

— Sim, estou, porém pensei que você não estivesse.

— Como não estaria se estou realizando um dos maiores sonhos da minha vida. *Amore*, vamos ter um bebê, um filho. Nosso filho! Desde que nos casamos não paro de pensar nisso. E com a frequência com a qual nos amamos, é maravilhoso saber que seremos pais.

E beijou-me novamente, com sofreguidão.

Todos os meus medos foram dissipados com suas palavras. Como fui estúpida ao compará-lo a Romano!

Era óbvio que Luigi nunca renegaria um filho. A família Mancini era unida e amorosa. Marcelo, Luigi e Bruno foram criados em um lar cheio de amor e com prova viva dentro de casa. *Mamma* Regina e *Papà* Mancini eram provas de que, por amor, valeria a pena lutar e enfrentar quaisquer desafios que a vida impusesse. E assim seus filhos tinham seguido o exemplo dos pais, buscado, lutado e amado.

Assim como Marcelo lutou pelo amor de Donna, Luigi se colocou em perigo arriscando sua vida e a dos seus para me fazer sua esposa e agora nossa família estava crescendo. A felicidade não cabia em mim.

Não merecia, estava ciente disso. Eu que achava que Deus não gostava de mim. Na verdade, Ele me amava tanto que mudou minha vida, entregando-me um homem verdadeiramente apaixonado por mim, dando-me a oportunidade de integrar o seio de uma família e construir meu próprio lar.

Não, eu não poderia esperar felicidade maior.

Capítulo 32

Poderia passar minha vida
Nessa doce entrega
Poderia me perder nesse momento, para sempre
Cada instante contigo
É precioso para mim.

I Don't Wanna Miss a Thing - Aerosmith

Luigi

Não, eu não poderia almejar felicidade maior. Estefania, grávida de um filho meu. Eu queria gritar, queria que o mundo inteiro soubesse.

E pensar que ela acreditou que eu não havia ficado contente. Realmente eu não fiquei apenas contente, estava exultante. Assim que o médico lhe deu alta, fomos para casa.

Lucca nos deu carona até a fortaleza e foi o primeiro a saber da gravidez e a nos parabenizar com alegria. Mal entramos e a governanta já nos recebeu preocupada pelo avançado da hora. Assim que contamos o motivo, ela sorriu feliz e foi preparar uma vitamina, afinal, Fanny agora precisaria comer por dois.

Passamos uma noite maravilhosa, fizemos amor com uma doçura que eu jamais experimentei antes. Passei horas acariciando o ventre de Estefania, que ainda estava liso, já que de acordo com o que ela me disse estava com seis semanas de gestação. Alisei e acaricie a barriga plana até Fanny ser envolta pelo sono e dormir nos meus braços, tranquila enquanto eu contemplava todo um futuro a nossa frente.

Na manhã seguinte apenas tomamos café e colocamos o pé na estrada até Nápoles. Em breve o hangar da mansão estaria pronto e faríamos o percurso mais rapidamente.

Estefania enjoou um pouco durante o trajeto, mas esteve bem e assim que chegamos à mansão, *mamma* e *papà* já nos esperavam. À noite, Marcelo e Donna vieram jantar conosco, apenas Bruno não estava. Tinha ido ao Brasil, conhecer o Porto de Santos, o maior complexo portuário da América Latina, e encontrar alguns clientes, pois estava trabalhando na expansão dos negócios.

Assim que sentamos à mesa para jantar, e *papà* Mancini conduziu a oração em ação de graças pela nossa família, saúde e negócios, antes que ele dissesse o *Amém* eu o interpelei dizendo:

— É uma pena Bruno não estar aqui, pois ele foi um oráculo quando, nessa mesma mesa disse que Fanny e eu estávamos nos dedicando a perpetuar o sobrenome Mancini e ele tinha razão. Hoje, Estefania e eu agradecemos a Deus, pois... estamos *grávidos*.

— *Oh, Dio Santo!* Luigi, não brinque com meu coração. É verdade, Estefania? Você está grávida? — *Mamma* Regina perguntou.

— Sim — Fanny confirmou timidamente.

Meus pais se levantaram e a abraçaram. Meu pai me chamou para o abraço coletivo e disse:

— Filhos, quanta felicidade vocês nos dão.

Em seguida, vieram Marcelo e Donna nos abraçar, cumprimentando-nos.

— Eu vou pegar o champanhe. Isso é motivo de grande comemoração! — Marcelo disse.

Assim que retornou, serviu-nos o champanhe, na vez de Estefania ela declinou.

— Eu vou brindar com o suco.

— Veja só que cuidadosa. Não tenho dúvidas de que você será uma excelente mãe — comentou Donna. — E eu, uma *zia* babona.

E assim a alegria flutuava pelo ar. Foi um final de semana incrível.

Voltamos para Carrara na segunda-feira à tarde e eu cheio de recomendações a Estefania, para que pegasse leve com o trabalho na jazida.

Chamei Lucca, que se provou ser um amigo leal e pedi que ficasse de olho em Estefania, para que ela não exigisse demais de si; embora a visse tão envolvida e zelosa que duvidava que ela se colocasse em riscos desnecessários.

A fortaleza que Estefania tanto considerava fria, começou a ganhar mais calor humano e cores.

Fanny e eu lemos várias revistas e livros sobre maternidade e quase todos os dias nós íamos às compras. Donna deu de presente toda a decoração do quarto do bebê, em Carrara e em Nápoles. Meus pais fizeram questão de que tivéssemos nosso próprio espaço na mansão Mancini, com isso Donna desenvolvia três projetos simultaneamente: quarto do bebê em Carrara, o quarto do bebê e o nosso quarto na Mansão Mancini.

O tempo passava e a cada dia meu coração transbordava mais de amor e carinho pela minha rosa selvagem. A barriga ficava mais evidente e na pele, olhar e face a felicidade genuína de Estefania me embevecia.

Os meses foram passando e no quinto mês de gestação, tivemos um susto. Estefania passou mal e fomos novamente ao hospital. O mesmo doutor que nos atendeu da outra vez aconselhou que ela diminuísse o ritmo de trabalho e indicou alguns dias de repouso. Liguei para meus pais e eles sugeriram que fôssemos para Nápoles, onde minha mãe se dedicaria a cuidar de Fanny e assim o fizemos. Do hangar recém-inaugurado, voamos para Nápoles.

Na mansão Mancini, minha mãe se desdobrava em atenção e cuidados com Estefania.

Donna passava em casa todos os dias no fim de tarde para saber da cunhada e do sobrinho. Ainda não tínhamos feito a ultrassonografia para saber o sexo do bebê, decidimos que seria uma surpresa. Fanny torcia por um menino e eu, secretamente, por uma menina.

Já estávamos a quase dois meses na casa dos meus pais e um dia, saímos para ver mais algumas roupas para o bebê e jantar fora. Estávamos tão distraídos, caminhando pelas lojas, que demorei a reconhecer o homem caminhando em nossa direção. No momento em que Estefania o viu, o sangue sumiu da sua face e minha esposa corada e saudável, de repente se pôs pálida e fria.

— Ora! Ora! Como diz o velho adágio: um dia, até as pedras se encontram.

Romano olhou para mim, depois para Estefania, fitando fixamente sua barriga. Notei em seu olhar o ressentimento e uma ponta de inveja, mas ele logo disfarçou seu rancor.

— Você gosta de usar esse truque da barriga para prender os homens, não é, Estefania? — falou com um sorriso sarcástico. — Essa mesma barriga já abrigou um filho meu.

— Romano, não ouse ofender minha esposa ou eu...

— Luigi, *amore,* por favor, vamos embora — Fanny pediu.

— Vai fugir, Jezebel? Não vai me encarar depois de ter me deixado plantado no altar e fugido com esse *fighetto*[18] Mancini?

— Ouça, Romano, a sua sorte é que estamos em um local público, se não eu o estriparia com prazer para que pague por todo o mal que fez a Estefania.

— Nossa, Luigi! Fico admirado com o modo como você a defende. Você sabe quem essa Jezebel é? Ela por acaso disse a você como se prostituía em troca de pó? Como se entregou não só a mim, mas a vários homens?

— Romano, Estefania e eu não temos segredos e não há nada no passado dela que eu não conheça, do mesmo jeito que ela conhece o meu, portanto se sua intenção era me chocar, perdeu seu tempo. Agora... — Sibilei, lívido, colocando meu dedo em riste contra Romano. — Sugiro que você desapareça da minha vista ou serei obrigado a cumprir minha ameaça e acabar com sua raça bem aqui.

— Eu vou, não porque esteja me ameaçando. Tenho coisas mais importantes a fazer do que ficar discutindo com vocês. E, parabéns, Estefania! Está com um otário que te atura gorda como uma porca, mas bem lá no fundo você sabe que não conseguirá levar essa gestação até o fim. Mulheres como você não servem para ser mãe.

---

[18] Italiano: (pejorativo) Mauricinho, exibido.

— Seu filho da puta! Maldito! — Precipite-me para socar a cara do infeliz, quando Fanny se colocou à minha frente.

— Não, Luigi! Não faça isso. Por favor, vamos embora! — pediu.

Seu olhar suplicante e sua tez pálida me colocaram de sobreaviso e eu retrocedi.

— Romano, sua hora vai chegar. Você não perde por esperar — disse, abracei Fanny e deixamos o shopping.

Estefania

Encontrar Romano foi extremamente desagradável e mesmo já estando de volta à mansão Mancini, eu estava inquieta.

Era madrugada e eu permanecia acordada, sem sono. O bebê também estava inquieto, chutava sem parar e aquilo confirmava minhas suspeitas de que seria um menino. Sentada na poltrona, relembrava o encontro daquela noite.

O olhar de revolta de Romano, as palavras dele, tudo me dava pavor. Não sei que tipo de trato Marco, Regina e Lombardo fizeram para barrar Romano, porém, no fundo algo me dizia que não o deteria por muito tempo. Eu, melhor do que ninguém, o conhecia e sabia exatamente a gradação de maldade dentro daquele ser. Romano Lombardo não era apenas tóxico, era o homem mais odioso que eu já conheci na vida.

Lembrei de meu pai, um homem honesto a vida toda, de quando *mio babbino* escorraçou Romano e o proibiu de me procurar. Meu pai tinha honra, dele herdei o sobrenome Cavaglieri, de fato, meu pai foi um cavalheiro. Ele teria gostado de Luigi, embora ambos não pudessem ser mais diferentes, Luigi possuía a mesma honradez e responsabilidade que meu pai.

Chorei silenciosamente, ou pelo menos assim acreditava, pois no instante seguinte Luigi se levantou da cama, abraçando-me.

— Fanny, *rosa mia*, você está bem?

— Estou, estou sim, apenas não consigo dormir.

— Foi o encontro com aquele crápula, não foi? Sabia que a perturbaria. Não tema, *amore.* Estou aqui e vou te proteger. Protegerei você e nosso bebê seja do que for.

Luigi me pegou no colo, deixando-me admirada pela sua força. Eu estava imensa, havia ganhado bastante peso com a gestação, mas ele me carregava como quem ergue uma pluma. Ele me colocou na cama com todo cuidado e me cobriu.

— Vou fazer um chá para você.

— Luigi, não é necessário. Eu...

Luigi saiu do quarto e voltou poucos minutos depois na companhia de minha sogra, que trazia uma xícara com a infusão.

— Tome. Beba isso, querida, vai lhe fazer bem — *mamma* Regina me ofertou a xícara.

Senti o cheiro parecendo o de perfume, encarei-a com a pergunta em meus olhos.

— Trata-se de chá de lavanda, cultivada na minha própria estufa. Beba, ele é indicado para auxiliar no sono e aliviar o estresse. Você acabou de completar sete meses e os desconfortos da gestação aumentam nesse período.

Sete meses. Meu outro bebê não passou da vigésima segunda semanas esse já estava na trigésima primeira, contudo eu temia. Temia perdê-lo, temia que se concretizassem as palavras de Romano, que eu não fosse uma mulher digna de ser mãe. Não queria pensar naquilo, não queria pensar no filho que perdi, porém era inevitável e sem que eu percebesse comecei a chorar. Minha sogra me abraçou e com um gesto pediu a Luigi que deixasse o quarto.

Mamma Regina e eu permanecemos abraçadas por um bom tempo.

— O que houve, minha menina? Conte-me — pediu minha sogra no melhor tom materno.

Eu contei a ela sobre o encontro com Romano, tudo sobre o meu passado com todos os sórdidos detalhes já me preparando para a rejeição.

— Como você pode ver, não sou a melhor opção para Luigi ou a nora ideal — disse ainda soluçando.

Depois do meu relato, *mamma* Regina respirou fundo e se perdeu em seus pensamentos. Após alguns minutos de introspecção disse:

— Sabe, logo que a conheci pensei a mesma coisa. Lembro que achava você meio doidivanas, muito sem rumo e disse comigo mesma: *Dio*! O que meu filho está fazendo com essa *ragazza* desorientada? No entanto, bastou um segundo olhar para eu perceber que tinha visto apenas a superfície, que havia muito mais Estefania para ser vista e estou muito feliz que Luigi tenha tido essa visão aguçada. Você é uma mulher excepcional, uma nora maravilhosa, uma esposa incrível e será uma mãe amorosa e generosa. Você pode ter trilhado caminhos tortuosos, mas aprendeu e eu nunca vou me esquecer de como você se sacrificou ao concordar com o disparate de se casar com Romano apenas para salvar nossa família. Você tem a nobreza que falta em muitos seres humanos e eu me orgulho de tê-la como nora.

Comecei a chorar novamente.

Dio! Chorava copiosamente enquanto minha sogra me ninava como se eu fosse um bebê. Aos poucos, fui me acalmando. E ela estendeu novamente a xícara e disse:

— Agora beba, descanse e se tranquilize. Romano não lhe fará mal, Leo me deu a sua palavra que impediria o sobrinho e eu confio nas palavras dele.

— *Mamma,* perdoe-me a indiscrição... Mas um dia saberemos o que de fato envolve a *signora*, *Papà* e Lombardo? — perguntei.

O olhar de *mamma* Regina se perdeu no tempo em pensamentos.

Ela segurou minha mão, acariciou meu rosto, dando um beijo em minha face e se levantou deixando o quarto. Quando eu já estava crente de que ela ignoraria minha pergunta, à soleira da porta minha sogra respondeu:

— Um dia.

Capítulo 33

O que você está esperando?
A manhã de pronto chegará
Você sabe, é só um sonho.
Durma, minha querida, durma

Sleep Baby Sleep - Broods

Estefania

O chá de *mamma* Regina me ajudou e eu caí em um sono profundo sendo despertada no dia seguinte pelo cheiro de café e pão fresco, com Luigi ao meu lado.

— *Buongiorno, rosa mia.*

— Bom dia, *amore*! — respondi e sorri, tímida como se fosse uma colegial.

O cuidado e carinho que Luigi tinha comigo sempre me surpreendia. Na bandeja, além do pão e do café estavam dispostos cereais e frutas frescas.

— As frutas são do pomar de mamãe. Ela mesma as colheu.

— Luigi, sua mãe tem sido tão generosa comigo. Fico até constrangida.

— *Mamma* sempre desejou ter uma filha, mas deu à luz a três rebentos. Acho que ela vê nas noras as filhas que não teve. E eu fico muito feliz de ver como vocês se relacionam, ver o jeito que ela mima você e o bebê. Agora trate de comer e comer bem!

Obedeci a Luigi, alimentando-me com um pouco de tudo na bandeja. Assim que terminei, sentia-me mais bem disposta.

— Hoje nada de sair, ok? Já chamei o médico que atendeu Donna, Dr. Caribone. Ele virá examiná-la para se certificar de que tudo está bem com você e o bebê.

— Mas, Adriano é cardiologista.

— Sim, mas eu gostaria que ele a examinasse e indicasse um obstetra de confiança. Eu sei que você realizou todos os exames em Apuane, no entanto, como estamos aqui e vamos ficar até o fim da sua gestação, gostaria que tivesse profissionais que possam atendê-la aqui.

Uma batida à porta e a voz da minha sogra se fez presente.

— *Buongiorno, figlia mia*. Espero que tenha dormido bem. Vejo que já se alimentou. Que ótimo! Queridos, Dr. Caribone está lá embaixo. Posso deixá-lo subir?

— Claro! — concordei.

Em poucos minutos o médico me examinou e de acordo com seus exames preliminares eu estava bem, apenas precisava de tranquilidade para levar a gestação até o fim. Pediu que Luigi me levasse à clínica *Franca Viola,* no centro de Nápoles, especialista em saúde feminina.

A clínica era gerida por *signorina* Farfalla, amiga de Dr. Caribone cujo trabalho ele exaltou, salientando que a equipe médica era formada apenas por mulheres e que se tornou referência na região. Ele mesmo ligou, agendando uma consulta com a médica para o dia seguinte.

Aquele dia foi de repouso e descanso, dormi cedo e acordei cedo na manhã seguinte e já estávamos na clínica Franca Viola aguardando atendimento.

— Senhora Mancini? — chamou a Dra. Angelica di Santi chamou.

Luigi e eu entramos no consultório elegantemente decorado, repleto de objetos maternais. Sentei-me na confortável poltrona e a doutora fez uma série de perguntas, pediu meus exames anteriores e os examinou. Pediu uma nova bateria de exames para realizarmos naquele exato momento.

Luigi e eu passamos boa parte da manhã de um lado para o outro providenciando tudo o que foi pedido pela médica. Nunca me senti mais bem atendida na vida. Não sei se por serem mulheres, senti-me mais segura e a vontade. Voltamos ao consultório da médica com todos os exames prontos. Doutora di Santi examinou minuciosamente e sorriu, contente.

— Sra. Mancini, seus exames estão ótimos, sua gravidez segue tranquila sem complicações. Minha única recomendação, como você já está no sétimo mês, é em relação a sua pressão. Esteja atenta, pois muitas gestantes, mesmo tendo a pressão equilibrada, acabam vulneráveis à pré-eclâmpsia, um dos fatores é o estresse excessivo, portanto, evite desgostos, discussões ou confrontos. Vejo que tem um esposo solícito e isso pode ajudar muito.

Luigi esboçou um sorriso de alívio e me abraçou, envolvendo minha barriga e agradeceu a médica. Conforme saíamos do hospital, vi uma mulher que eu considerei familiar. Meu olhar a acompanhou até sua entrada em um dos consultórios.

— *Amore*, você está bem? — Luigi indagou.

— Sim, estou... Tive a impressão de ver uma conhecida.

— Quem?

— A condessa.

— Qual condessa?

— Eu apenas a conheço como a condessa, eu a apresentei a Donna, foi o primeiro trabalho de Donna como arquiteta, talvez ela tenha mais detalhes, pois desenvolveu alguns projetos. Ah, claro! Agora me lembrei. Donna desenvolveu o projeto da casa e uma clínica para essa condessa. Acho que se trata desta clínica e ambas se tornaram muito amigas desde então, Donna a ajuda com alguns trabalhos sociais voltados para mulheres vítimas de violência doméstica. Ela comentou algo um tempo atrás. Agora tenho certeza de que se trata *desse* lugar, deveria ter reconhecido os traços únicos de Donna no projeto.

— Donna fala muito a respeito dessa mulher, de seu coração e de como ajuda mulheres, mas não me lembro de ela mencionar o nome, sempre se referia a ela como *A Condessa*. Estranho, não?

— Tudo o que sei é que se trata de uma mulher muito importante e que seu trabalho aqui vem sendo visto em várias partes do mundo. Realmente a clínica se tornou muito conhecida. Donna sempre fala com muito orgulho dessa amiga condessa.

Não sei por que me lembrar da condessa me deixou uma espécie de desconfiança, como se houvesse algo muito maior por trás de tudo aquilo.

Bobagem! Deviam ser os hormônios da gravidez.

Deixamos a clínica e voltamos para casa, muito mais tranquilos.

E assim os dias foram passando, os meses avançando e eu cercada de cuidado e de carinho.

Marcelo, a princípio contido, foi se tornando um tio coruja já prometendo que, se o bebê fosse uma menina, não deixaria qualquer rapaz se aproximar dela. Donna ria se divertindo, horrorizada com o paternalismo e ciúmes exacerbado do esposo.

Bruno também torcia por uma menina, disse que a levaria para conhecer vários lugares do mundo, que ela seria linda e inteligente e que ambos viveriam várias aventuras juntos, explorando parques de diversão e andando de bicicleta.

Estava em minha trigésima oitava semana de gestação. Mal podia acreditar que cheguei até aqui e que tudo havia dado certo. Estava parecendo um balão imenso, mas o olhar de Luigi transparecia amor e orgulho, fazendo com que eu me sentisse a mulher mais bela do mundo. Todas as noites eu adormecia aninhada em seus braços, minha barriga sendo acariciada por ele. Vivia um sonho lindo e acordava todas as manhãs para sonhar mais.

Vários presentes chegavam de amigos da família, dos Capos das outras famílias mafiosas e dos membros da equipe. Carrinhos, bonecas e bonecos, helicópteros de brinquedo e até uma réplica do jatinho do Luigi com controle remoto. Sam enviou para mim uma soma em dinheiro e uma carta de tarô cigano.

Quando recebi o presente achei inusitado ela ter enviado apenas uma carta e não o tarô inteiro, depois, entendi. Tratava-se de uma mensagem codificada. Fui pesquisar o significado da carta *Roda da Fortuna*. E vi que se trata de mudança, de ciclos que se fecham e se iniciam.

Fiquei estarrecida ao constatar que, de fato, minha vida mudou completamente desde a morte de Valentim. Aquilo foi o fim de um ciclo, início de outro. Mais ciclos foram fechados e outros tantos abertos. Agora estava aqui, prestes a fechar e iniciar mais um deles.

Em breve, daria à luz e seria mãe.

Estava terminando de me arrumar para um passeio matinal com Luigi quando ele adentrou o quarto com uma expressão preocupada.

— Luigi, o que aconteceu? Está tudo bem?

— Sim, *amore*, está. Apenas não poderei acompanhá-la ao parque. Lucca ligou e parece que houve um problema na jazida. Precisarei ir até Carrara.

— Sendo assim, irei com você.

— Nada disso, *amore*. Faltam poucos dias para você dar à luz. Nem pensar em voar nesse estado! Eu vou, verei do que se trata e voltarei rapidamente para minha esposa linda.

— É muita coragem sua, dizer que estou linda. Eu estou explodindo de tão gorda.

— E não poderia estar mais linda. Você traz dentro de si o fruto do nosso amor, realizou-me como homem, eu devo tanto a você, *vita mia.* Nunca me cansarei de adorá-la.

Os lábios de Luigi alcançaram os meus e em seu beijo sentia cada palavra que ele acabou de dizer.

Sim, Luigi Mancini me ama *veramente*. E não cansava de demonstrar.

Nesses meses de casamento e de gestação, a cada dia ele me cativava e mais me conquistava. Deu-me uma vida maravilhosa cheia de amor que às vezes eu me sentia indigna de ter.

Muitas vezes me sentia uma espécie de fraude, então vinha ele com seu amor e toda aquela família unida e me faziam ter certeza de que eu estava no lugar certo. Como agora, sendo beijada por Luigi. Seus lábios buscando os meus, sua boca se fundindo à minha, nossas línguas viajando juntas a um lugar só nosso; cálido, cheio de ternura.

Nós nos demoramos no beijo e na troca de afeto até perdermos o ar e, ofegantes, nos despedirmos.

— *Aspettami, vita mia*[19]*!*

— *Sempre, amore mio. Sempre.*

---

[19] Italiano: Espere por mim, minha vida!

Capítulo 34

Permanecerei em pé,
assim você não vai esquecer meu nome
É desse jeito que se joga o jogo da vida
Todo mundo sabe

Everybody Knows - The Chicks

Estefania

Luigi partiu para Carrara e eu permaneci em casa boa parte da manhã. Depois de algumas horas, desci em busca de *mamma* Regina e a surpreendi aos beijos com meu sogro.

Agora sabia a fonte de todo o fogo de Luigi.

Pigarreie levemente para chamar a atenção quanto a minha presença e ri quando minha sogra corou. Meu sogro disse:

— Não se pode culpar um homem por roubar uns beijos de sua esposa, não é?

— De forma nenhuma! — eu disse, divertida. — *Mamma, papà* vou dar uma volta no parque. Serão uns poucos minutos e já volto.

— Quer que eu vá com você, *figlia*? — *mamma* perguntou, solícita.

— Não será necessário, levarei os seguranças e será rápido.

— Sendo assim, vá, mas não demore. Estou fazendo seu prato favorito.

— Não perderia por nada — falei e saí.

Cruzei a porta e os seguranças já se aproximaram e me escoltaram até o parque.

Encontrei meu lugar de sempre, um banco — típico das *piazze* napolitanas — e me sentei, observando as crianças brincarem, correndo e pulando. pensei que logo seria meu *bambino* ou *bambina* se divertindo ali.

Pensava na beleza de coisas tão simples, como o sorriso de uma criança quando, de repente um carro desgovernado invadiu o parque e a piazza, indo na direção das crianças.

Eu não pensei em mim, não pensei em meu bebê, pensei nas crianças inocentes e minha reação foi instintiva.

Levantei-me o mais rápido que minha condição permitia e gritei:

— Carro desgovernado. Fujam! — Carro desgovernado. Fujam, por favor!

O lugar sereno, em segundos se tornou caótico, gritei ordens aos seguranças que estavam comigo para que ajudassem as mães com as crianças. E tudo foi uma sequência eletrizante, gritos, corre-corre por todos os lados e foi quando senti a colisão.

O carro me acertou em cheio. Imediatamente senti meu corpo inteiro ser tomado pela dor e ser lançado ao chão.

Comecei a sentir a mente turvar e já não enxergava nada, mas me lembrava de ouvir uma voz dizer:

— Estefania, aguente, por favor! Aguente firme! Eu vou levá-la até a clínica. Sobreviva, *ti prego!*

Eu já ouvi aquela voz. Meu inconsciente me dizia, mas não a relacionava a nenhum rosto. Depois disso, perdi os sentidos.

A condessa

Assim que vi a confusão no parque e vi Estefania ser atingida pelo carro pensei: isso não foi um acidente. Tratava-se de mais um atentado aos Mancini. Corri assim que ela caiu ao chão.

Ela estava grávida e simplesmente e eu sabia que algo podia dar muito errado. O impacto da pancada foi muito forte. O carro fugiu em seguida e não me ocorreu ir atrás, nós não tínhamos tempo a perder. Com a ajuda dos seguranças que tarde demais perceberam o que aconteceu, colocamos Estefania no carro e levamos até a clínica.

Chegando lá, acionei toda a equipe de obstetrícia e se iniciaram os exames que confirmou minhas suspeitas: a colisão acabou adiantando o parto. Por causa do trauma no acidente, sua pressão arterial desestabilizou e ela estava em pré-eclâmpsia. Perigoso tanto para ela quanto para o bebê.

Dio!

Precisava avisar a família. Os seguranças estavam desesperados, sem saber como fazê-lo, então eu mesma decidi avisar.

Liguei para a mansão Mancini e pedi para falar com dona Regina, porém uma voz masculina atendeu.

— Bruno Mancini falando.

— Sr. Bruno...

— Lara?

— Não. Falo da clínica Franca Viola, recebemos a senhora Estefania Mancini aqui e ela está em trabalho de parto.

— Lara? Como você e Estefania se conhecem?

— Sr. Mancini, creio que esteja me confundindo com outra pessoa. Faço parte da clínica e ligo apenas para avisá-lo sobre sua cunhada. Venham para cá, imediatamente.

— Hey, Lara, não desligue. Lara!

Desliguei o telefone e em seguida liguei para Donna, explicando o ocorrido. Ela estava próxima à clínica e em poucos minutos chegou.

— Condessa, boa tarde! Obrigada por socorrer Estefania e por me avisar.

— Não há de quê, caríssima! Sua cunhada já está sendo cuidada pela equipe. Ela está em pré-eclâmpsia, contudo temos de manter nossa fé. Vou precisar partir, tenho negócios a cumprir, mas a equipe já recebeu ordem para me manter informada.

— *Grazie, contessa!*

— Não há de quê. Devo ir. Cuide-se!

Bruno

Era ela.

Era a voz dela, eu tinha certeza.

Meus pais ainda estavam buscando local para estacionar, mas eu adentrei a clínica correndo. Precisava encontrá-la e a achei.

— Lara, eu sabia que era você!

Era ela, não me restava a menor dúvida.

Era ela, e não era ao mesmo tempo.

A mulher à minha frente usava um turbante, óculos escuros e um traje feminino árabe. Ela continuou caminhando e eu me interpus à sua frente.

— *Vy menya izvinite, ser?*

— Não adianta fingir que não é você e usar outro idioma para tentar me confundir, eu a reconheceria a milhares de quilômetros de distância.

A mulher acenou e logo os seguranças se aproximaram, fazendo um cerco, protegendo-a.

— Por favor, afaste-se da *contessa*.

— Bruno, *figlio,* o que está acontecendo? — minha mãe perguntou e em frações de segundos a mulher desapareceu da minha frente como nuvem.

— Bruno, o que aconteceu filho? Como está Estefania?

— Eu... Eu...

Donna irrompeu do corredor, interrompendo-nos.

— Que bom que estão aqui! Conseguiram localizar Luigi?

— Não. O celular dele só dá fora de área, mas enviei Marcelo no jatinho para localizá-lo e trazê-lo o quanto antes — *papà* respondeu. — E quais são as notícias de Estefania?

— Nada animadoras. Ela entrou em trabalho de parto, porém está em pré-eclâmpsia.

— Meu São Valentim! *Dio Santo!*

— Acalme-se, *fiore mia*. Estefania é forte, vai se sair bem.

— E quanto ao bebê? Fanny temia tanto pela criança. Como isso foi acontecer?

Minha mãe estava desolada.

Nesse momento os seguranças se aproximaram e explicaram como tudo aconteceu. Ouvimos atentamente e *papà* racionalizava cada detalhe. Após o relato dos seguranças, disse:

— Isso não foi um acidente. Claramente foi um atentado. Observaram atentamente a rotina de Estefania e esperaram o momento certo, quando Luigi não estivesse com ela, para atacá-la e sabemos quem é capaz disso...

— Mas Leo nos garantiu...

— Leonida não tem mais controle sobre Romano. Ele está agindo só. Precisamos falar com Lombardo, mas não agora.

— Venham comigo, por favor! Há uma sala reservada para nós — Donna disse, guiando-nos até o local.

Assim que chegarmos, aproximei-me de Donna e perguntei:

— Donna, como você chegou aqui tão rápido? Como soube?

— A Condessa. Foi ela que socorreu Estefania e me avisou.

— A mesma mulher que vi sair há poucos minutos...

— Então, você a viu?

— Sim. Ela e Lara são a mesma pessoa.

— Impossível. Pelo que você me disse, Lara é italiana. A condessa é russa.

— O quanto você sabe sobre essa mulher, Donna?

— Não muito. Estefania nos apresentou. Ela encomendou projetos comigo, inclusive o dessa clínica. E ela tem um trabalho excepcional com mulheres vítimas de estupro e violência doméstica, divide seu tempo entre viver aqui e em Moscou. Seu trabalho humanitário vem recebendo a atenção da mídia no mundo todo.

— Qual o nome dela?

— Não sei. Nunca soube. Apenas a chamamos de condessa.

— E quando você recebe os cheques, qual o nome do depositante?

— Vem no nome de uma empresa de Moscou.

Eu não acreditava em nada daquilo. Aquela mulher *tinha* de ser a Lara. Eu não podia estar me confundindo.

— Bruno, ouça... Sei que a jovem Lara deixou você impressionado e até obcecado eu diria, mas ela e a condessa *não* são a mesma pessoa.

A veemência com a qual Donna pronunciou as palavras não condizia em nada com seu olhar desconfiado. No fundo, no fundo, ela também suspeitava de que eu tivesse razão. No entanto, não era momento para aquele assunto.

Algumas horas depois, ainda permanecíamos sem notícias e cada vez mais impacientes.

Marcelo e Luigi adentraram a saleta, ofegantes. Meu irmão do meio estava desesperado.

— Alguma notícia de Fanny? Do bebê? Como está minha mulher? Onde estavam os malditos seguranças? Por que a deixaram sair? *Dio*!

— Filho, acalme-se, por favor! Isso pode te fazer mal.

— Se algo acontecer a Fanny eu nunca vou me perdoar. Ela queria ter ido comigo para Carrara. Eu não permiti. Se ela tivesse ido, nada disso teria acontecido.

— Irmão, não adianta se culpar ou buscar culpados. Isso não vai adiantar nada — Marcelo aconselhou.

— Você fala isso porque não é sua mulher lá dentro, lutando pela vida — responde Luigi, ríspido.

— Você esquece que eu *sei* muito bem o que é isso. Esteve lá quando Donna fora baleada e viu tudo de perto, então não queira dizer que eu não sei exatamente como está se sentindo!

— Mas a sua mulher não estava esperando um filho seu — Luigi replica, cada vez mais nervoso.

— Hey! Hey! Hey! *Ragazzi*! Acalmem-se! — Coloquei-me entre meus irmãos. — Esse tipo de discussão não leva a nada e só torna o clima pior. Vamos manter a calma por aqui.

Meus irmãos se olharam, estranhando-se. Donna sussurrou algumas palavras ao esposo, fazendo-o com que se sentasse na poltrona, enquanto *mamma* e *papà* conversavam com Luigi, tentando acalmá-lo.

Depois de mais algumas horas, a médica entrou na saleta com a aparência exausta.

— Familiares de Estefania Mancini?

— Sim, eu sou o esposo. Onde está a Dra. Angelica di Santi? — indagou Luigi saltando do sofá. — Tem notícias da minha mulher? Do bebê?

A médica olhava de um para o outro da família.

— Responda, doutora. Alguma notícia da minha mulher?

Capítulo 35

As riquezas comuns podem ser roubadas, mas as de verdade, nunca. Em sua alma há coisas infinitamente preciosas que ninguém jamais poderá tirar de você.

Oscar Wilde

Luigi

— Familiares de Estefania Mancini?

A médica finalmente apareceu e eu saltei do sofá, precisava de notícias de Estefania. Estava sendo consumido pelo desespero.

— Sim, eu sou o esposo. Onde está a Dra. Angelica di Santi? — perguntei, afoito, e em seguida disparei mais perguntas: — Tem notícias da minha mulher? Do bebê?

A médica encarou cada um da minha família. O suspense aumentando a tensão e eu perdendo as estribeiras, gritei:

— Doutora, responda. Alguma notícia da minha mulher?

— Sua esposa está bem, encontra-se sedada no momento, porém segue estável. Ela estava grávida de trinta e oito semanas e sofreu uma pré-eclâmpsia devido ao trauma causado pela batida. A senhora Mancini não fraturou ou quebrou nenhum osso e não foi necessária nenhuma intervenção cirúrgica. Com relação à pressão, ela teve alguns picos e está estável agora, tendendo a se normalizar nas próximas horas. Continuaremos a monitorá-la.

— E quanto ao bebê? — minha mãe perguntou, aflita.

— Um menino, perfeitamente saudável. Já recebeu todos os primeiros cuidados, foi amamentado e já se encontra no berçário. Se quiserem, podem vê-lo. Eu mesma posso acompanhá-los.

— Eu prefiro ver Fanny antes, doutora. Há algum inconveniente?

— Não. Eu mesma posso acompanhá-lo.

Segui com a médica, entramos em um elevador e alguns andares depois ela indicou a porta e eu rapidamente entrei.

Fanny seguia adormecida e meu coração se encheu de alívio ao vê-la respirar.

Sentei-me, segurei sua mão por alguns instantes até que a doutora di Santi entrasse no quarto, colocando-me a par do estado de saúde de Fanny, confirmando o que a outra médica havia dito. Informou que, graças a Deus, tanto minha esposa quanto meu filho estavam saudáveis. Podia parecer uma falta de caráter de minha parte, mas confessava que minha em mente todos os meus pensamentos eram para ela. Estefania, meu amor. Se lhe acontecesse algo eu não sei como lidaria com tamanha dor. Agora, pensava muito em meu filho e dei graças a Deus pela saúde de ambos, mas acima de tudo, por Fanny, receava por ela.

Desde o início, seu maior temor era não conseguir levar a gestação adiante e eu temia pelo que desencadearia nela caso perdesse outra criança. No fim das contas, tudo deu certo. E já não éramos dois, sim, três. Sorri diante daquele pensamento. Eu era pai. Pai de um menino.

Senti a mão na minha dar um leve aperto e vi seus olhos se abriram lentamente.

— *Luigi... Amore mio.*

— *Rosa mia,* como você está?

— Estou bem... E onde está *nostro bambino?*

— No berçário.

— Você já o viu? Viu como ele é lindo?

— Ainda não, estava preocupado com você, *vita mia.*

— Estou bem agora. Se quiser ir vê-lo, por favor, vá! Ah, Luigi! Nosso filho é perfeito! Um menino grande e saudável. O que acha de chamá-lo de Pietro?

— Pietro? Acho um bom nome. Forte. Digno de um Mancini. — Sorri, pronunciando orgulhoso o nome do nosso filho.

— Luigi... Preciso lhe contar o que aconteceu. Foi tudo muito estranho.

— Eu imagino. Os seguranças já nos relataram tudo, inclusive como você salvou heroicamente as pessoas daquele lugar, quando as alertou e pediu que eles as ajudassem. Eu tenho uma esposa que além de linda, é uma heroína. Ah, *amore mio*, foi muito arriscado. Seria lhe pedir muito que nunca mais fizesse isso?

— Luigi, analisando tudo depois, a forma como as coisas aconteceram... Eu percebi que não foi por acaso. Aquele acidente, nada daquilo foi por acaso. O alvo era eu.

— *Papà* disse o mesmo.

— Foi Romano. Tenho certeza disso.

— Nós também chegamos a essa conclusão e já reforçamos a segurança do hospital. Nem ele nem ninguém da Camorra entrará aqui.

— Bom, muito bom... Acho que vou dormir mais um pouco. Deve ser a medicação. Por que não aproveita e vai ver o nosso bebê? — sugeriu minha mulher bela e exausta.

— Irei imediatamente.

Levantei-me, rocei meus lábios suavemente nos dela e fui rumo ao berçário.

Depois de alguns minutos, parei em frente ao painel de vidro. Não havia muitos bebês naquele dia, ironicamente os que tinham eram meninas, logo foi fácil achá-lo e...

Deus!

Meu coração errou uma batida.

Fui assaltado pela ternura assim que meus olhos encontraram o pacotinho de amor em azul.

O azul que chamávamos de azul Mancini.

Era um azul que lembrava o da bandeira da Grécia e meu filho estava em um lindo macacãozinho de veludo azul Mancini.

Ele tinha uma farta cabeleira castanho-escura e seus olhinhos já estavam abertos, mirando, olhando tudo ao seu redor.

Eram olhos azuis, como os da mãe e a tez era clara, uma mistura interessante da minha cor com a de Estefania.

Dio! Aquele bebê era um pouquinho de nós dois. Nosso amor se fez, cresceu e se transformou em outro ser, um bebê. O bebê mais lindo que eu já vi. Meus olhos marejaram e um nó se formou na garganta, fui tomado pela comoção.

— O senhor deve ser o pai do bebezinho encantador ali — afirmou a enfermeira que acabava de sair do berçário.

Acenei a cabeça freneticamente feito um tonto e confirmei:

— Sim, sou eu.

— A criança já possui um nome?

— Sim. Pietro. Pietro Mancini.

— Que nome forte e apropriado.

— É sim. — Foi tudo o que disse, seguia encantado pela beleza do meu filho.

— Enfermeira, eu... poderia segurá-lo?

— Claro. Acompanhe-me, por favor, para que possa fazer a assepsia e vestir o traje esterilizado.

Em alguns minutos, estava vestido e com toda a assepsia adequada. Havia uma sala climatizada e foi lá que eu recebi Pietro pela primeira vez em meus braços.

Já não controlava minhas lágrimas, elas rolavam pelo meu rosto como enxurrada. Eram lágrimas de alívio, de felicidade e de muito amor.

Aquele pacotinho robusto, roliço e quentinho entre os meus braços era meu filho. Meu e de Fanny.

Que criança encantadora! Ele sorria e seus olhos viajavam por todo o ambiente até pararem em mim e me encararem. Claro que não me encarou de verdade, era apenas um bebê, contudo seus olhos estavam em mim. Estes se estreitaram e de repente, emitiu uns barulhinhos sorrindo bastante e eu vi ali os olhos de Fanny e o sorriso dos Mancini.

Passei um tempo agarrado ao pequenino. Um tempo indeterminado.

Falei com ele sobre a mamãe corajosa e amorosa que ele tinha e sobre o quanto ele foi desejado e amado desde o início. Ficamos um bom tempo em um bate-papo unilateral, até que a enfermeira me disse que eu precisava sair.

Estefania seguia bem e meu filho saudável. Meu único desejo agora era curti-los.

Dois dias depois, minha esposa recebeu alta e fomos para casa.

A maternidade lhe caiu bem, Fanny resplandecia e transparecia felicidade. Juntos registramos nosso primogênito: Pietro Cavaglieri Mancini. Sem sombra de dúvidas era um nome forte e ele já provou ser um bebê corajoso, venceu seu primeiro desafio: nascer.

Minha família inteira estava encantada com a chegada de nosso filho. Minha cunhada e mãe olhavam para ele em adoração. Meu pai e irmãos já o viam como um grande líder, um homem que amaria sua família e seu povo, que seria muito amado pelas mulheres, afinal, era um Mancini.

Eu só sabia olhar para o céu e agradecer por ter minha própria família, por todos estarem sãos e salvos.

O acidente de Estefania ainda me preocupava e claro que eu havia acionado a equipe para averiguar se conseguiríamos provas para acusar Romano.

Aquele *maledetto*!

Depois de tudo que Fanny sofreu nas mãos daquele canalha, o infeliz ainda arquitetou um golpe final que por sorte, fracassou, mas isso não podia ficar assim.

Depois de me certificar de que Fanny e Pietro estavam bem instalados e que qualquer necessidade seria prontamente atendida, fiz a única coisa que podia fazer por ora.

E foi assim que eu fui parar no covil da Camorra.

Fui até Leonida Lombardo.

Lombardo

Quando um dos meus homens me informou que filho do meio dos Mancini estava à minha procura eu não precisei perguntar o motivo.

Infelizmente fui informado do último desplante do meu sobrinho.

Inferno!

Romano estava cada vez mais irascível. Tudo que envolvia aquela *ragazza* mexia demais com ele, que nos últimos tempos vinha tomando atitudes que me faziam questionar minha decisão sobre ele assumir o clã em meu lugar.

Se pelo menos Messi tivesse essa capacidade, contudo meu filho não tinha o mínimo tino para os negócios da família.

Enquanto Deus abençoou Mancini com três filhos robustos, eu havia tido apenas um varão e aquela menina...

Ela não era mais uma menina, na verdade, nem vivia mais sob meu teto.

Eu a desprezei tanto e justo ela saiu de casa e trilhou seu próprio caminho com coragem e bravura digna de um homem, trilhou um caminho totalmente diferente do meu. E, claro, trabalhava muito em prol da comunidade.

Eu ouvia sobre seus feitos e como isso vinha inclusive chamando a atenção da mídia mundo a fora. Sem contar com minha ajuda ou apoio, ela criou o próprio império. Nas poucas vezes em que vinha para casa, aparecia apenas para ver Alexandra, sua mãe.

Pobre mulher.

Alexandra foi uma linda mulher e ainda conservava sua beleza, mesmo na maturidade. Aquele longo cabelo escuro de outrora, agora estava prateado, os olhos azuis reluzentes como um céu de verão, agora estavam apagados. O sorriso vivaz foi se desvanecendo e a pele clara se tornou enrugada com o tempo. Em cada vinco trazia a história de sofrimento ao lado de um homem que nunca a amou. E esse homem era eu.

Tentei amá-la, jurava que tentei esquecer Regina. Alexandra fez seu melhor, amou-me, suportou-me e suportava todos esses anos, porém nunca conquistou mais do que minha afeição.

Ela seguia sendo a Sra. Lombardo, mas nunca habitou meu coração, ele sempre foi de Regina e seria até o dia da minha morte.

Eu não queria confrontar Luigi Mancini, não queria ver nenhum dos irmãos dele. A mera existência deles era a maior prova do meu fracasso. Uma afronta ambulante.

E pensar que eles poderiam ter sido meus filhos...

Bebericava um vinho quando Luigi entrou escoltado pelos meus homens. Fiz um sinal, pedindo que deixassem o jovem e se retirassem.

Gesticulei com uma das mãos, indicando a poltrona próxima a mim em um convite para que ele se sentasse.

Luigi o fez e passou os próximos minutos me encarando.

— Confesso que estou surpreso com sua coragem em vir até aqui.

— Seu sobrinho provocou um acidente à minha esposa e eu vim exigir que alguma coisa seja feita.

— Eu soube que Estefania se encontra bem de saúde, assim como o bebê. Aliás, parabéns! Um filho, ainda mais um menino, sempre enche uma casa de alegria.

— Graças a Deus está tudo bem com minha esposa e filho, mas isso não significa que Romano deva permanecer impune. Ele já a prejudicou demais, persegue-a por anos e eu não vou permitir que prossiga com seus crimes. Então, antes que isso se torne uma guerra entre clãs, eu exijo que Romano se afaste de Estefania. Que não mais a procure, porque na próxima vez eu juro que o matarei com minhas próprias mãos!

— Você é muito audacioso, rapaz. Vem até minha casa e tem a desfaçatez de me afrontar sob meu teto!

— Venho movido pela força do amor. Algo que você nem sequer faz ideia do que seja!

— Ora! Não me venha falar de amor, você, seu moleque! Não conhece minha história. Não sabe do amor que eu sinto por...

— Não vim aqui para saber sobre sua vida ou confrontá-lo. Apenas digo que, se exerce algum tipo de comando sobre Romano, está na hora de fazê-lo valer, porque se mais alguma coisa acontecer à minha família, ele será caçado e morto. Fui claro?

— Ele o mataria antes, não tenha dúvidas — disse.

E por mais estranho que aquilo parecesse, já não me agradava a ideia da morte daqueles rapazes.

Luigi já estava no umbral da porta para sair quando eu disse:

— Sabe, dos três rapazes Mancini, você é o que mais se parece com Regina.

Luigi deu meia-volta e, intrigado, perguntou:

— O que você tanto sabe sobre minha mãe?

— Por que você mesmo não pergunta a Marco e à própria Regina?

O rapaz pareceu pensar por alguns minutos, em seguida respirou fundo e disse:

— Apenas cuide para que Romano não interfira mais na minha vida ou da minha mulher ou me verei obrigado a esfolá-lo vivo e entregá-lo em seus portões. Aí, sim, teremos guerra.

Capítulo 36

Tenho tudo o que preciso quando estamos você e eu
Eu olho a minha volta e vejo uma vida boa
Posso estar na escuridão, mas você é minha lanterna
Você guia, me guia pela escuridão.

Flashlight — Jessie J

Estefania

Meu Deus! Dois meses já se passaram.

Dois meses nos quais minha vida mudou completamente. Dois meses nos quais eu passei a conhecer a forma mais pura de amor.

Meu bebê, meu Pietro — meu roliço pacotinho de amor, com sua farta cabeleireira escura e olhos claros — chegou e revolucionou minha vida. Nossas vidas.

Luigi vem sendo um pai adorável, retrato fiel do meu sogro e sua dedicação pela *famiglia*.

Desde que dei à luz, Luigi nunca ficava distante, sempre estava ao meu lado, o tempo todo amoroso e prestativo. Seu amor por Pietro era comovente e eu não poderia me imaginar mais feliz.

De vez em quando eu chorava, imaginando como meus pais estariam vibrando com a chegada de um neto. A melancolia me abatia, mas logo era afugentada por todo amor e carinho que recebia da família Mancini. Meus cunhados, concunhada e sogros preenchiam minha vida de alegria e cuidavam de mim com tanto afeto que em palavras não saberia expressar minha gratidão.

Lembrava-me de que uns três dias após ter dado à luz, tive alta e notei Luigi um tanto taciturno, imaginava o motivo: Romano.

Decidi não tocar no assunto para não trazer esse aborrecimento em um momento tão feliz quanto o que vivíamos, no entanto percebi que Luigi seguia preocupado.

Alguns dias depois, meu marido aparentou estar mais leve. Mais algumas semanas se passaram e tudo estava em perfeita harmonia. E agora nosso filho seguia saudável, alimentava-se e dormia muito bem. Parecia uma criança tranquila e eu rezava para que de fato o fosse, para que herdasse o gênio do pai, não o meu.

Acompanhar cada pequeno avanço, como ele se ambientava e reconhecia as coisas ao seu redor era tão lindo, gratificante. Seus pequenos ruídos e arrulhos eram a mais doce canção para mim.

E por falar em canção, naquela casa não faltavam cantores. Meus cunhados adaptavam músicas contemporâneas para versões de ninar enquanto meu sogro cantava lindas canções de músicos italianos com sua voz que lembrava a dos grandes cantores de ópera. Era uma atmosfera que exalava amor e encanto.

Alguns membros da equipe vieram me visitar. Derek, Cage, Monica. Amin, Ilya e Sarah.

Dom e Maria pediram desculpas por não poderem vir. Os negócios estavam demandando muito tempo, enquanto Petrus e Malena... Bem, desses nem sinal! Somente Sam e Silas sabiam deles, porém nunca nos disseram e nós seguimos sem nada questionar.

Eu nunca vi uma criança ganhar tantos presentes e roupas. Pietro parecia filho de um rei. Os Capos de cada clã também presentearam meu filho. Meu bebê recebeu desde trajes da mais fina qualidade a brinquedos exclusivos e quantias em dinheiro que daria para sustentar famílias por pelo menos uma década. Contudo, o presente mais intrigante que meu filho recebeu veio de quem eu menos esperava.

Sim, Lombardo.

Leonida Lombardo presenteou Pietro com as primeiras edições de *O Pequeno Príncipe*, *Eros e Psique* de Apuleio e uma soma obscena e dinheiro com um cartão que dizia:

Que esse bambino seja a completude do seu casamento, a alegria de sua casa e a herança bendita. Que cresça valoroso, audaz e robusto, fazendo jus ao nome, forte como uma rocha.

Fortis Fortuna Adiuvat
LL

— A sorte favorece os audazes — murmurei comigo mesma ao reler o cartão, a parte escrita em latim.

Nesse momento, Luigi entrou no quarto com Pietro no colo.

— Fanny, *rosa mia,* o que aconteceu? — perguntou.

— Veja isso. — Entreguei o cartão para meu esposo enquanto pegava meu pequenino, era hora de alimentá-lo.

Luigi leu o cartão, ficou alguns segundos em silêncio e disse:

— Eu de verdade não entendo esse homem.

Luigi caminhou pelo quarto ainda segurando o cartão. Estava com o ar preocupado. Depois de alguns segundos indo de um lado para o outro, depositou o cartão na penteadeira e viu os presentes de Lombardo. Suspirou, impaciente.

— Vou falar com *papà*.

— Luigi, por favor, não se aborreça nem vá aborrecer *papà* Mancini com esse assunto.

— Eu preciso entender que raios de relação de amor e ódio que existem entre os Mancini e os Lombardos. Preciso entender porque uma hora esse... sujeito ordena nossa execução e na outra sente que tem algum direito sobre nossas vidas, sente-se no direito de presentear meu filho! Já são anos que essa situação vem se arrastando e eu preciso de respostas! Por tudo que já houve, pelo que *ainda* pode acontecer, preciso saber a verdade!

Luigi

Deixei o quarto em busca de respostas. Desci as escadas, segui até o escritório onde provavelmente meu pai estava. Quando já estava com a mão na maçaneta para abrir a porta, detive-me ao ouvir a voz de *papà.* Ele e *mamma* discutiam sobre algo.

— Marco, não podemos deixar de agradecê-lo. Afinal, Romano tem nos deixado em paz.

— Isso não tem nada a ver com Lombardo.

— Mas Leo me prometeu! E... ele nunca deixa de cumprir suas promessas — disse minha mãe em um tom mais baixo, mas consegui ouvir.

— Regina, *fiore mia*, você não entende? Leo já perdeu todo o controle sobre aquele *maledetto*. Contratei um detetive e fiz algumas investigações e esse *ragazzo* fez e faz coisas... que até Deus duvida! Ele é um *demone!* É um estuprador! Nossa nora não foi a única vítima daquele bastardo. Ele inclusive...

— Vejo que estão falando sobre Leonida Lombardo e o crápula de Romano — falei finalmente entrando na sala, interrompendo-os. — Pai, mãe. Eu preciso de respostas. O que aconteceu no passado entre vocês e Lombardo para que ele nutra um amor e ódio tão grande por nossa família a ponto de ordenar a morte de Marcelo e a minha? Qual é o elo que os une tão intrinsecamente que agora dá àquele homem o direito de presentear meu filho quando passou os últimos anos nos perseguindo?

Um silêncio incômodo tomou conta da sala. Meus pais se encaravam entre si. Meu pai foi o primeiro a se pronunciar.

— Meu filho, sua mãe e Leo foram noivos por um tempo.

— *Mamma*? Você e Leonida Lombardo, noivos? Ah... Agora tudo faz sentido.

— Luigi, não presuma nada e não pense que tudo foi simples assim, *figlio.* Há uma longa história por trás.

— Ah, eu imagino. — Sentei-me em uma poltrona no canto da parede. — Eu tenho tempo, podem começar.

Mamma trocou um olhar com *papà*, parecia angustiada.

— Luigi, esse não é o momento apropriado.

— Mas se vocês estavam justamente falando sobre Lombardo, não vejo momento mais propício. Eu quero saber a verdade. Toda verdade.

— Ah, vocês estão aqui! Que maravilha! — Bruno, um furacão de energia, entrou na sala.

— Nossa! Se eu acender um fósforo aqui a casa inteira vai pelos ares. O que está acontecendo?

— Nada, *caro fratello.* Estava apenas perguntando se nossos pais sabem o porquê de tanto ódio do capo da Camorra pela nossa família?

— Seria muito bom saber. Já estou farto de ter esse homem e os cupinchas dele cercando nossa família. *Dio*! Não há quem se salve naquele ninho de cobras.

— Não diga isso, *figlio*.

— Mas é verdade, *mamma.* Lombardo, Romano e Messi são todos animais! Eu já estive em uma boate na qual Messi estava e presenciei a sujeira que ele é e do que é capaz. O comportamento dele é torpe e me enoja. E olha que eu não sou nenhum santo, mas se tem uma coisa que eu não tolero é um homem abusar de uma mulher, sem mencionar Romano. Ainda quero acertar contas com ele pelo que tem feito conosco.

— Mas não seremos nós a começar uma briga agora que tudo está calmo — disse *papà*.

— Pai, não se trata mais de Lombardo, é Romano. Não podemos esquecer tudo o que ele fez ao Marcelo, Donna e Estefania. Ele vem afligindo nossa família. Concordo com Bruno, devemos fazer algo.

— Luigi, eu o proíbo! — *papà* disse em tom firme. — Você acaba de se tornar pai, pense em Pietro e Estefania. Não vai querer iniciar uma guerra agora que você tem uma família, sua família.

— O que diabos está acontecendo? — Marcelo entrou na sala seguido por Donna. — Dá para ouvir os gritos da porta de entrada.

— Acontece, Marcelo, que seus irmãos querem incitar uma insurreição contra a Camorra. Eles querem *vendetta* contra Romano.

— Irmãos, precisamos agir com cautela para que a situação não se vire contra nós. Estamos em um momento de paz. Que não sejamos nós a romper com a trégua proposta por Lombardo.

Marcelo seguiu em minha direção e acrescentou:

— Somos homens de honra, Luigi, e várias famílias dependem de nós. Entendo seu desejo por *vendetta*, *fratello,* mas o que nos difere de Lombardo, da Camorra e de toda aquela corja, é que não somos animais, não agimos por impulso. Pensamos, ponderamos. E você mais do que ninguém tem muito em jogo aqui, então sugiro que não aja, a não ser que algo sério aconteça.

— *Va bene*! *Va bene*! Não farei nada, ao menos não farei nada sem consultá-los antes. Eu prometo.

Estefania surgiu no escritório naquele instante e o clima pesado se desfez como passe de mágica. Em seus braços trazia Pietro, todos os olhos da sala se voltaram para meu pequeno e de repente começou uma discussão por quem ia pegá-lo no colo.

A primeira a abraçá-lo foi minha mãe, depois meu pai, em seguida Pietro já estava nos braços de Bruno, depois foi para o colo de Donna e por fim foi amparado pelo *zio* e padrinho, Marcelo.

O batizado de nosso filho será em um mês. Os preparativos já estão a pleno vapor. Todos os convites já tinham sido entregues e a família inteira estava exultante. Marcelo e Donna ficaram encantados quando Estefania e eu os convidamos para serem os padrinhos de Pietro. Não tinha como ser outro casal. Amava meu irmão e Donna sempre foi minha melhor amiga. Estefania e Donna desenvolveram uma amizade muito forte ao longo da gravidez, como se fossem irmãs e estreitaram ainda mais os laços depois do nascimento de Pietro.

Parei por um momento enquanto vislumbrava minha esposa, meu filho e minha família, e ponderei sobre os conselhos de *papà* e Marcelo. De fato, eu tinha um grande tesouro aqui, não poderia e não iria arriscá-lo por nada nesse mundo.

Cruzei a sala e me sentei ao lado de Estefania. Ambos começamos a rir nos divertindo enquanto observávamos Donna e Marcelo mimando nosso filho.

— Luigi, *amore*, nunca imaginei que pudesse ser tão feliz. Aqui nessa sala, com a sua, a nossa família, eu me sinto no meu pedacinho do céu. Devo tudo isso a você.

— *Non, rosa mia,* sou eu que devo tudo a você. Fanny, você entrou em minha vida aos poucos, foi ganhando espaço no meu coração até tê-lo todo para si e, hoje, nós nos completamos. E nosso *bambino* veio para coroar nossa felicidade, então sou eu quem estou em dívida com você, *vita mia*. Antes, eu era um homem pela metade. Você chegou, completou-me e agora sou inteiro. Você me mostrou que eu posso ser íntegro, deu-me amor, um filho e me fez ver quão afortunado eu sou. *Grazie, amore*!

Nós nos beijamos aqui, na frente de todos. Não me importava que estivéssemos na presença de minha família e de forma alguma encarava aquilo como uma falta de respeito aos meus pais. Estava reverenciando a mulher que amo.

Estefania correspondeu ardorosamente ao beijo e em poucos minutos, tivemos de pedir licença e nos recolher ao nosso quarto. A urgência de nossos corpos demandava que aplacássemos a paixão acesa.

Uma paixão que só Estefania soube despertar.

Um amor que cada vez crescia mais.

E mais.

Capítulo 37

O mundo é um palco,
Mas seu elenco é um horror.

Oscar Wilde

Luigi

Um mês depois...

A casa estava em plena agitação. Chegou o dia do batizado do meu filho, Pietro.

Batismos e casamentos sempre eram grandes eventos entre as famílias mafiosas, sempre propícios a anistias, esquecimento de erros passados e afirmações de novas alianças. Todas as grandes famílias mafiosas estariam na igreja para assistir ao batizado do meu filho. Famílias como os Di Maggios, os Dei Casanovas e, claro, Lombardo e sua família, com exceção de Romano.

Minha própria mãe entregou o convite a Leonida e salientou que a presença de Romano não seria admitida e Lombardo, garantiu a ela que o sobrinho não estaria presente.

Após o batismo, a recepção seria em um grande salão de eventos, o maior de Nápoles. Donna, *mamma* e Estefania planejaram tudo nos mínimos detalhes, todas estavam muito entusiasmadas. Donna, Marcelo e Bruno marcaram de se encontrar na mansão Mancini e todos nós sairíamos em comitiva.

Era dia de festa, portanto reduzimos o contingente de segurança. Uma das poucas regras de honra válidas entre os mafiosos era não agir em *vendetta* em ocasiões como batizados ou em casamentos.

Eu estava impaciente como um noivo, como se fosse casar outra vez. Foi inevitável pensar como minha vida mudou em pouco mais de um ano. Casei-me, tive um filho, todas as coisas que o Luigi de anos atrás nem poderia conjecturar. E agora estava aqui, no batizado do meu filho.

Fiz uma retrospectiva mental sobre os últimos meses. Pietro crescia mais e mais, tornando-se a luz da casa. Era sempre uma eterna disputa por quem o pegaria no colo. Eu pessoalmente aproveitava os momentos das trocas de fraldas para trocar ideias com meu *bambino*. Sabia que ele ainda é *piccolo* demais para compreender, mas gostava da ideia de que ele, com o tempo, passasse a reconhecer a voz do pai, minha voz. Eu conversava sobre tudo, sobre ele ser, depois da mãe dele, claro, o presente mais lindo que a vida me deu, sobre o quanto eu desejava que ele fosse feliz, sobre poder ser quem ele quiser quando crescesse e de que eu estaria sempre ali para o que precisasse, para que se sentisse à vontade em dividir seus anseios e expectativas comigo.

Depois desses papos-cabeça, Estefania o segurava para alimentá-lo, então minha mãe geralmente vinha e levava Pietro para dar uma volta no jardim e lhe apresentava suas flores e plantas tão queridas.

Meu pai sempre levava Pietro para dar uma volta de carro e às vezes para no *golfo di Sorrento,* contemplava o mar com Pietro e dizia que tudo aquilo, um dia, meu filho poderia desbravar, que nada nem ninguém iria impor limites para seus sonhos.

Em uma das vezes, eu os acompanhei e fiquei comovido com o amor que *papà* tinha pelo neto. Era como se o amor que ele sempre deu para mim e meus irmãos, não tivesse acabado nem se dividido, sim, multiplicado.

Parecendo ler meus pensamentos, meu pai disse:

— O amor de verdade, *figlio mio*, não te tira nada, só acrescenta. O amor de verdade, quanto mais se ama, mais se multiplica. Você está vivendo esse momento agora. Esse é meu primeiro neto, seu filho, e eu tenho certeza de que você e Estefania terão outros filhos ainda e em cada um deles você verá o amor entre vocês se multiplicar e entenderá que tudo vale a pena por amor.

Eu fiquei profundamente tocado por aquelas palavras de meu pai, que continuou dizendo:

— Quando eu conheci sua mãe, ela era uma linda jovem napolitana de família abastada, não era rica, porém não vivia em condições miseráveis como seu pai aqui, que trabalhava para sustentar a si e ao próprio pai. Quando eu vi Regina pela primeira vez, soube que ela seria a mulher da minha vida e que por ela eu arriscaria tudo. Então, quando meu pai, já muito debilitado, morreu, eu parti de Nápoles em busca de uma nova vida no Norte pronto a me tornar o que eu precisasse ser pelo amor de Regina. Vocês, os meus filhos, podem não aprovar essa vida, podem não aprovar os negócios do seu pai nem querer seguir o mesmo rumo... Sabemos que o que fazemos é perigoso, porém um dia, lá atrás, há quase quarenta anos, esse foi o caminho que trilhei para poder ter sua mãe como minha esposa e não me arrependo, faria tudo de novo. Infelizmente, no meio de tudo isso nós fizemos de Leo... Leonida, um inimigo. Nem eu nem sua mãe queríamos que nada disso acontecesse, no entanto, nosso amor... Ah, nosso amor não se deteve e nunca se deterá. E tem valido a pena. Todos os dias.

Voltei ao presente no exato momento em que Estefania desceu as escadas. Linda, ela vestia um terninho cinza segurando nosso filho nos braços. Pietro em sua roupinha branca de batismo, a farta cabeleira escura, já parecia um rapazinho. Fanny se aproximou de mim e meu filho me olhou e esticou os bracinhos, pronto para vir com o papai.

Donna estava esfuziante, pegou o celular e registrou o momento dizendo:

— Sei que milhares de flashes vão espocar sobre nós na igreja, mas quero esse momento íntimo de vocês, registrado no celular.

Após tirar a primeira foto, Donna programou o timer do celular e pediu que nos reuníssemos todos na foto. E em segundos Bruno, Marcelo, Donna, *papà* e *mamma* se juntaram a Estefania, o bebê e a mim e a foto foi registrada.

— Duas gerações vindas do amor — *Mamma* sussurrou com os olhos lacrimejando. Depois disse: — *Allora andiamo,* vamos todos à igreja.

Estefania

Estávamos na Igreja di Santa Maria Donnaregina Vecchia. A última vez que eu entrei em uma igreja foi no casamento de Donna e Marcelo.

Eu acreditava que Deus não tinha uma boa relação comigo, quando na verdade era eu que me afastei do caminho do bem. Minha sorte era Deus não pensar como nós, humanos, pensávamos, pois de outra forma eu não teria a chance que tinha agora.

Estava aqui para o batizado do meu filho. Meu Pietro tão querido e desejado. Estávamos todos cercados de familiares queridos, amigos.

Com exceção de Derek, que vive em Roma, infelizmente os membros da equipe não puderam vir, mas todos enviaram as felicitações via chamada telefônica ou Skype.

A igreja estava cheia e meu sogro me apresentou a vários de seus amigos e homens de negócios das mais diferentes esferas. Claro, a igreja estava repleta de mafiosos e suas famílias. Eu ainda considerava tudo aquilo muito bizarro, porém sentia uma espécie de gratidão por tantas pessoas estarem aqui para ver meu filho dar seu primeiro passo rumo à vida cristã.

À hora marcada, o padre começou a cerimônia com a oração inicial e logo depois, louvores foram entoados.

Após a ministração das ofertas, a leitura da Bíblia em Mateus 3:13, foi feita; na qual o próprio Jesus foi batizado por seu primo, João Batista. O padre fez um sermão inspirado e foi tudo muito lindo. Meus olhos marejaram com a emoção que tentava conter.

A família toda com a mesma sensação de gratidão a Deus por vivermos esse dia tão maravilhoso.

Chegamos ao momento no qual nos dirigimos à pia batismal, contudo antes do padre aspergir a cabecinha de Pietro com água, aquela voz odiosa se fez presente. Uma voz que eu desejava jamais voltar a ouvir. Uma voz medonha. Uma voz que mergulhou meu coração em um oceano escuro de medo.

A voz de Romano.

Luigi

— Parem! Parem esse batismo. Eu estou mandando!

O que esse maldito fazia aqui?

Romano invadiu a igreja e cruzou muito rapidamente o corredor, parando um pouco antes do altar.

— Romano, *maledetto*. O que está fazendo? — Leonida gritou com o sobrinho e deu ordem a seus seguranças para que o retirassem da igreja.

No entanto, nesse momento, o canalha sacou o revólver e apontou para os homens do tio.

— Se tocarem em mim, vão levar chumbo! — Romano ameaçou.

Eu dei um passo à frente, na intenção de pará-lo.

— Luigi, *amore, non*!

O pânico na voz de Fanny me fez retroceder.

— Jezebel, *cara mia*, você achou mesmo que eu fosse deixá-la viver feliz com esse maldito Mancini? Jamais! Agora, desça daí e venha comigo.

— Nunca vou permitir que você leve minha mulher, seu bastardo! — avisei, envolvendo Fanny e meu filho em um abraço protetor para logo depois colocá-los atrás de mim. — Seu problema é comigo, seu infeliz. Por que não saímos e resolvemos isso de uma vez, de homem para homem. Aqui não, essa é a casa de Deus.

— E você acha que eu estou preocupado se aqui é a casa de Deus ou do diabo. Não seja estúpido.

— Filho, não blasfeme dentro da igreja — advertiu o padre.

— Cale-se, seu velhaco de saias, ou será o primeiro a levar bala!

Um enorme burburinho tomou conta da igreja. Os convidados e fotógrafos começaram a sair e, aos poucos, a igreja se esvaziou restando apenas alguns poucos capos de clãs amigos e Lombardo.

— Romano, desça já daí e não faça mais besteiras, seu moleque, ou vou acabar te deserdando.

— A mim não importa mais seu dinheiro nem seu patrimônio, querido *zio*. Vou formar meu próprio clã e não precisarei mais de você ou do seu dinheiro, seu velho caquético!

Bruno e Marcelo trocavam olhares comigo, estavam tentando planejar algo. Donna perdeu a cor e estava gelada ao lado de seu esposo, que a fez sentar por alguns instantes.

Meu Deus, Donna e seu problema de coração. Aquele maldito queria destruir minha família!

Papà e *mamma* também se encararam e minha mãe, aflita, olhou para Pietro no colo de Estefania. Todos estavam com os nervos à flor da pele enquanto o monstro Romano dizia:

— Estefania, venha comigo e eu não atirarei em nenhum deles, prometo.

Estefania, vacilante, deu um passo à frente.

— Não, Fanny, você fica — falei. — Esse imbecil não vai tirá-la de mim. Romano quer atirar em alguém, atire em mim. Atire logo, pois de uma coisa você esteja certo, enquanto eu respirar, enquanto eu viver, você jamais colocará um dedo na minha mulher novamente.

— Estefania, você melhor do que ninguém sabe do que eu sou capaz, deixe esse Mancini e venha logo! Vamos para um lugar bem longe. Eu te quero comigo, não vou deixar que seja feliz com esse usurpador. Ele a roubou de mim, tirou-a de mim no dia do nosso casamento. Pensou que fosse ficar barato? Pensou que eu deixaria por isso mesmo e que nunca iria à desforra?

— Eu não roubei Estefania de você, seu crápula, eu o impedi que acabasse com a vida dela, pois a amo. Romano, você é tão covarde que só sabe se garantir com a arma na mão. Repito: vamos lá para fora e resolvamos isso feito homens.

— Quer saber? Não vou perder tempo discutindo com você, Mancini. Estefania, você tem exatos sessenta segundos para descer desse altar. Pode deixar esse bastardo com alguém, eu não ligo, quero que apenas você venha comigo.

O silêncio entre nós era quase sepulcral. Meu pai ainda tentou negociar.

— Romano, quanto você quer para nos deixar em paz?

— Não quero nada do que é seu, Marco.

— Romano, eu te entrego o comando total dos negócios, se você resolver deixá-los em paz? — Leonida ofereceu.

— *Zio*, do que você é feito? Foi o senhor que começou tudo isso? Essa mulher, que hoje é esposa de Marco, foi sua noiva. Ele a roubou de você, assim como o filho roubou Estefania de mim. Agora quer desistir? Essa é a nossa chance de *vendetta*? Você é quem mais deveria me apoiar! Nesse instante, eu os tenho em minhas mãos. Posso acabar com cada um deles e... veja só.

Romano começou a contar.

— Cinco, quatro, três, dois, um. Estefania, seu tempo acabou. Desça!

— Não! — gritei.

— Estefania, falei para você descer. Maldita, desça já!

— *Non, amore*, não vá. *Ti prego* — implorei a Estefania que não se movesse.

O disparo ecoou pela igreja, ensurdecedor.

Um grito de horror bramiu e todos os olhos recaíram sobre o corpo inerte no chão. O sangue vermelho em um tom de escarlate intenso embebeu rapidamente as vestes e o pânico tomou conta de nós. Todos nos atiramos em cima do corpo enquanto o maldito Romano Lombardo se evadia da igreja e em meu coração a maior dor do mundo disparava.

Deus o que seria de mim? O que seria dos Mancini agora?

Capítulo 38

As diferentes formas de desespero são
etapas distintas de um mesmo caminho

Kafka

Iago

Estava no encalço daquele verme. Finalmente ele teria o que merecia.

Ele pensou que havia acabado comigo. Acreditou que eu, Iago Benevuto, estivesse morto, mas não.

Eu definitivamente não estava morto. E havia me unido a um inimigo em comum para aniquilar Romano.

Vinha o seguindo a dias, esperando a melhor chance de espreitá-lo e poder acabar com a raça daquele crápula. De repente, o telefone tocou.

— Pinkerton?

— Iago, essa é sua chance. Romano está se dirigindo a *Igreja di Santa Maria Donnaregina Vecchia.*

— Espero que ele aproveite bem esse tempo lá e faça suas últimas preces, pois hoje ele descerá ao Hades.

— Iago, esse homem é um monstro... Ele é muito perigoso, cuide-se, *ti prego.*

— Pink, eu não voltei do próprio inferno para temer Romano, farei justiça. Minha justiça.

— Só peço que se cuide, por favor! Não suportaria vê-lo passar por todo aquele horror de novo.

— Hey, *cara mia,* lembre-se, ninguém pode fazer nada contra um morto e para todos os efeitos é assim que estou. E, Pink, mais uma vez, por favor, agradeça a *signorina* por me dar a chance e os mecanismos para minha vingança.

— A *signorina* não está em casa. Assim que retornar, eu aviso que você ligou. E, Iago? Cuide-se!

Assim que Pinkerton desligou, imediatamente me dirigi para a igreja. Conhecia aquele endereço e sabia o que aconteceria ali: o batizado do sobrinho de Donna e Marcelo. Eu sabia tudo, acompanhava cada passo da família Mancini e principalmente sobre Donna e Marcelo.

Os dois já estavam casados há um pouco mais de três anos.

Sabia também que se Romano se dirigia para lá, infelizmente iria aprontar uma das dele, porém não poderia fazer nada para interferir. Estava ali com uma única missão: matá-lo.

Quando cheguei à igreja, estacionei um pouco distante, observei-o entrar apressado e sem cerimônias. Consultei o relógio e aguardei. Foi tudo muito rápido. Em poucos minutos ele saiu segurando uma arma, entrou em seu carro e partiu em disparada.

Essa era minha chance.

Eu o persegui. Ele dirigiu por minutos até alcançarmos uma área erma e afastada do centro. Então, eu acelerei, meti o pé no acelerador até alcançá-lo e arremessei meu carro contra o dele.

A primeira batida o fez perder a estabilidade, todavia Romano seguia firme ao volante. Bati mais uma vez, duas vezes, até conseguir tirá-lo da pista. Seu carro rodopiou três vezes e capotou duas. Eu aguardei até o carro finalmente parar, desci do meu veículo e caminhei até a lata retorcida que se tornou o automóvel de Romano. Ao chegar lá, saquei o revólver e mirei em sua cabeça.

Romano estava ensanguentado e ferido, contudo estava vivo. Quando me viu, seus olhos se arregalaram de assombro.

— Que o diabo me carregue. Já estou no inferno! O que você faz aqui, Benevuto?

— Vim lhe fazer as honras, sou seu Caronte, o barqueiro, farei sua travessia para o inferno.

— Eu matei... Eu matei você!

— E agora eu vim para retribuir o favor, vou matá-lo e ficaremos quites.

— Seu maldito! Você não morreu. Nem eu, ainda.

— Mais morrerá.

Sem me dar ao trabalho de abrir a porta do carro, com meu punho atingi Romano em cheio no rosto com força, uma, duas, três vezes, tomado pelo espírito de vingança. Meu prazer era ver a cara dele inchando e deformando com meus socos, assim como fizeram comigo. Queria que seu rosto ficasse deformado assim como o meu ficou. Queria que nem o reconhecessem quando achassem seu cadáver.

Quando cansei de esmurrá-lo, mirei a arma em sua testa.

Romano cuspiu sangue e entre sussurros quase inaudíveis disse:

— Mate-me de uma vez, seu miserável.

Chegou o momento de dar cabo à vida daquele maldito, a arma estava pronta, porém no último segundo o telefone tocou. Aquele toque era de Pinkerton. O que teria acontecido?

Baixei a arma e com a outra mão alcancei o celular e atendi.

— O que houve, Pink?

— Ben, esqueça o que estiver fazendo e volte para Nápoles. Aconteceu uma tragédia na *Igreja di Santa Maria Donnaregina Vecchia.*

— Pode me adiantar do que se trata?

— Eu te conto assim que você chegar ao QG.

— Entendi. Parto imediatamente.

Desliguei o telefone e encarei mais uma vez Romano, que ainda cuspia sangue.

— Pena não poder terminar o serviço. Queria vê-lo dar seu último suspiro, mas se existe um Deus de verdade, mesmo que não seja hoje, você morrerá e eu quero estar presente para ver. Seu lugar no inferno já está reservado, Romano Lazarini Lombardo.

Caminhei de volta ao meu carro todo amassado e me coloquei imediatamente de volta a Nápoles.

Regina

Eu não podia acreditar.

Um dia tão lindo, tão promissor, havia se transformado em um show de horror.

Romano estava ali, na igreja, no batizado do meu neto, arma apontada para meus filhos.

Estefania, assim como Donna, também se tornou minha filha. A vida me abençoou com três meninos e agora eu tinha minhas noras.

Não, eu não deixaria que nada de mal acontecesse com eles, com minha família.

Foi tudo muito rápido e ao mesmo tempo tive um *flashback.* Anos se descortinava à minha frente.

Minha infância, minha primeira dança, primeira valsa, os passeios com Leo ao *Bagni della Regina Giovanna,* o pôr do sol em Sorrento. Minha primeira dança com Marco, meu primeiro beijo com ele, nossa fuga para Portugal. Quando soube que estava grávida de Marcelo, quando o segurei no colo pela primeira. Depois Luigi e por último, Bruno. Nossa *villa*, nossa mansão, as festas, ver meus filhos crescendo, o casamento de Marcelo e Donna, quando vi meu neto pela primeira vez.

Eram tantas, tantas, tantas lembranças e momentos inesquecíveis. Olhei para Marco e notei quão angustiado ele estava. Lembrei-me de cada um dos nossos momentos juntos, da febre que sentia com seu toque, do amor e da paixão que sempre nos envolveu. Leo estava ali assistindo a tudo, atônito, sem nada poder fazer para conter o sobrinho. Em seu semblante, a preocupação pelo que estava acontecendo.

Leo fez parte de uma época muito bonita em minha vida, eu não sentia rancor por ele. Nem Marco nem eu. Quisemos tanto que ele entendesse e aceitasse isso, tantos problemas, anos de dor e sofrimento teriam sido evitados se ele tão somente tivesse aceitado meu amor por Marco e seguido sua vida. Tudo teria sido tão diferente.

Minha mente ficava indo e vindo, entre o passado e o presente e, agora, de volta ao presente, ouvi Romano gritar:

— *Zio*, do que você é feito? Foi o senhor que começou tudo isso? Essa mulher que hoje é esposa de Marco foi sua noiva. — Apontando a arma em minha direção, continuou: — Ele a roubou de você, assim como o filho roubou Estefania de mim. Agora você quer desistir? Essa é a nossa chance de *vendetta*? Você é quem mais deveria me apoiar! Nesse instante eu os tenho em minhas mãos. Posso acabar com cada um deles e... Veja só.

Meu tempo estava acabando. Fechei os olhos e acompanhei a contagem de Romano.

— Cinco...

Lembrei meu primeiro beijo com Marco.

— Quatro...

A primeira vez que fizemos amor.

— Três...

Nosso casamento.

— Dois...

Nossos filhos.

— Um.

Eu me lembrei de nosso neto.

— Estefania, seu tempo acabou. Desça!

— Não — gritou Luigi, meu filho estava tomado pelo desespero.

— Estefania, falei para você descer. Maldita, desça já!

Romano estava furioso e disposto a tudo.

— *Non, amore*, não vá. *Ti prego* — Luigi implorou.

Era o bastante.

Quando percebi a mão de Romano apertar o gatilho, movi-me tão rapidamente e depois, tudo se misturou.

O som do disparo ecoou em meu ouvido, alcançado meu tímpano, meu próprio grito escapou de minha garganta sem que eu sequer percebesse e o impacto da bala, perfurando minha pele, rasgando-me. Minha mente estava embotada e eu já não enxergava nada, apenas ouvia os movimentos bruscos, os gritos de desespero.

Leo, Marco, meus filhos, minhas noras. O choro de Pietro, meu neto.

Eu sentia frio, muito frio. E aos poucos minha mente vagou para a escuridão.

Luigi

Ao ver o corpo de minha mãe cair ao chão, algo parecia se rasgar dentro de mim. Eu sabia que tinha de ir atrás daquele assassino, mas não pude. Ninguém pôde.

O desespero se instalou e a igreja foi tomada de gritos ao mesmo tempo, Leonida e *papà* se jogaram aos pés de *mamma*, ambos chorando, ambos segurando seu corpo. O Padre tentava fazer Estefania reagir. Marcelo e Donna cuidavam de Pietro, tentando fazer o bebê parar de chorar, acalmando-o. Leonida então gritou:

— Eu vou matá-lo! Vou matar aquele maldito!

— Não, eu vou matar Romano. Pode ter certeza de que serei eu a matá-lo — Bruno disse, determinado, e agachou junto ao corpo de nossa mãe, acariciando seu cabelo. Em seguida tomou seu pulso e disse: — *Papà*, a pulsação está muito fraca, precisamos levá-la ao médico, *agora.*

Meu pai estava tão preso em seu desespero que parecia não ouvi-lo.

— Regina, *amore*, acorde! Por favor, acorde, *vita mia!* Você vai ficar bem, eu prometo. Vamos cuidar de você — *papà* sussurrava, aflito.

— Marco, não podemos deixá-la aqui. Seu filho tem razão — Lombardo disse encarando Bruno. — Regina ainda está viva, porém está perdendo muito sangue.

Somente naquele instante meu pai pareceu notar a presença do homem, rival no coração da minha mãe, ali, tão perto, ambos abraçando o mesmo corpo. E houve uma compreensão tácita. Ambos amavam aquela mulher, ambos estavam sofrendo com aquela situação. Ambos queríamos Regina viva.

Leonida olhou para o lado e algo chamou sua atenção. Ele se levantou de repente e disse para alguém que estava nas sombras da igreja.

— *Piccola Farfalla*, o que faz aqui?

A pessoa não respondeu.

— Está tudo bem com sua mãe? — perguntou Leonida.

A sombra assentiu com a cabeça afirmando que *sim* e o chamou. Ele se dirigiu a ela e eu tentei distinguir alguma coisa, no entanto, não pude, não consegui ver quem era. Era uma mulher, disso eu tinha certeza, mas eu não a reconheci. Estava com um véu sobre a cabeça

Em seguida, a sombra se foi e Leonida voltou ao lado de meu pai, que amparava o corpo de minha mãe no colo. *Papà* havia tirado o terno e a gravata. Com esta tentou fazer um torniquete para estancar o sangue e a vestiu com o seu paletó, na tentativa de manter a temperatura do corpo de *mamma*.

— A ambulância já está chegando. O hospital Franca Viola já está com tudo preparado para recebê-la.

Mal Lombardo terminou a sentença e os paramédicos entraram na igreja, colocaram minha mãe na maca e iniciaram os primeiros procedimentos e rapidamente a levaram para a ambulância.

Eu não sabia por quanto tempo fiquei aqui, parado, a impotência me detendo. A raiva e o ódio a me corroer. Bruno parou ao meu lado e me abraçou.

— *Fratello*, reaja. Sua mulher e *figlio* precisam de você.

— Onde eles estão? — perguntei finalmente conseguindo sair do transe no qual estava desde que minha mãe foi atingida.

Aquela bala estava projetada para nós. Para mim, Estefania e nosso filho, mas minha mãe, tão rápida quanto a velocidade da luz, se lançou à nossa frente e foi alvejada.

— Acalme-se, *fratello*, acalme-se. *Mamma* vai ficar bem. Já foi socorrida e *Dio* não há de permitir que ela se vá.

— Quero *vendetta* — disse.

— E você a terá, mas agora, acalme-se. Donna e Estefania já foram levadas ao hospital.

— Ao hospital? — indaguei, preocupado.

— Donna teve um desmaio e Estefania... Bem... Estefania está em choque. Teve de ser levada.

— E meu filho?

— Marcelo segue com ele para a mansão Mancini. Pedi que ele contatasse Sheila, amiga da Estefania, para ficar com o bebê. Assim que ela estiver com Pietro, Marcelo nos encontrará no hospital.

— Quero vingança — falei novamente.

— Vamos nos vingar do *maledetto* Romano. Vamos nos vingar daquele bastardo. Eu o matarei ou deixarei de me chamar Bruno Mancini — prometeu meu irmão. — Agora vamos, vamos para o hospital.

Capítulo 39

Uma lágrima furtiva
Surgiu em seus olhos
Aqueles jovens festivos pareciam ter inveja
O que mais eu poderia querer?
Ele me ama eu vejo

Una Furtiva Lacrima - Enrico Caruso

Marco

Eu sempre soube do perigo de ser um mafioso. Sempre soube que deveria trabalhar, lutar para proteger minha família. Eu trilhei um caminho arriscado para o coração de Regina, contudo não me arrependia.

Eu era um morto de fome, de que outra forma poderia me aproximar de Regina? De que outra forma poderia me casar com ela se não tivesse bastante dinheiro? Meu sogro era extremamente preconceituoso com pobres, jamais me permitiu sequer respirar o mesmo ar que Regina quando éramos crianças, então fui para o Norte e fiz minha riqueza com contrabando de tecidos. Quando voltei a Nápoles, rico e com conexões, me aproximei dela. Nunca vou me esquecer de como estava linda naquela noite de sua festa, de como dançamos e de quando a segurei em meus braços naquela dança, de como a senti completamente minha. Regina também sabia que seu destino era ser minha esposa, sentia o mesmo amor e paixão que me moviam.

Que até hoje me moviam.

Eu não pude acreditar quando vi aquele maldito moleque atirar em meus filhos e sua mãe ser a vítima. Quando Regina caiu ao chão, ferida, eu não pensei em mais nada e me lancei sobre seu corpo, amparando-o, seu sangue tingindo minhas roupas, mas tudo o que eu queria era segurá-la em meus braços. Perdi noção de tudo ao meu redor, até ouvir Leo dizer:

— Marco, não podemos deixá-la aqui. Seu filho tem razão. — Lombardo falava comigo, mas olhava para Bruno. — Regina ainda está viva, porém está perdendo muito sangue.

Eu não tinha sequer parado para pensar em meus filhos, não havia ouvido ou visto, não processava nada ao meu redor. Tirei o terno e a gravata. Com a gravata improvisei um torniquete para conter o sangue e tentei esquentar seu corpo frio de minha amada com meu paletó.

De repente, a igreja foi tomada de paramédicos que a colocaram em uma maca e quando dei por mim, já estávamos na ambulância.

Fazia horas que chegamos ao hospital e ainda não recebi nenhuma notícia. Meus filhos, noras e eu estávamos despedaçados. Regina era o coração de nossa família, era a mãe adorada e esposa idolatrada e venerada. Eu nem sabia do que era capaz se ela não sobrevivesse.

Leo estava tão aflito e desesperado quanto eu. Não saía do telefone, berrando ordens para que encontrassem Romano e o trouxessem a presença dele, o próprio Leo queria dar cabo da vida do sobrinho. E eu tentava mediar o clima tenso com os meus filhos, que não entendiam por que eu permitia a presença de Leo ali no hospital Franca Viola.

Estefania precisou ser sedada, pois ainda estava em estado de choque e seguia dormindo. Donna também havia sido medicada, mas estava bem. Meu neto seguia com Sheila e meu sobrinho Fabrizio. Meus homens faziam a segurança da mansão. Marcelo, Luigi e Bruno pareciam animais enjaulados, queriam ir à desforra, queriam vingança e os três encaravam Leo como se fossem fulminá-lo com seus olhos.

— *Papà*, eu não entendo. Como você ainda permite que esse sujeito esteja aqui? — Marcelo indagou, manifestando a indignação dele e de seus irmãos.

— Ele tem esse direito — respondi simplesmente.

— Ele não tem direito a nada! — Bruno explodiu, derrubando uma das cadeiras, avançou sobre Leo, segurando-o pela lapela, sacudindo-o. — Sabe por que eu não vou matá-lo agora?

— Bruno, solte-o — pedi.

— Eu não o mato, Leonida Lombardo, porque se minha mãe não sobreviver, quero você vivo para que me veja desmontar cada pedacinho de seu império, acabar com cada um da sua família imunda. Começando por sua esposa e filhos. O que acha?

— Deixe Alexandra e minha filha fora disso — Leo sibilou, encarando Bruno. — Elas não têm culpa de eu ser quem sou.

— E você acha que eu me importo? Quero e vou acabar com cada um de vocês assim como você tentou, por anos, acabar com os Mancini. Romano conseguiu o que você tanto quis. Minha mãe é a alma dessa família, se ela morrer nós todos iremos com ela, mas eu ainda viverei o suficiente para vingá-la. Ah, você pode ter certeza disso!

— Ela é minha alma também! — Leo confessou. — Fique tranquilo, Bruno Mancini. Se Regina morrer, você não precisará me matar, pois eu já estarei morto.

— Bruno, solte-o. Por favor! — Donna intercedeu.

Meu caçula lançou Leo de volta à poltrona e saiu da sala privativa.

Poucos minutos depois, a médica veio nos trazer notícias.

— Qual de vocês é Marco Mancini?

— Eu... — Levantei-me com todo o peso do mundo nos ombros.

— Por favor, acompanhe-me.

Segui a médica, pegamos o elevador e depois de dar voltas e voltas eu nem sequer sabia para onde estávamos indo. Chegamos a um andar com vários apartamentos e meu coração foi invadido de alívio quando a doutora abriu a porta de um deles e eu vi Regina.

— Ela ainda segue ligada a alguns aparelhos que monitoram seus sinais vitais, mas se encontra estável — esclareceu a médica, fechando a porta em seguida.

Observei que havia duas mulheres como segurança à porta do quarto de Regina, contudo não teci nenhum comentário. A médica seguiu caminhando em direção a outro corredor, abriu uma porta, deu-me passagem e com a mão indicou uma confortável poltrona.

— Sou a Dra. Lana Rosso, cirurgiã, responsável pela cirurgia da senhora Mancini.

— E como está minha mulher?

— Está muito bem, se considerarmos que por centímetros seu coração não foi atingido. Fizemos a cirurgia e retiramos a bala e seus estilhaços, porém uma artéria foi rompida e sua esposa perdeu muito sangue, sendo necessária uma transfusão.

— E vocês conseguiram? Sei que Regina tem um tipo sanguíneo raro. Meus filhos têm o mesmo tipo sanguíneo que o meu. Nenhum deles é compatível com a mãe.

— Sim, contamos com um banco de sangue próprio sempre bem abastecido. Como o sangue de sua esposa é raro, uma pessoa aqui do hospital mesmo foi acionada. Ela tem o mesmo tipo sanguíneo da senhora Mancini.

— E eu posso saber quem é? — perguntei, entusiasmado. — Gostaria de prestar minha eterna gratidão, pois essa pessoa salvou meu maior tesouro.

— Infelizmente não. A senhora pediu que seu nome não fosse revelado.

— Entendo. E eu posso ver minha esposa? Posso ficar no quarto com ela?

— Por hoje, não. A partir de amanhã, dependendo de como o quadro dela evoluir, vamos transferi-la para outro quarto e se desejar poderá lhe fazer companhia.

— Muito obrigado, Dra. Rosso! — agradeci à médica e saí do consultório

Mais aliviado, passei novamente à frente do quarto em que Regina estava e as duas seguranças permaneciam lá, atentas e vigilantes.

Estranho, considerei. Com exceção do Dr. Caribone, que esteve rapidamente conosco quando chegamos, parecia que todos que trabalhavam naquele hospital eram mulheres.

Enfim, deixei minhas conjecturas de lado, peguei o elevador, desci e voltei à sala de espera reservada a nós. Assim que entrei, vários pares de olhos se voltaram para mim. Encarei Leo, que talvez fosse o único que deveras divisasse um pouco dos sentimentos que estavam me afligindo e disse:

— Vi Regina e graças a Deus ela se encontra bem e estabilizada.

— *O Dio Santo, grazie*! — Leo exclamou, aliviado, relaxando os ombros.

— Podemos vê-la? — perguntou Marcelo, envolvendo Donna num abraço.

— Ainda não. Eu mesmo a vi à distância, ela ainda segue ligada a aparelhos e passou por uma transfusão de sangue...

— Mas como conseguiram? O sangue de *mamma* Regina é raro — comentou Donna, surpresa.

— Eu tenho o mesmo tipo de sangue de Regina — comentou Leo. — Eu e minha... filha.

— A doutora explicou que entre a equipe aqui do hospital há uma mulher que tem o mesmo tipo sanguíneo de Regina. Foi ela a doadora.

— Quem é? — Marcelo indagou, curioso. — Precisamos agradecê-la. Ela salvou *mamma*!

— Infelizmente ela pediu que seu nome fosse mantido no anonimato — revelei e suspirei.

— É um anjo — Donna falou com doçura.

Vasculhei com o olhar pela sala e indaguei:

— Onde estão Bruno e Luigi?

— A doutora di Santi veio buscar Luigi para levá-lo para ver Estefania, que despertou. Bruno saiu antes mesmo do senhor e até agora não voltou — respondeu Marcelo.

Estranho.

Cruzei a sala, voltei a encarar Leo e disse:

— Acho que precisamos ter uma conversa. Que tal um café?

— Eu aceito — Leo assentiu.

E saímos da sala, deixando Marcelo e Donna boquiabertos.

Marcelo

— Agora que estamos sozinhos, há algo que eu gostaria de lhe contar — Donna disse e alguma em seu tom de voz me deixou em estado de alerta.

— Está tudo bem, *principessa mia?* — Segurei seu rosto entre minhas mãos em um gesto de carinho.

— Eu acho que vai ficar, depende da sua reação ao que eu vou te contar. Sua mãe já sabe... Na verdade, ela foi a primeira a desconfiar, mas preferi fazer um exame mais detalhado. Ela foi comigo, acompanhou-me e...

— *Amore*, por favor, diga logo o que está acontecendo? Trata-se do seu coração, não é? Ah, não, *Dio Santo*! Não pode ser!

— Calma, meu Hades, eu estou bem. Asseguro que está tudo bem — Donna afirmou sorrindo. — Eu me consultei com Adriano e vai tudo bem com meu coração.

— *Ah, Dio, grazie!*

— Calma ou desse jeito serei eu que terei de me preocupar com o seu — Donna gracejou e mais uma vez sorriu.

Como eu amava essa mulher!

Durante a confusão na igreja, revivi todo o inferno de Havana, quando Donna se atirou na minha frente sendo baleada por Romano.

Ver minha mãe agir da mesma forma que a minha esposa, também sendo baleada por aquele maldito assassino, quase me matou do coração. Foi o segundo momento mais aterrorizante da minha vida.

Agora estava tranquilo com as notícias trazidas por meu pai. Sabia da força da minha mãe, tinha certeza de que ela se recuperaria totalmente, contudo ainda me preocupava com Donna. Ela que foi ao médico, não me disse nada antes e só agora decidia me contar a verdade.

Em minha mente fatalista em um turbilhão de possibilidades trágicas me angustiava. Eu estava vivendo um inferno naqueles segundos.

— Não vou fazer rodeios, apenas gostaria de dizer que a nossa família está crescendo e logo, logo teremos mais um *bambino* ou *bambina* a berrar na mansão Mancini.

Eu não sabia se havia entendido direito. E acho que ficou claro na minha expressão estarrecida.

— Marcelo Mancini, você vai ser papai.

Eu serei pai, isso significa...

— Você está tentando me dizer que...

— Sim, eu estou grávida.

— Por isso você tem comido tão pouco e enjoado — observei.

— Por isso passei mal na igreja.

— Meu Deus! E você e minha mãe já sabiam e não me disseram nada. Por quê? — Exigi saber.

— Eu havia descoberto há apenas dois dias. Decidi contar depois do batizado de Pietro, para não ofuscar as comemorações, mas com toda essa tensão, resolvi dizer para, quem sabe, trazer um pouco de alívio ao ambiente.

— Você tem razão.

— Eu? No quê? — Donna perguntou, intrigada.

— Acho que vou mesmo precisar de um cardiologista.

— Ah, Marcelo! Acalme-se, *amore*, vai dar tudo certo.

— Eu temo! Temo tanto por você, *vita mia!*

— Não tema, eu estou bem assessorada. Adriano vai me acompanhar, monitorando como meu cardiologista e a doutora di Santi como obstetra. Vai dar tudo certo!

— E... de quantos meses... você está...

— Dois, quase três meses.

— Você ainda não tem barriga. Você tem certeza de que está grávida?

— Sim, tenho. Há um Mancini aqui dentro. E logo, logo vamos descobrir se é um menino ou menina.

— Ah, que seja uma linda menina, como a mãe. Não! Espera! Se for tão linda quanto a mãe, vários rapazes vão ficar atrás dela e eu vou ter de expulsá-los da frente de nossa casa.

— Bem, vejo que já está familiarizado com a ideia. Que tal se nós dividíssemos a novidade com os demais?

— Não! Por enquanto não — pedi e me agachei, abraçando Donna pelo quadril.

Levantei a blusa de tecido esvoaçante que ela usava e meus lábios beijaram sua barriga com muito carinho. Em seguida, coloquei meu ouvido na pele do abdômen.

— Acho que ainda não há muito que ouvir. — Donna riu, divertindo-se com minha reação que em segundos foi de espanto a devoção.

— Mas eu posso falar com minha filha, não posso?

— Marcelo, ainda nem sabemos o sexo do bebê!

— Eu sei! Eu sei! Mas, tenho certeza de que será uma menina. Uma linda menina e terá pais e tios superprotetores.

— Ah, meu bebê, que Deus nos ajude! Que você seja um menino, porque se for menina, esses *bárbaros* te manterão presa em uma torre — Donna zombou.

— Não vamos permitir nenhum rapaz se aproxime dela. Ninguém será bom o suficiente para nossa *principessa*. Minha linda filha, minha Helena.

— Helena? Tem certeza de que quer uma filha com o nome de Helena? Você quer causar uma guerra entre clãs?

— Está certo. Helena, não. Pode ser... Pode ser... Daphne.

— Não quero que nossa filha seja caçada até se transformar em um loureiro.

— Cassandra.

— De forma nenhuma! Outra que foi perseguida e maldita por Apolo. Não. Se for menina quero um nome que traga sorte, não, dor. Pode ser... Pode ser... Anastasia.

— Certo... Desaparecida e morta no levante bolchevique.

— Mas significa "ela ressurgirá".

— *Principessa mia*. Você tem razão. Acho melhor escolhermos os nomes depois.

Levantei-me e a calei com um beijo quente e cheio de desejo. Nossos lábios se encontraram, nossas línguas se provaram e com nosso beijo celebramos a felicidade de uma nova etapa em nosso casamento, coroada pelo fruto do nosso amor.

Bruno

Seguia sem entender por que *papà* disse que aquele infeliz de Lombardo merecia estar ali no hospital, quando tudo de ruim que nos acontecia era por causa dele, quando minha mãe estava internada por causa dele.

Romano maldito teria de pagar, Leonida iria pagar!

Estava caminhando pelo estacionamento do hospital depois de já ter percorrido todo o local, em uma vã tentativa de aplacar meu estresse, quando eu a vi.

Sua silhueta em um traje turquesa. Seu cabelo solto cascateava, lindo. Caminhei lentamente, silenciosamente a seguindo para ver até onde iria.

Ela estava se aproximando de um carro negro sem placas, ou melhor, com uma placa diplomática.

Antes que abrisse a porta, eu avancei sobre ela.

— Lara! O que faz aqui?

— O senhor está me confundindo com outra pessoa.

— Lara, chega de joguinhos! Não é a primeira vez que a vejo nesse hospital. O que faz aqui? O que você tem a ver com esse lugar?

— Por favor... Solte-me — pediu com sua voz frágil, enfraquecida.

Só então notei como estava pálida. Sua pele era clara, mas estava translúcida como alabastro e ela quase desmaiou em meus braços. Eu a segurei firme, então ela me abraçou.

Dio, como eu sonhei noites e noites com esse abraço!

Seus braços me envolveram e eu a enlacei com os meus, encarando-a. Seus olhos, de um azul tom de safira que sempre cintilavam em meus sonhos, estavam a poucos centímetros de mim emitindo uma luz etérea... Ela parecia um ser sobrenatural. Um anjo...

Estávamos tão próximos um do outro que sentia a vibração que emanava no corpo dela. Meu próprio corpo pulsava em resposta ao nosso contato tão íntimo. Nossas bocas, tão próximas uma da outra, toda a tensão pairando no ar e o inevitável aconteceu.

Só Deus sabia o quanto eu ansiei por esse beijo.

Eram tantos anos, tantos desencontros. Ela sempre esteve em minha mente. Sempre estava lá. Não importava quantas mulheres eu tive, com quantas eu dormi, era com ela que eu queria estar. Sempre foi ela.

Queria que o tempo parasse e congelasse esse momento. Seus lábios cálidos, suaves em contato com o meu, inebriando-me. Minha língua invadindo a doce intimidade de sua boca.

De repente, o beijo que começou tímido e terno se transformou em um furacão e, quando dei por mim, eu já a havia sentado no capô do carro. As pernas dela me enlaçaram enquanto minhas mãos navegavam por suas coxas, erguendo o vestido turquesa, sentindo a textura da pele deliciosa. Meus lábios correram de sua boca para a delicada curva do pescoço, fazendo-a gemer baixinho, incendiando meu corpo.

Isso era loucura!

Estávamos no estacionamento de um hospital, totalmente expostos, porém eu não queria pensar em nada disso. Queria apenas tê-la, fazê-la minha e que ela nunca mais saísse do meu lado.

Minha mente começou a raciocinar com mais clareza. Por mais que a quisesse, não queria tomá-la no capô de um carro. Até poderíamos fazer em outras ocasiões, porém nossa primeira vez tinha de ser especial. Queria fazê-la minha com tudo que ela merecia. Com flores, morango, champanhe e em uma cama com lençóis de seda. Queria fazer amor com ela bem lentamente.

No entanto, ao mesmo tempo em que pensava em tudo isso, não conseguia me desvencilhar dela. Voltei a tomar seus lábios, embriagandome do seu gosto. Nossos corpos tão próximos, tão quentes que parecia que nossas roupas pegariam fogo.

— *Lara, amore mio...*

Do nada ela me empurrou, começou a ajeitar a roupa.

— Isso foi um erro — disse. — *Eto byla oshibka*[20], um erro!

— Lara, o que houve?

— *Ya uzhe skazal net Ya ta zhenshchina*[21]. Eu não sou essa mulher Por favor... Vá embora!

— Mas... Eu...

— Olhe! Tem alguém o chamando, ali, próximo do elevador.

— Você não pensa que eu vou cair nessa, pensa?

— A situação de sua mãe pode ter se agravado. Já pensou nisso?

A simples menção da minha mãe foi um balde de água fria em minhas intenções e eu não ia pagar para ver. Ao me virar para procurar quem estava me procurando, ela entrou rapidamente no carro, travou as portas e deu a partida.

— Ah, sua bandida!

Tentei correr atrás dela, mas a danada foi mais veloz, parecia que o carro era um trem-bala e me deixou comendo poeira.

— *Caspita*! — gritei, frustrado. — Ah, Lara, Lara. Isso não acaba aqui! Você será minha. Seu destino é meu destino, pequena!

Estefania

A culpa era minha. Toda minha.

Essa desgraça que estava acontecendo à família Mancini era tudo culpa minha. Eu tinha uma estrela ruim que só atraía a fatalidade e agora a minha sogra, uma das pessoas que eu mais amava no mundo, que eu aprendi a amar como uma mãe, foi baleada por minha causa.

Há alguns minutos Luigi estava ao meu lado, repetindo o contrário, mas eu não conseguia me permitir crer nisso.

Estava acordada, contudo ainda sentia o efeito da medicação para manter meus nervos sob controle, que não sabia como não cortaram meu leite.

Sheila saiu há pouco. Não sabia quem a contactou, porém ela estava tomando conta de Pietro no meio de todo esse caos — coisa pela qual eu era muito grata — e o trouxe para que eu pudesse amamentá-lo. Meu filho, meu querido filho estava bem.

— Nosso bebê é forte, nossa rocha — falou Luigi.

Naquele instante, meu sogro entrou no quarto. Estava com uma ótima fisionomia.

---

[20] Russo: é um erro

[21] Russo: Eu já disse que não sou essa mulher

— Trago boas notícias. Acabei de falar com a Dra. Rosso, ela me informou sobre o estado de Regina e, se tudo der certo, amanhã ela será transferida para um quarto e poderei cuidar dela.

— *Papà*, você falou com a *mamma*?

— Não, no quarto só entram os médicos e há duas seguranças na porta, de prontidão. Vai ficar tudo bem, meu filho, depois dou mais detalhes. E você, *figlia mia,* como está?

— Por favor, *papà*, veja se consegue fazer essa *rosa selvatica,* reagir. Ela está se culpando pelo que aconteceu na igreja — Luigi apelou ao pai.

— *Figlia mia*, se tem alguém nessa história para se culpar de tudo isso, esse alguém sou eu. E não o faço, sabe por quê? Porque Regina é o amor da *de la mia vita*, é o ar que eu respiro, é minha própria vida. Sei que tomei inúmeras decisões questionáveis e arrisquei demais a vida inteira, no entanto, foi tudo para viver meu amor e quando olho para Luigi, para meus outros filhos, Donna e você... Para vocês, a família que construí, tenho certeza de que faria tudo de novo e encararia o próprio Hades se fosse necessário.

— E quanto a Leonida Lombardo. Um dia vamos descobrir toda a verdade sobre esse arco que envolve você, *mamma* e ele? — Luigi, intrigado, indagou ao pai.

— Sim, um dia, mas esse dia não será hoje. Nossa preocupação atual deve ser o bem-estar de nossas mulheres. Estefania, fique bem, *cara mia,* não permita que toda a felicidade que você e meu filho estão vivendo seja ofuscada pelo que aconteceu. Pense que essa é apenas uma prova árdua, porém que molda o amor de vocês. Assim como tantas que Regina e eu enfrentamos ao longo dos anos, vocês também vencerão. Vocês têm tudo o que precisam: o amor é a maior e mais poderosa das forças.

Meu sogro sorriu para nós e acrescentou:

— Como *Dante* diz no final do *Paraíso*, na *Divina Comédia*, "l'amor che move il sole e l'altre stelle", o amor que move o sol e as estrelas. Esse mesmo amor declamado nos versos de Dante é aquele que me permitiu construir minha família com Regina e é o mesmo amor, a mesma força que colocou Luigi em seu caminho, que colocou você na vida de meu filho do meio e lhe deu um propósito maior. Viveremos desafios todos os dias, minha cara, porém não nos abateremos. Somos maiores que isso!

Sempre soube do homem forte e ao mesmo tempo terno que meu sogro é e ouvi-lo dizer essas palavras foi muito comovente. Ele me abraçou e eu me permiti chorar, colocando toda tensão para fora.

— Chore, chore o que tiver de chorar, *figlia*, porém se prepare para muitos mais dias de riso que virão.

Após alguns minutos, eu me recompus. Logo meu sogro saiu do quarto, deixando-me a sós com Luigi.

— E então, será que agora você está convencida de que seu lugar é nessa família? Será que finalmente percebe quão amada e importante você é para mim?

— Luigi, foi você quem me deu uma família, fé no amor, você e nosso filho são tudo para mim. Com sua ajuda consigo ver que posso não ser boa e muito menos um ser humano perfeito, que sou cheia de falhas, mas seu amor apontou um caminho para a felicidade, uma vida de paz e eu pretendo continuar a seguir esse caminho.

— Conte comigo, *rosa mia*, estarei sempre a seu lado. Pietro e eu seremos seus guias e nosso amor sempre será sua luz.

— Sempre!

Depois de horas de tormento, sorri verdadeiramente e me permiti ver uma luz no fim do túnel. A luz do amor de Luigi Mancini que, como disse meu sogro citando Dante, movia o sol e as estrelas.

Epílogo

Você arrebentou o portão, capturou meu destino
Salvação
Meus olhos não podiam ver
Mal podia respirar
Fiquei de joelhos

Salvation - Roxette

Carrara, quatro meses depois...

Bruno

Era dia de festa.

Hoje, celebramos o batismo do meu *nipote*, Pietro.

Diferente da outra vez, que a celebração seria em Nápoles, nós estávamos em Carrara, na mansão de mármore branco que minha cunhada Estefania herdou dos pais.

A propriedade era deveras imponente, gigantesca, contudo, com o toque mágico de Donna a casa se tornou acolhedora e intimista. Pelo menos eu me sentia bem à vontade.

Quem diria que Estefania, aquela louca com quem eu tive um *affair* e que namorou Valentim, um dia se tornaria minha cunhada e uma mulher tão forte e admirável e que conseguiria tornar meu reservado irmão em um homem tão feliz?

A vida era cheia de mistérios mesmo.

Meus irmãos eram tudo para mim e me alegrava em ver quão felizes estavam. Luigi e Estefania estavam muito alegres e apaixonados e foram, em pouco tempo, abençoados com a chegada do filho. Marcelo e Donna em breve conheceriam sua *piccola bambina* que ainda não tinha um nome. Ambos decidiram que escolheriam apenas quando a criança nascesse.

Marcelo era o responsável, taciturno e por vezes tinha um gênio irascível que somente Donna conseguia amansar, porém era um homem bom e generoso. Será um ótimo líder para o nosso clã um dia. Meu irmão Luigi, com quem eu tinha mais proximidade, costumava ser alegre, porém mudou muito. Não me lembrava se foi por causa de Donna, mas ficou um tanto distante. Mas isso foi até Estefania chegar e causar uma revolução em sua vida.

E eu era o porra louca, irresponsável para caramba. No entanto, tudo isso mudou já fazia alguns anos, quando eu conheci *una ragazza brasiliana* chamada Kat, por quem eu acreditei estar apaixonado.

Por causa dela, eu abandonei todos os meus maus hábitos e más companhias para me dedicar à universidade. Ela não me quis. Já havia outro em seu coração, uma história muito antes de eu surgir em sua vida.

Eu a respeitei e seguimos, Kat, Gianluca e eu, como bons amigos.

Kat já não era a mulher que ocupava a minha mente há uns bons anos. Essa mulher tinha rosto e nome, ainda assim era um fantasma. Lara.

Bem ali, em Carrara, na festa do meu sobrinho, sentia que era observado. Sentia que de alguma forma ela estava presente.

Olhei para os lados, para frente e para trás. Olhei para cada brecha ou possível lugar onde ela pudesse estar. Encarei cada uma das moças servindo, buscando seu rosto, porém em vão. Sorri.

Lembrei que foi em uma festa que eu a conheci. Ela me advertiu, disse que alguém estava em meu encalço e me entregou um celular, que ainda tenho guardado. Era uma tecnologia morta hoje, claro, mas eu o guardei. Eu nem sequer imaginava o porquê de tudo aquilo, hoje, imaginava que tenha sido uma das tentativas de Lombardo de eliminar os Mancini, começando por mim.

Anos depois, mais responsável e maduro, representava o *branch* marítimo de negócios da família.

Se eu havia me tornado um santo? Longe disso.

Como dizia o ditado: enquanto a pessoa certa não aparece, nós vamos nos divertindo com as erradas.

Claro, tinha algumas regras das quais eu não abria mão. Eu nunca fiz falsas promessas ou iludia nenhuma das minhas companhias. Cada mulher que passava pela minha cama estava ciente de que partilharíamos de prazer físico e só, sem amarras, compromissos ou ligações no dia seguinte. Eu não poderia oferecer nada mais a elas do que satisfação momentânea.

Minha mente, alma e coração pertenciam só a ela: Lara.

Em meu coração, sentia que logo, logo a veria novamente.

Então, seria o início de tudo.

Resoluto, suspirei e disse:

— Lara, Lara. Sei que você está aqui em algum lugar. Virá o tempo que você não precisará mais fugir de mim. Ah, virá o tempo...

Segui transitando pelo jardim e senti um cheiro que me pareceu familiar. Um perfume que havia se entranhado em minha memória.

Sorri. Sabia que ela estava aqui.

Eu sabia.

Luigi

E finalmente aconteceu.

Depois de todo o terror vivido, de dias de tormento, finalmente vieram os dias de bonança.

Minha *mamma* estava totalmente recuperada e, hoje, segurava em seus braços Pietro, na festa de seu batizado.

Abrimos as portas da Fortaleza de Mármore para receber nossos amigos e Capos dos clãs mais importantes de Nápoles. Todos fizeram a viagem e ainda se sentiam indignados pela afronta que sofremos meses atrás. Vieram para celebrar a saúde do meu filho, alegraram-se com a recuperação de minha mãe e se colocaram à nossa disposição para executar uma *vendetta* contra Romano.

A popularidade do clã Camorra caiu muito e o próprio Leonida aparentava cansaço e apatia depois dos últimos acontecimentos. Percebi que de verdade ele amava minha mãe e sofreu tanto quanto nós pelo que aconteceu naquele fatídico dia.

Lombardo passou dias procurando Romano e quando o encontrou e estava preparado para dar o fim que ele merecia. Minha mãe pediu que ele nada fizesse, pediu que Lombardo não o matasse, mas que usasse suas conexões com os *carabinieri* e o colocasse na cadeia. E assim foi feito. Romano agora estava preso.

Não sabia o que houve, porém *papà* e Lombardo haviam feito uma espécie de trégua ou acordo tácito, porque agora eles se viam com frequência, inclusive *mamma* sempre estava junto. Nem preciso dizer quão descontente meus irmãos e eu estávamos com o resultado de tudo aquilo, inclusive Bruno, que teve uma forte discussão com *papà* por admitir tal situação.

Todavia, agora não queria pensar em nada daquilo, queria aproveitar o lindo dia entre amigos e familiares.

Sheila, Lucca e alguns dos trabalhadores da jazida foram pessoalmente convidados por mim e por Estefania e tomavam parte do festejo. Todos estavam espalhados, conversando alegremente. Estefania e eu circulamos por toda a festa. Contudo, chegou um momento que eu queria desfrutar apenas da presença de minha linda esposa.

Estefania, a mulher que mudou minha vida, que me deu um Norte, que me deu tudo.

A mulher que me ajudou a superar minha satiríase e me apoiou em tudo, a mulher com a qual eu fui capaz de me desnudar e mostrar meu lado mais feio e mais sombrio. E ela não só me ajudou, como me trouxe para a luz com seu amor cheio de energia e paixão, restaurou minha fé em mim e me fez ver que eu posso ser um ser humano melhor. Ela me fez ser pai e eu era *veramente* apaixonado pelo meu filho. Pietro, tão pequenino e inocente, não fazia ideia da dádiva que ele significava para nossa família.

Minha mãe brincava com ele, desfilando pelo jardim, falando com os convidados e exibindo o neto com um amor indizível. A um canto, Lombardo e *papà* conversavam e o olhar de ambos não deixava a mulher amada.

Dio! Que drama!

Eu havia desistido de saber qual história se passou entre os três e de que forma eles estavam ligados, tudo o que se tornou claro para mim era que havia muito amor, muita dor que anos não apagaram. Tinha a impressão de que estávamos longe de um fim.

Meus pensamentos taciturnos evaporaram quando Estefania surgiu em meu campo visual.

Minha linda e amada esposa. Seu cabelo, um pouco maior, estava solto, fios dourados capturando a luz do sol. Seus olhos azuis do lago Como brilhavam irradiando felicidade e um filme passou em minha cabeça trazendo todos os momentos que vivemos desde que nos conhecemos, desde que a vi entrar na frente de uma bala para defender Gianluca e murmurei:

— *Dio!* Será que alguém um dia, seria capaz de algo semelhante por mim?

Lembrei-me de quando a levei a Sidari e a apresentei a Sam para que fizesse parte da equipe. Do trabalho que ela desempenhou, da dor de perder seus pais, de como se empenhou para aprender tudo sobre mármore e seu mercado para que pudesse tocar os negócios da família e honrar o legado deixado pelos pais. Lembrei-me de tudo que trilhamos juntos.

Nosso amor, assim como essa propriedade imponente, era forte e havia resistido às mais devastadoras intempéries.

Estefania sorriu, aproximou-se e foi como se tudo à volta se iluminasse. Ela brilhava muito mais do que o sol.

— Você está bem? — perguntou minha esposa.

— Agora que você está aqui? Sim, sinto-me magnífico.

— Eu ainda não posso acreditar quando olho para esse lugar e vejo como Donna se empenhou e realmente o transformou. Do antigo e frio iglu não restou nada.

— Não foi apenas o trabalho de Donna, *rosa mia*. Foi o nosso amor, Fanny... Nosso filho que trouxe todo o calor que faltava para essa casa.

— É verdade.

Estefania lançou seus braços em meu pescoço. Fui invadido pelo cheiro do seu perfume floral e selvagem. Sorrindo, ela confessou:

— Eu nunca pensei que pudesse ser tão feliz... Eu não mereço, sabe disso. No entanto, quando percebi o que sinto por você, desejei de todo coração que fosse meu.

— Eu nunca pensei que pudesse viver uma relação normal, com uma vida sexual saudável e um amor genuíno. Você me apresentou tudo isso, Estefania Lira Rimoli Cavaglieri Mancini. Só você.

— Eu encontrei a redenção em seu amor, Luigi Mancini. Seu amor me trouxe salvação. Você me salvou do mundo, de quem eu era. Mostrou-me que eu posso, sim, ser feliz e vem cumprindo cada promessa feita no altar. Só tenho a agradecer a Deus.

— Então eu quero que ouça bem o que eu digo. Nunca mais quero ouvi-la se questionando se merece ou não o que temos. Você merece tudo. Tudo.

Meus lábios se aproximaram dos dela, queimando. Ao seguinte toque, beijamo-nos como sempre. Com paixão, com amor e com o desejo nos consumindo. Sentia o calor da sua pele mesmo onde o longo vestido de verão cobria. Era inevitável estar perto de Estefania e não desejá-la com loucura. À medida que nossas bocas se encaixavam e nossos lábios se acariciavam com ardor, a gana de tê-la, de fazer amor, apenas aumentava.

Relutantemente, descolei meus lábios dos dela e, ofegante, disse:

— *Rosa mia, andiamo*. Vamos sair daqui. Vamos para um lugar onde eu possa despi-la desse vestido e adorar esse seu corpo lindo com cada beijo meu.

— Luigi... Não podemos e... Nossos convidados?

— Temos Mancini suficientes para distraí-los. Venha, meu amor.

Estefania lançou um breve olhar ao redor, todos pareciam estar bem entretidos. Então, ela assentiu.

De mãos dadas, à francesa, deixamos o jardim e subimos a escada dos fundos que dava para a fortaleza. Passamos pela cozinha, que à essa hora estava a todo vapor com o preparo das várias iguarias servidas na festa. Atravessamos a cozinha até chegarmos ao hall de entrada.

— Onde vocês dois estão indo tão apressados assim? — Ouvimos Marcelo indagar, sardônico, quando estávamos subindo a escada.

— Temos um assunto importante e inadiável para resolver.

— No andar dos quartos? — prosseguiu meu irmão, provocativo.

— Marcelo! Não seja invasivo — Donna o repreendeu, com uma das mãos segurava a barriga de quase sete meses e com a outra segurava um doce.

— Isso mesmo, Marcelo! Meta-se com sua vida — resmunguei.

Estefania riu e subimos a escada, deixando meu irmão e minha cunhada rindo.

Entramos no quarto e assim que fechei a porta eu a encarei, escrutinando cada detalhe de seu rosto, tão conhecido e ao mesmo tempo tão surpreendente. Imiscui meus dedos nos fios dourados fitando o par de olhos tão amados e disse:

— Uma vez li em um livro de Filosofia na secundária que "La vita è lunga abbastanza se sai farne buon uso". A vida, se bem vivida, é suficiente longeva. Fanny, *amore*, quero viver com você a vida mais plena possível. *Io ti amo, rosa mia.* Eu te amo e peço que Deus me dê uma vida bem longa para viver com você e nossos filhos.

— Filhos? Você deseja ter mais filhos? — Estefania me perguntou e vi a esperança cintilar em seus olhos.

— Claro! Pelo menos mais dois. Manter a tradição do trio Mancini — respondi, conduzindo-a com delicadeza até a cama.

— Desejo tanto ter uma menina — afirmou Estefania.

—Bem, podemos começar a praticar agora.

Deitei-a na cama e arranquei apressadamente minha roupa. Em seguida a ajudei a se livrar do vestido e da lingerie, então iniciei meu ritual de adoração ao corpo da mulher da minha vida com a qual eu tinha certeza de que viveria uma vida de abastança.

Ela, Pietro, eu e os filhos mais que Deus quisesse nos abençoar e o nosso amor.

Tão forte quanto o mármore.

Iago

— Está correndo tudo bem por aqui. Acabei de ver Estefania e Luigi subirem para o piso superior da mansão — respondi pelo intercomunicador. — Onde está Pinkerton? Ela já devia ter chegado!

— Já está a caminho — ela me respondeu com a voz firme.

— Você realmente o ama, não é? Notei a forma como você o olha, ainda que à distância. É perceptível.

— Amar não é o suficiente. Nós nunca poderemos ficar juntos. Coisas demais nos afastam.

— Eu imagino, mas...

— Não há "mas", Iago — disse, na voz a frustração era evidente. — Terei de ir. Meu voo sairá em algumas horas, contudo peço que você e Pinkerton vigiem tudo e me mantenham informada sobre qualquer possível problema. Sabemos que Romano está preso, porém só Deus sabe o que aquele... infeliz pode fazer. Depois de sua última tentativa, prefiro que estejamos prevenidos. Você e Pinkerton ficam à frente das Amazonas, por favor! Quero vigilância total pelos próximos dias. Voltarei de Moscou assim que possível, mas até lá quero um relatório minucioso de tudo.

— Entendido. Boa viagem e se cuide.

— Você também, Iago. Sabe que Pinkerton e eu contamos com você. Sabe que é o único homem em quem eu confio.

— Eu nunca vou ser grato o suficiente pela chance que você me deu, conte comigo sempre. *Dasvidaniya, grafinya babochka*[22].

— *Skoro uvidimsya, moy drug*[23].

E assim a condessa saiu da festa tal como entrou, como um fantasma.

Mais alguns e eu estávamos ali, em todos os lados, disfarçados, fazendo parte do corpo de reforço de segurança, na cozinha e em cada parte estávamos espalhados, vigilantes para garantir que dessa vez nada de errado acontecesse. Romano estava preso, mas não derrotado, ele ainda representava uma ameaça.

Enquanto vivesse Romano representaria uma ameaça.

Portanto, era preciso estar atento. Sabíamos que a justiça era totalmente corruptível e de uma hora para a outra ele estaria em liberdade.

---

22 Russo: Adeus, Condessa borboleta.

23 Russo: Até logo, meu amigo

E eu aguardaria pacientemente para terminar o que comecei na estrada, meses atrás. Faria Romano pagar por cada uma das atrocidades que cometeu.

Não importava quanto tempo passasse, ele teria o merecido fim.

A morte.

Agradecimentos

Essa é uma das partes que mais me dá prazer quando trabalho em um livro: agradecer.

Então, agradeço às minhas betas, leitoras e amigas em todo o tempo *Aline (Mancini) Morais, Janaina Sousa, Raquel Alves e Sheila Pauer* pelas preciosas sugestões, pelos conselhos e pelo carinho incondicional. Amo vocês com todo meu coração.

Ao *Dennis Romoaldo*, artista e capista maravilhoso, amigo em todas as horas. Muito obrigada pelo seu amor e carinho fraternal. Você é o irmão caçula que eu não tive. Amo você!

Angela Teano, minha amiga alma sensível, minha Sancho Pisciana, muito obrigada pela amizade e lealdade. Amo você!

Katlin Marques, minha amiga testemunha de como tudo começou lá naquele primeiro acesso no Wattpad em 2017. Você tem sido amiga verdadeira e constante e eu sou muito sortuda por ter sua amizade na minha vida. Eu te amo!

Alyne Macias, Christiane Fernandes, Daiane Gonçalves, Dani Fagundes, Dany Caldas, Dayene Arante, Fernanda Ramos, Giovana Baby(Vieira), Juh Barbosa, Juliana Carneiro, Keiliane G Krofke(Anne), Kelly Freire, Kyara Rebecchi, Leila Meireles, Luciana Gross, Luciana Rocha Vieira, Manuela Lima, Maria Helena (Malena), Maria Cristina, Maria Aparecida da Silva (Cidoka), Monica Cristina Brevighieri, Nalussim Torres, Patrícia Lopes, Ramiles Santos, Sarah Freire Benevuto, Silvana Brito, Tati Espricigo e meu povo lindo do grupo de *Whatsapp Jana Lovers*. Muito obrigada por serem minhas amigas, leitoras e companheiras de todos os dias. Por vocês sigo escrevendo. Gratidão. Amo vocês!

Um agradecimento especial à *Edilza Santana, Juliana Guimarães, Márcia Mendonça* e *Nalussim Torres,* mulheres de honra, de garra e fibra que não deixam a peteca cair e que não me deixaram estabacar no chão.

Patrícia Rammos, muito obrigada, querida! Lembro da emoção que senti quando você leu e resenhou em seu canal *Um Abadá Para Cada Dia*, meu primeiro livro na Amazon, *Amor e Música* e desde então recebo seu apoio e incentivo. Muito obrigada! De verdade. Muito Axé para você, minha amiga. Eu te amo!

Babi A. Sette, Bárbara Shênia, Janaina Rico, Juliana Dantas. Todo apoio que recebi de vocês desde o início tem sido vital para me manter nessa estrada. Muito obrigada!

Dona *Tatiana Amaral*, com quem eu aprendo todos os dias a ser uma escritora e um ser humano melhor. Por seu amor, resiliência, carinho, altruísmo e todo seu apoio em todo o tempo, muito obrigada. Amo você!

Catia Mourão, eu fico comovida todas às vezes que penso em como Deus cruzou nossos caminhos, permitindo que hoje eu faça parte do *casting* de estrelas da *Ler Editorial.* Saiba que eu sou imensamente grata a você por abrir espaço para mim nessa constelação. Muito obrigada por todo o carinho que não apenas minhas histórias, mas que eu venho recebendo da editora, que se tornou minha família. Gratidão!

Halice FRS, muito obrigada mais uma vez pelo carinho no tratamento do texto, em cada minucioso detalhe, pelo desvelo e atenção amorosa. Perdoe-me, por favor, por ter sido uma moça tão espaçosa e travessa (piada interna). Prometo (vou tentar cumprir dessa vez, tudo bem?) não te dar tanto trabalho nos próximos manuscritos. Amo você!

Joy Designer Editorial, pelo lindo trabalho com a capa. Consigo ver Nick Bateman, nosso Luigi Mancini personificado nesta capa. Muito obrigada, querida!

Meu esposo, *Dori Edson Ferreira,* que literalmente me colocou no colo nos momentos de fragilidade, sendo mais que um marido, sendo meu amigo, meu Luigi.

E a cada leitor, cada um dos que embarcaram nessa história e torceram por essas personagens, muito obrigada!

"*O sonho e a esperança são os dois calmantes que a natureza concede ao homem*" - Frederico I

Agradeço a **Deus**, pois foi Ele que colocou cada uma das pessoas citadas acima na minha vida. É a fé que me nutriu e nutri noite e dia.

"*O choro pode durar uma noite, mas a alegria vem pela manhã*." - **Salmos 30:5.**

Playlist disponível no Spotify

www.lereditorial.com

@lereditorial